血色莫扎特

房伟 著

北 京 出 版 集 团
北京十月文艺出版社

每个人内心都有一个“致命的秘密”。它藏在心灵深处，等待着唯一，也是最后的危险绽放。

——题记

目录

第一章　凶手还乡

一

我叫葛春风。1995年，我二十出头，大学刚毕业，在家乡麓城——北方一个偏远城市参加工作。我在国营东风化工厂上班，没过几年，赶上了亚洲金融危机。工厂发不下工资。那时麓城大街小巷，都“滚动”着一些神色黯淡的家伙。他们都不认识索罗斯。他们甚至不太清楚啥叫“金融危机”。他们离开了工作多年的企业和事业单位。他们为麓城带来了数不清的茶叶蛋、鸡蛋灌饼、凉皮、肉夹馍和菜煎饼。

我也属于“再就业大军”的一员。幸运的是，我还有大学文凭。卖了一年多凉皮、烤面筋，我终于考上省城一所大学的研究生。毕业后，我留在省城，成了报社记者。

当我从幽暗的记忆里探出头，总能看到那个缩着脖的倒霉蛋。麓城四方街菜市场西北角，永远属于他。他沮丧的脸麻木不仁，丝毫没有小贩应有的精明能干。夏天，他戴着墨镜，任由汗水流淌；冬天，他蜷缩在口罩后面，借此逃避熟人。没用，很快大家就认出他。他也很快明白了，墨镜、口罩，都是给自己看的。他需要这些“小装备”武装脆弱的心。

他还有自尊心。他的凉皮箱放着书，黑格尔的《历史哲学》，黄仁宇的《万历十五年》，王小波的《黄金时代》。还有本《研究生英语考试指南》。这些书都被包上绿色封皮。不是他矫情，而是好奇心重、爱管闲事的人太多。他索性包上封皮，如果有人问，就努努嘴，封皮他用毛笔写着“神雕侠侣”“楚留香传奇”等。他这样做，也能防止有人来无休止地唠嗑，耽误宝贵复习时间。隔壁摊位卖臭豆腐的老头，就是一个话痨。只要没人买臭豆腐，老头就凑过来，用臭烘烘的嘴“嘚啵嘚啵”地聊无聊艳遇，诸如“哪位洗头房小姐好看”这样的话题。他深沉地指着书说，别耽误小说进度，看得美哩。老头讪笑着走开，说，装×吧你，不好好卖东西，稀罕武侠小说？凉皮不是“大还丹”，面筋不是“莽牯朱蛤”，能顶三十年功力？……遇到这样责任心强的朋友，他总是虚心接受批评，客观地做自我批评：“大爷，我错了，我这人就喜欢做白日梦，我不是普通凉皮面筋小贩，是一个有文化的隐士……”

每当我想起当年的糗样，也觉得好笑。在混杂着水果味、腐烂蔬菜味和牛羊肉血腥味的菜市场，听着叫卖声、讨价还价声，还要忍受隔壁卖臭豆腐老头止不住的萝卜屁和整筐废话，我怎么与黑格尔对话？我又是怎样记住5300个考研英语单词的？

微风刮过，挂在凉皮箱的白色三角铁叮当作响。我清晰地看到，这个野猫似的下岗大学生，激灵打了个冷战。他的脖子有圈黑污垢——那是当年我在苯胺处理车间，被天花板滴下的废水弄出来的。这圈耻辱印记陪伴了我很多年。有不少好心的同学来买凉皮，看笑话的更多，特别是上学时平庸无奇，但找了个好工作的家伙。有个同学，是中学美术老师，吃了我两份凉皮。我看在同学面上，给的超大份。可这小子愣欠着十几块钱不给，每次见我都装傻充愣。

知识分子就是内心阴暗。我真想把凉皮糊在他的眼镜上。后来也就算了。我模糊想起，当年我在麓城大学学生会当文宣部长，这位“画家老师”也想参加文宣部。他主要目的，是泡学生会的美女“小飞燕”。“小飞燕”特别讨厌这位画家，说他写的情书都是“走呀走呀，走不出人生小圈圈”这类劣质鸡汤，非让我打发了这小子。我也很讨厌他猥琐的眼神，就拒绝他加入文宣部。我也是多事。画家眼神是不是猥琐，是不是追“小飞燕”，和我半毛钱关系没有。我不喜欢“小飞燕”，也不想搞她。我就是爱出头，给人当枪使。我也是报应。我这个昔日麓城大学高才生，在市场卖凉皮，能让昔日同窗找找“优越感”和“内心平衡”，也是一份功德。

工友们对我还不错，大部分当年在车间混过的，也有些不熟。他们大大咧咧地过来，假装不是为照顾生意，而是没事乱转，恰巧碰到我。他们没啥钱，有时买上十串烤面筋，两份凉皮。也没什么安慰人的，啥“重头再来”这类屁话，就是使劲拍拍我的肩。他们来的次数多，经常照顾生意。我不好意思，就说，张哥，王姐，别总吃凉皮面筋，对胃不好。硫酸车间高大头也买断了，市场东南角开了包子摊，肉馅的，素馅的，都热乎，挺好吃。他们哈哈笑着说，春风就是仗义！你真不像知识分子。俺们就好这口！谁让你小子会修机器，又懂做凉皮、烤面筋呢。

这倒是真的。我的凉皮，可是市场一绝，卖相虽不好看，但绝对货真价实，童叟无欺，关键是粉浆制作与最后的摊饼手法。粉浆太浓或太淡，影响质感，摊饼的快慢与厚薄，也影响口感和成本。后来我手法越发熟练，同样成本，我比一般小贩能多做出不少，而且口味更佳。读研究生期间，我还给宿舍同学做了一回。他们惊讶地说，你小子，除了学问做得好，还涉足餐饮业？我说，别说得那么“高大上”，老子就是下岗大学生，那是迫于生计。

这么多年，我很少回麓城。春节过来几天，也都避开大年三十。我不想和过去的朋友联系，毕竟也不在一个圈混了。好的，坏的，善意的，恶意的，总牵连着内心伤疤。我妹妹和妹夫还在化工厂上班。大下岗过后，工人集资，注入了一些钱，化工厂也换了领导，又活过来，效益还能维持。我很少和同学联系，只有高中同学吕鹏和薛畅，还有些零星往来。我没想到，这次回麓城竟待了这么长时间，险些再次被困于此。

那天在单位，我正在报社准备国际峰会系列报道，妹妹打电话来，让我抓紧回，说母亲看着不大好。妹妹声音哽咽。我赶紧请假，在领导能杀死大象的眼神中逃离，匆匆踏上归乡路程。我虽说是主任级记者，但不是正处级以上领导干部，出省城不用报备。我是老光棍，一人吃饱，全家不饿。平时没少给社里三老四少顶缸。加班的事，领导也从来对我念念不忘。我今年为报社贡献了几个获奖选题。这些年为逃避回家，也攒了不少假期，这次连本带利，都要回来了。

麓城还没有高铁，也没有飞机场，最方便的交通工具是白色甲虫般的大巴车。我需要坐六个小时车，才能到达麓城。早春天气，公路上没什么车，一片苍茫，显现出死寂的冷漠。我仿佛是踏上了"去往地狱"的路，心里没来由地有些不好的预感。天色霾灰，远处景物渐渐模糊，呈现出僵硬轮廓。空气干硬，划嗓子。大巴车颠簸地行驶在坑洼不平的路面，开得时快时慢，仿佛醉了酒的中年大叔，扭动着丑陋兴奋的身体。

我坐在后排，骨头被颠得快散架了。麓城离河北近，雾霾从冬天到春天，最少要四或五个月才能散尽。没办法，只能在车上戴口罩。车上都是戴着口罩、昏昏欲睡的旅客。我戴了一个医用的灰色活性炭口罩，还是憋得难受。我使劲地把脸贴着玻璃，呵着气。看不清前方，隐约看到一个大指示牌，蓝色烤漆上有两个白色大字，似乎是"麓城"。

天色灰暗，飘着小东西，一簇簇的，不要脸地粘在牌子上，被风吹得乱晃，就是不掉，连带着"麓城"两个字也昏了，不仔细看，有几分像“鬼城”。蒙蒙地飞着的小物件，继续荡漾在摇摇晃晃的大巴车四周。大家都昏睡不语。

柳絮。麓城啥都没有，就这东西不缺。

听声音看去，是前座的一个女人。她嗓音沙哑，长发柔顺，清瘦白皙，戴着蓝色口罩，看样子三十岁左右。我点头致意。她问我是不是麓城人，来干什么。我就随口谈起来。旅途无聊，有人谈天总是好的，更何况是一个看着不讨厌的女人。听口音，她也是麓城人，说是外地办事，急着赶回去。

这柳絮多了，影响麓城人的发音器官，多少优秀的麓城歌唱家，就这样被扼杀了。我煞有介事地说。长途车太无聊，我已进入了“臭贫”的频道。

你还懂音乐？女人好奇地问。

嗯哪，我点头说，《魔笛》《唐璜》，我都熟悉。我对歌剧非常喜欢。舒伯特和贝多芬也常听，喜欢钢琴曲，当然最好的还是莫扎特。现代的咱也听，从四大天王到蔡琴、周杰伦、李健、周深，我都热爱。《中国好声音》那几季，我都看了不知多少遍……

女人笑了，说，您干什么工作？在省城上班？

我不接话茬，反问道，美女，现在有一首杰作，唱出很多大城市青年生存困境？好听哇。

樊凡的《燃烧的翅膀》？女人猜测说，电视剧《蜗居》主题曲？

错！我回答道，岳云鹏的《五环之歌》哇。

我扯开嗓子唱开了：啊啊，五环，你比四环多一环，啊啊，五环，你比六环少一环……

我的歌声逗得女人大笑，眼泪都笑出来不少。我接着说，美女，你看我长得像不像岳云鹏？女人怀疑地说，不像，岳云鹏也长得不咋地。我一拍大腿说，着哇，我就说嘛，从小我就是刀条脸，不是猪腰子脸。现在胖了，看不大出来，年轻那会儿，同学们喊我“野猫”，可我妈说，我像少男版蔡国庆……

我“嘚啵嘚”地臭贫了半天，唾沫星子乱飞，都能扎破车窗户了。声音也不小，惊醒了几个熟睡的乘客，很不满意地看着我这个“乱撩妹”的大叔。中年油腻大叔，就有这个好处，脸皮厚，敢于发挥，有股子不怕拒绝的骚劲。

你可真不像麓城人。女人说。

麓城有什么好？我哑然。

那女人又说，她在麓城土生土长，这是第一次出远门，没想到这么快回来了。女人笑起来好看，眼里像站着几株绿萝，透着秀气。蓝色口罩，遮着半边脸，有一种神秘的美。她的手指也白皙修长，轻轻叩着座椅铁棱，发出清脆的“叮叮”声响。

这些年，我虽没结婚，女人交往了不少，未婚的、已婚的都有。年龄大了，对这些游戏慢慢倦怠了，又没有合适的人结婚，就拖成了“中年油腻单身狗”。我心里盘算，要不要和女人留微信。说不准，又是艳遇。可想到母亲的病和麓城一大堆糟心事，这份心也淡了。

女人识趣地扭过头。这个北方城市，我待了足足25年。我不喜欢这里愚蠢呆板的建筑，密不透风的关系网，连成片成片的柳树，我也感到厌烦。那些东西是柳絮。我在这里这么多年，怎么会不认识这东西。麓城的土地碱得厉害，庄稼难长，只有红柳这类东西才好存活。这里的风也大。有个麓城诗人说，这里不常刮风，一年刮两次，一次刮半年。春天，柳树分娩出柳絮，毛茸茸地窥视着皮肤。一有机会，这些白色灵魂，就嘶叫着腾空而起，吸住你，粘住你，像一群群炸裂的精子，散发着骚臭的气息。

雾起了，连这风都裹挟着凝滞了。

返乡途中，近乡情更怯，还好，有美女陪聊。我闲着手贱，趁着女人不注意，偷拍了她的照片，还编了个微信，发了朋友圈，配了几个表情包。我很快看到微信跳出吕鹏的信息条，野猫，回来也不吱一声。过两天聚聚。

薛畅也回了惊喜表情包，说，亲，要吱一声，葛大名记，同学就数你跑得远，但再远你也是麓城人，苟富贵，莫相忘哟……

我回复了一个字：吱。

微信浅蓝色屏幕，跳跃着简单字符，仿佛绿色的鬼火。

二

对付雾霾，不能指望这种口罩。一般口罩不防霾，只过滤尘土。女人又对我说起了口罩。都说N95工业防护罩和纳米活性炭口罩好，我没那闲工夫专门去买。

送你，女人说着递过一个口罩，说，戴口罩呼吸的节奏要变，要悠长地吸上口，然后分三次缓缓吐出，效果最好。我接了，有些不好意思。萍水相逢，有心说买，又怕唐突。女人大方地说，我加你微信得了，咱们就是朋友了。想啥来啥。我毫不犹豫地加了微信，她的昵称是“爱唱歌的小兔子”。对我的口味，我的微信号是“萌萌的大灰狼”。

车到站了。雾霾有些消散。麓城车站翻修过，不太寒碜，但雾霾中，还是透着股冷清劲儿。女人下车。一件淡紫色风衣，将头也半包裹住。她斜斜地拖着粉红色小行李箱，还贴着小熊维尼卡通壁纸，好像潦草地写着字。

我正想继续攀谈几句，这位口罩美女匆匆走了，说今后多联络。我也没当个事，反正还要在麓城待几天。几个出租车司机模样的汉子围上，扯着我，热情得让人不适应。我还想问口罩美女，是否一起乘出租车，只能作罢。车站大喇叭冷刺刺地叫着：各位乘客，请在站外乘坐正规出租车，没有票的都是黑车，黑车都是危险，珍爱生命，远离黑车……

大喇叭的声音听起来像有赵本山二人转的味道，虽然滑稽，却让人笑不出。仔细看，拉客的几位，或面目狰狞，或形容猥琐。他们盯着我，好似孙二娘馒头店的伙计看到上好的“黄牛肉”。有位大叔，黝黑的胖脸，还长着大痦子，看着比我大七八岁，居然声称是“80后”。

看着这位未老先衰的“黑车80后”，不知为何，我鬼使神差地坐了他的车。那是一辆满是灰尘的破普桑。我抱怨司机也不拾掇拾掇车，搞得这么埋汰，是不是存心让人看出这是“黑车”。司机连声道歉。雾散了不少，但依然看不很清路，黑车司机开得倒不慢。

现在什么滴滴网约车也挺方便，你怎么还开黑车？抓住不合算的。我问那司机。

“黑车80后”说，正规出租手续贵，网约车受管束，不自由，反正是台破车，抓不到就赚到了。

上个月有个女模特，深夜打黑车，被奸杀了，省城都打击黑车，还敢这么猖獗？我问。

败类！“黑车80后”狠狠地啐了一口，说，俺们是黑车，但不是黑社会，也不是变态，养家糊口，想多挣点，乘客也少花点。变态冲着杀人乱搞去的。那不是黑车了。

我好奇地问，不是黑车是啥？

“死车”。行里都这么叫，就是奔着“玉石俱焚”去，不想活了。

听司机说得瘆人。我抖了个激灵，车猛然刹住了。司机钻出来，呆愣愣地看着。只见车前方是一座工厂大门，门口围着很多人，戴着白口罩，打着旗子和长条幅。大门口，还有群警察，戴着钢盔，也捂着口罩，拿着防暴盾和橡胶棍。警察也不说话，两群人对峙着。警察的头盔，微微闪着光。他们的黑色警棍搭在钢化盾上方，像一条条安静的小蟒蛇。

啥阵仗？我也被这肃杀气氛震慑住了。这是麓城群众在欢迎我这个回乡游子？

想啥呢，司机小声说，红星机械厂，请愿呢，听说五项保险都不给交，快两年了。

工人们举着旗和条幅，有些发抖，但都挺文雅，就这么垂头丧气地沉默着。我又好气又好笑，居然有工人开车过来抗议。几个年轻工人找不到停车位，低声嘟囔着。这肯定是“工二代”，平时就知道啃老，让人看着窝囊。雾气之中，这些沉默的家伙时隐时现，好似天庭守卫南天门的天兵天将。

什么玩意儿？我淡淡地说，这也叫请愿？顶多是超市排队领打折鸡蛋的节奏。

红星机械厂我熟悉。当年机械厂和化工厂一起改制。刚改制那几年，着实红火了一阵，工人福利和工资都不错，害得母亲埋怨了我好多次，说不该考什么研究生。可是，过了几年，还是干不过那些私人小厂，换了新领导，更是苟延残喘，拖着等死罢了。

司机抹着眼泪，咒骂着，问候机械厂领导所有女性亲属。我细问一句，原来他也是2005年从机械厂买断工龄出来的大集体制青工。说起来，也都是工友。

什么年代了？还搞计划飞地经济？政府养一辈子？活不下去的企业，早死早托生。我冷冷地说。

你咋这么冷血？黑车司机愤愤然，全然忘了自己现在也是不守法的家伙。

我的眼前，又闪过1998年夏天，轰动全省的东风化工厂“7·14”特大爆炸案。很多年前，我的父亲，为了企业安全，阻止了一场惊天的化工事故，被炸成了碎肉。而多年后，他的儿子，却试图为爆炸事故的工人讨个说法。世界上的事，真是滑稽可笑。

十几年前，有个傻×，叫“诸葛春风”，黑车司机又凑上前，不屑地看着我，说，敢为工人出头呢，你这老兄，这么冷血，那时多半缩在办公室，抱着杯热茶看热闹吧。

我真想告诉他，我就是那个“傻×”。我不叫“诸葛春风”，我叫葛春风。“诸葛春风”这个名字听起来像金庸小说的三流侠客，沙通天、江南七怪之流，听着很牛，功夫差劲得要命。

我又手贱，也是记者职业习惯，掏出苹果手机，想拍上几张。

干什么？瞎拍什么？对面跑出个高个子警察，挥舞着手里的黑色胶皮棍。我唬了一跳，心想这下坏了，刚回来就摊上事儿。“黑车80后”更㞞，钻进车，扬长而去，车钱都没要。

你！罪不可赦！高个警察霸气地将警棍插回口袋，用一根手指轻蔑地指向我，白手套威严地拱起，像只饥饿的雪豹。

不知为何，这威严的审判声，竟令我有了丝战栗。转念一想，我又没杀人放火，为啥怕他？我刚想解释，高个子警察，摘下口罩，哈哈笑着，说，野猫，你小子㞞的样子太丑了。

原来是我的同学，现任麓城刑侦大队副大队长，吕鹏。

第二章　冬至日

一

每个人在天上都有一颗星。它最亮的时候，往往是陨落的那一刻。说出来没人信，我是一个爱好“观星”的警察。晚上出任务回来，我关上灯，在卧室架起望远镜，寻找流星的踪迹。我迷恋星空的浩瀚。我们都很渺小，迟早要完蛋。想到这里，心里会平静些。

我对自己说，吕鹏，你一个小警察算个屁。你今天又见死人了，有啥了不起。瞧！流星闪过，地上又死了一个。

我和薛畅、葛春风是高中同学。我比他俩个子高，人狠，能打架。我第一次看到他俩，俩人正被学校的痞子敲诈。薛畅吓得蹲在地上，像块被踩扁的年糕。春风长得瘦，挺灵活，也吓得不轻。痞子挥舞着链子锁，径直冲向他，春风快速地爬上了校园里的一棵大白杨树。痞子在树下叫骂，春风搂紧树干，用脚踹树干，连带着捅翻了一个喜鹊窝，大片的树叶和鸟屎，落在了痞子头上。我解开皮带，上去二话不说，就把那痞子打得跪地求饶。我也被打得满脸是血，但我装着毫不在乎。春风和薛畅感激地请我吃饭。慢慢地，我们成了形影不离的好朋友。

春风为自己的软弱羞愧，我安慰他说，你被人打，爬树还是很快，像只野猫。

我早知道他们，特别是春风。这小子是我们学校有名的“才子”，在杂志上发表了不少诗歌小说，还是校文学社的社长，受过教育局局长接见。很多姑娘迷恋他。薛畅是春风的崇拜者，也写得一笔好书法。和他俩当朋友，在学校挺有面子。文人都有点酸气，春风和薛畅也这样，自恋，老觉得好姑娘就该围着他们转。他们找文学女青年谈心，我就捣乱。我喊春风“野猫”，女孩们就好奇，为啥他有这个外号。看到春风出糗，我心情舒畅了很多。

他俩学习都比我好，后来双双考进麓城大学。春风在中文系，薛畅在历史系。我分数低，勉强上了麓城警校。警校离麓城大学不远，我经常跑去找他俩玩。麓城大学也就是一所普通大学，也没升格成一本。但大学还是不一样，气派，高雅。高考结束，我还失落了很长时间。我在校门口，烫金的“麓城大学”四个字下面拍了照片。妈的，我还虚荣地把照片给一个相亲的姑娘看过。我骗人家说，我是麓城大学的专升本学生。

春风进入麓城大学，还是风云人物。“野猫”成了精。他不但当上学生会宣传部长，还是校刊主编，经常和校领导打交道。春风在刊物上发表的文章更多了，影响更大了，他还加入了麓城市作家协会，这在麓城大学还真引起点小轰动，更让他有了“学生作家”的头衔。春风办刊物，组织晚会，写文章，真是风风火火。

这小子还多才多艺，他为了泡妞，专门跟着体育系高伟刚老师，学习拳法和刀法，每天晚上去操场上练。据说，他那阵子，看上体育系一个武术专业“大长腿美妞”，结果被人家胖揍了一顿，传为笑谈。他那三脚猫功夫，我看不上眼，不过这小子学的刀法有点样子，出刀挺凶狠，力道也准。我和他开玩笑说，高老师是八卦刀好手，你没学到精髓，但这扎字法和抹字法，练得还不错，如果将来失业，凭借着这两板斧，可以行走江湖，当个杀手啦……

不过，麓大还是非常重视他，有传言说，校方有意让春风留校。这小子换了好几个女朋友。

我那时是羡慕嫉妒恨。每次去麓城大学找春风，我都将那身学警制服熨得笔挺，头发梳理得一丝不苟。说实话，我长得比春风和薛畅强，挺有男子汉派头，可大学的女孩很少有青睐我的，不就是嫌弃我是个中专生吗？本科有啥了不起，我立志要比薛畅和春风混得好。

也就是在麓城大学，通过葛春风，我认识了夏冰和韩苗苗。

1994年初夏，学期快结束，我刚刚结束了一段恋爱，正无聊。薛畅给我的BP机发短信，让我去看麓城大学晚会。麓城大学美女多，我当然不会放过这个机会。春风这个文宣部长，负责学校迎新晚会、毕业晚会等一系列活动策划，俨然是一个小导演了。这个“野猫导演”专门挑各个院系最漂亮的女孩排练节目。

麓城大学演奏厅人山人海。我走了春风的后门，有机会坐在第一排边角。节目很多，热闹，我并不在意，直到夏冰钢琴伴奏的、韩苗苗表演的独舞。韩苗苗和夏冰都是麓城大学艺术系的。夏冰专攻钢琴，韩苗苗是芭蕾舞专业。夏冰身材高瘦，穿着黑色燕尾服，头发披散在肩上。他鼻梁高耸，眼窝深陷，目光忧郁，有点外国人的感觉。他静静地坐在流线型钢琴前面，长长的手指稳稳地按在黑白分明的琴键上。台下响起暴雨般的掌声。他抬起头示意，微笑。那一刻，舞台上的夏冰，就是王子。

先是一段轻快、有点滑稽的音乐，舞台后面跳出一个穿芭蕾舞服的女孩。她大概一米七左右，对跳舞的女孩来说，似乎有点高。但她的身材真好，凹凸有致，腿也长，笔直。她皮肤白皙，有着极俊美的脸庞，眼神凌厉，有点高傲。当她旋转，你会感觉，无论哪一个角度，她都在看你。她的脚尖飞转，落下，又立起，旋转……

《土耳其进行曲》，怎么样？

春风与薛畅悄悄走到我身边。春风嘟哝了一句，我赶紧点头说，好听，跳得更好。那是麓城大学最令人羡慕的“金童玉女”，薛畅有点酸溜溜地说，你还算识货。薛畅又不怀好意地说，未来的“吕大探长”，值了吧，脸都红成了鸡屁股，你这辈子是摸不到这样的女人了……

曲风一变，我看到韩苗苗不经意地冲夏冰笑了笑，夏冰默契地与她眼神交流。钢琴曲变得神秘舒缓。韩苗苗时而伸长脖子，手臂挥舞，时而倒地，起伏。春风说她像湖水边休憩的天鹅，受到惊吓，四散奔逃……我没多少文采，想不出那么多词，但我喜欢韩苗苗微微翘着的胸，修长摆动的腿。大厅再次响起暴风雨般的掌声。我也拼命拍手，手拍得通红，我简直要冲着台上吼叫了。

《莫扎特第十六奏鸣曲》，薛畅喃喃自语。

1994年那个夏夜，暖风熏得人浑身燥热。葛春风和薛畅已泪流满面。文人就是酸，也不知他们的“马尿”是为了艺术，还是为了韩苗苗。

二

世事难料，没想到，我和韩苗苗的“肉体接触”竟是在凶案现场。

晚会之后，春风介绍我认识了夏冰与韩苗苗。当然，那是我死乞白赖地央求春风，才得到了这个宝贵机会。看得出，这小子不愿意介绍我们认识，但还是架不住我的“可怜劲”。晚会后台，春风引荐了我。那二位“国际巨星”对我这个警校学员只是淡淡地回应，优雅得体，又让人看得出有种“拒人千里之外”的高傲。

想必，我这种慕名崇拜者太多了吧。他们和春风、薛畅是熟识的，彼此还开开玩笑。尤其是春风，韩苗苗和他讲话，火辣辣的眼，笔直地盯着他。被这样美艳的女人盯着，我肯定受不了。春风倒还好，云淡风轻，也不知是不是装的。

表面看来，他更愿意和夏冰讨论艺术方面的问题。

后来，听说春风为帮这对“金童玉女”，和别人发生冲突，致人伤害。学校撤了他的学生会职务。他还差点没拿到毕业证。他们那届大学生，还是包分配的。春风本有大好前程，却只能分配到东风化工厂。他父母是化工厂老职工，这也符合“从哪儿来，回哪儿去”的分配原则。薛畅是平庸之辈，平平安安，却走了狗屎运，被分到市财政局秘书科当秘书。夏冰与韩苗苗，也不知何故，被分配到一个偏远中学教书，听说三个人关系还很密切。

我到了市刑警队，还算不错，没下基层。我身体素质好，格斗擒拿在学校数一数二。我又肯玩命，拼命工作，少说话，对人绷着脸，一副思考案情、忙于事务的严肃样子。公安系统就喜欢这路人。我第二年入党，第三年提干。第四年，我就是刑警队的中队长了。见惯了领导，身边说恭维话、求着办事的人也多了，我这才感觉活出点人样来。

警察这个职业，听着不错，艰辛只有自己知道。特别是我们刑警。我刚到刑警队，每天接触鲜血淋漓的案子，吃不下饭，睡不着觉，看世界都是灰色的。我想不通，清平世界朗朗乾坤，怎么有这么多犯罪分子？他们在暗暗地犯罪，我们在暗暗地处理。

警察和罪犯的较量，触目惊心，也令人紧张抑郁。社会上广为人知的案件，往往都是影响过于恶劣，或者死人太多，才被媒体捅了出来，上面没办法了，才会发文说“命案必破”。

这年头，人的压力都大，突发性案件挺多。有些案子，我们都觉得太诡异，好似邪魔附体。杀人犯作案没缘由，受害者也倒霉得莫名其妙。我逮住过一个农民工，就因为小面馆老板娘嫌弃他太脏。他杀死老板，又强奸了老板娘，割下她的乳房，在后厨的钢精锅里和面条一起炖熟了。我们闯进去，这个神经病，坐在桌上，盘着腿，像在自家炕头，“吸溜、吸溜”地吃着面条，神态安详自足……我吐了很久，很长时间，不吃面条。

还有“死案”，更令人头疼。比如，麓城大学团结湖，湖水清淤，挖出个死尸，女的，嘴上勒着铁丝，背上还负着大青石。尸体烂光了，也不知在湖水里沉了多少年，也只能备案，烧化了算完。这样无法结案的命案，局里档案库很多，想想头皮发麻，多少冤死鬼魂，无数泣血中阴身，就飘荡在麓城上空。什么福尔摩斯、大侦探波洛，都是文学家编出来骗钱的，不能当真。

工作太忙，我和春风走动少了，薛畅倒是时常过来找我喝酒，我非常欢迎。春风傲气，不会主动找我。我不介意，偶尔也请他吃饭，帮点小忙。我们这个“铁三角”，自从出现了夏冰和韩苗苗，已名存实亡了。大学毕业前夕，春风就很少找我和薛畅。这让我们心里很不舒服。

档案留着处分，春风在化工厂混得不如意，先在苯胺车间，后被借调到宣传科帮忙。他的文字功夫好，发表了很多通讯报道，也引起了别人的嫉妒，本来说要把他正式调进来培养，又被人告发，只能打发回车间。加上他还领着化工厂职工闹事，有段时间，他就被安排在化工厂看大门。用大学本科生看大门，也成了化工厂的“风景”。

金融危机那会儿，春风就弄到下岗了，在四方街菜市场卖凉皮。毕竟是多年朋友，能帮就帮。我警告过市场附近的痞子，不要骚扰这位“前麓城大学才子”，也经常让同事把他的凉皮面筋买回来当消夜，后来同事们抗议说，吃多了这些玩意儿胃疼。

我也没多大本事，只能尽点微薄之力。

2003年12月，凛冬将至。那天晚上，天上飘着点小雨，又冷又湿。刑警二中队值班室的暖气不热，我抱着杯热水，冻得有点哆嗦。赶上冬至，晚上我在食堂搞了点羊肉饺子。因为值班，不敢喝酒，只能哆嗦着看小说解闷。

作为刑警，他们认为我一定喜欢克里斯蒂或东野圭吾的推理凶案小说。其实我更喜欢看《挪威的森林》。我那时单身，平时总接触杀人强奸贩毒这样的重案，压力太大，闲下来还是想看爱情小说。这也是上学那会儿，被春风和薛畅两个文学才子“熏陶”的。那本书被禁过，都说贼黄。我感觉不黄，爱情故事写得挺感人，就是有些器官描写。我喜欢《挪威的森林》里绿子那样的女孩，热情爽朗，又风情万种。不知咋的，我觉得韩苗苗就是这类女孩。

冬至雨夜，无聊值班，正意淫着，我接到了电话，是个沙哑粗糙的声音，说，吕鹏吗？

我愕然，听着像熟人，又想不起是谁。我试着问，你是哪位？什么事？

声音迟疑了片刻，接着说，我是夏冰，我杀人了。

我的心沉了下去，追问具体地址。夏冰报出了一个小区的门牌号。我让他不要动，立即向高洪波大队长和局领导做了汇报。此时，已是晚上10点多，我通知值班兄弟，飞快赶过去。

那个小区在海棠区，开车过去要三十多分钟。一路上，我试图再次联系夏冰，电话却是忙音。我又打电话给医院和海棠区派出所，让他们赶紧过去。按理说，派出所距离那小区更近，不知什么原因，夏冰竟打电话给我这个不熟悉的朋友。

雨大了，还不至于无法行路。雨刷“刺啦刺啦”地刮着车玻璃，我看着玻璃上小而圆的雨点，瓢虫般冷挤在一起，又被无情删除。不知咋了，我想到了那个什么《土耳其进行曲》，那个夏夜晚会。多么美好的回忆，也最终要被删除，变成朦胧残迹。

小区门口，先期过去的弟兄，设置了警戒线。派出所的小张告诉我，还有一个活的，送医院抢救了。这户人家在一楼，主人是振华中学的冯校长。他被隔离在房间外，怕破坏证物，没让他进去。楼道口也挤着些看热闹的群众。大家都窃窃私语，只看见那个冯校长，在外面跳着脚地骂，杀千刀哇，你杀你老婆，干啥弄我女儿！

我看了看这货。冯校长外号叫“冯大肚子”，又高又胖，秃头，爱喝酒，也是远近闻名的色鬼。他老婆一直病病歪歪，前几年病死了。这家伙更是打着“谈恋爱”的名义，搞过很多女老师和女学生。麓城不大，教育界名人也不多。振华中学是省重点，自然受人瞩目。我在刑警队，对冯大肚子的事迹也早有耳闻。这次他终于玩出火来了。

我粗略了解下情况，说是冯校长和韩苗苗“搞恋爱”。被戴了绿帽子的夏冰，在冯校长家杀死韩，割伤冯校长的女儿冯露。夏冰报的案，也给医院打电话了，冯露正在抢救当中。看样子，夏冰想搞死冯校长父女俩。凑巧那天，冯校长在学校加班整理材料，迎接教育局大检查，逃过一劫。奄奄一息的冯露，最后也被夏冰放了。

这个畜生！他还教露露弹钢琴呢，他咋下去的手！

冯大肚子拉着我，肚子颤巍巍的，有点歇斯底里。警灯在细密的雨中闪闪烁烁，血红的色彩明明暗暗。冯大肚子干号了几声，不见泪。他的秃头也沾满雨点，像长了一圈白亮亮的钢瘤子。

夏冰呢？我问。

嫌疑人大概跑了，等您处理呢。小张说。

确定是他？我有些不敢相信。

吕队，基本确定，冯露说的。小张又说，我们联系了夏家，夏冰的母亲也说，夏冰留下了一笔钱，让她带着孙子过，还留下一封信，我们的人正赶到他家取证。

我嘬着牙花子，脑仁都疼。“钢琴王子”杀人还潜逃，板上钉钉是死罪。当务之急，是赶紧找到他。我赶紧布置警力，在几个路口拦截，组织联防队搞先期排查。谁想到，夏冰好像人间蒸发了，哪里也找不到。我们搜查了夏冰的住处。屋里翻得很乱，有些衣物被带走了，看得出主人匆忙出逃的迹象。大概夏冰早有预谋，早买好了出逃的车票。那会儿不像现在，天网的网络监控系统那么发达，甭管抢劫杀人，还是强奸贩毒，只要顺着大街小巷密密麻麻的监控去查，十有八九都跑不了。各地旅馆和火车站，也多是刷身份证入住，有的还有“人脸识别”系统。天网恢恢，疏而不漏。2003年那会儿，我们警察系统电脑还是WIN98，慢得不行，警力和设备也跟不上。我们刑警队才两台破丰田。

夏冰消失了十五年。市局将此案定为“12·22”特大杀人案，夏冰也上了公安部通缉令。上头的原则是“命案必破”。这个案件当年轰动全市，还上了省台新闻。市局将压力给了刑警队。我们组织专案组，调查摸排好几年。有人说，他去了临沧，偷渡去了缅甸。夏冰母亲是云南白族的，在云南有不少亲戚。他完全有可能利用这个便利。我们还专门去了云南，也没调查出什么。

刑警大队长高洪波被撤职，换了新队长，又被撤职，连续撤换了好几个领导顶锅，案子却成了悬案。我倒因祸得福。2009年，麓城公安局经侦大队、刑警大队与禁毒大队合并为“刑侦大队”，我才有机会升职到副大队长。我还要“感谢”这个“钢琴王子”

杀人犯。

那天的凶案现场，我终生难忘。跟着我出现场的，还有吴法医。冬至吃羊肉饺子喝花冠酒，是麓城风俗。吴法医正和几个朋友喝酒，从酒桌被拽到凶案现场，自然老大不乐意。他打着酒嗝，懒洋洋地戴上白手套，和我越过警戒线，进入客厅。

灯光晃动，客厅西北角的一套高档音响，磁带还在“吱吱”地空转着，可不知为何后面没有了任何音乐。柚色的大餐桌，居然还摆了一桌菜，腰果虾仁、红焖羊肉、可乐鸡翅、西芹炒肉，还有凉拌皮蛋和蘑菇汤，还剩半盘饺子，有个饺子，被咬开了半口，面皮皱皱的，能看出也是羊肉馅的，汤还冒着点热气。桌上还放着几瓶年份茅台，都开了瓶。吴法医的鼻子抽动几下，悻悻地说，肯定是冯大肚子收的礼，茅台就是比花冠酒强。

很多年了，我还记着这几个菜。因为当我第一眼看到，我就能确定，这肯定是夏冰做的。夏冰不仅懂音乐，也是一个精通美食的人。刚从警校毕业，我还去过一次夏冰家。夏冰正张罗着和韩苗苗结婚，韩苗苗怀孕情况很明显了。他们也算“奉子成婚”吧。当时我就吃过夏冰做的菜，这几样，就是他拿手的。

客厅到卧室的实木地板上，丢着锋利的餐刀。我们看到了血。大量的血，一路杀到卧室，曲曲折折，凌凌乱乱。床上，我和吴法医就看到一个大大的被卷。粉红色丝绵被，紧紧裹着，卷起，像“肯德基鸡肉卷”，里面渗出乌黑长发，还有暗黑色凝固血液。根据吴法医检查，凶手刺了韩苗苗十几刀。她刚洗完澡，在客厅被刺了几下。韩苗苗当时没死，她挣扎着想逃走，捂着伤口，睡衣滑落，赤裸的样子，怕是又激怒了凶手。

致命的两刀，一刀在脖颈，一刀扎在心脏。餐刀划过脖子，轻松撕开血管。她的血激射，竟喷溅到左上方的空调箱。刀口创缘均整齐，创角锐，创壁光滑，脖颈处为条形创口，静脉离断。心脏处也是致命伤。韩苗苗被裹住，丢在床上。血浸满了棉被。我们打开棉被，被关住的血，四下逃逸，兵荒马乱的，有的任性流淌；有的是洇出来的，先看到红晕，再看到血；有的却像打破蓄水罐，血迸得乱跳，打湿了我的裤子；还有几滴，飞到了我的耳朵上……

我看到了韩苗苗的裸体。我的春梦中经常出现韩苗苗。我时常想到和她性交的场面。那真是一个性感到让人难以自持的女人。那具白花花的肉体，就浸泡在血水之中。我和吴法医小心翼翼地把她抬出来，放在地板上，那些触目惊心的刀口，好像描在雪白纸张上的暗红色闪电，飞起，旋转，在我的耳膜边尖叫。

吴法医又打酒嗝，眼神迷离，猥琐地说，生前有性行为，要检查。吴法医颤抖地，拨弄着韩苗苗的身体。我虽不是法医，但也懂得，现场尸检有规矩，也与全面尸检不同。尸体隐私检查，也要有必要程序。吴法医显然有问题。我分明看到他的裤裆支了起来。

日你妈！我甩了吴法医一耳光，说，死的是我朋友！说完，我奔出客厅，在楼下冬青丛旁呕吐。吐得太急，羊肉饺子残羹顺着鼻孔蹿出，又呛出了眼泪。我擦嘴，又抹干净耳朵上的血。闻到羊肉膻味和血腥味，又吐起来。翻江倒海，又有些“肝肠寸断”的意思。我也是老警察了，看过很多大场面，可那次真他妈㞞了。

所有人都一样，无论男女，迟早要被生活“强奸”。我这个平民子弟，为了升职一个小小刑警中队长，也费尽心机，巴结讨好，不过是大家都被我平日严肃沉默的低调态度欺骗罢了。可是，无论如何，我也不忍心看这样一个眼神像“清水中的刀子”的女人，被冯大肚子搞，被法医猥亵，这不该是她的世界。

冬至暗夜。没有雪给韩苗苗陪葬，也没有属于她的明亮的星，都是肮脏的雨。天空黑沉，浩渺，雨是腥臭的，硬冷，麓城的万家灯火，和韩苗苗再没了关系。我扬起脸，雨滴坠落，子弹般击中我的额头。我跌坐地上，天上仿佛飘满韩苗苗带血的裸体，拥挤成一片诡异的云……

夏冰不知所踪。但有罪的不只是他。葛春风这个王八蛋，和韩苗苗也睡过。韩苗苗私生活比较混乱，牵扯到很多人和事。冯大肚子送的绿帽子，恐怕是第二顶了，也不会是最后一顶。这是我在案件调查时发现的。韩苗苗的一个手提箱，装满春风写给她的情书。夏冰肯定看到这些东西，才精神崩溃，想要杀苗苗。冯校长的事儿，夏冰应该早有耳闻。苗苗也正因为这事儿，和他闹离婚。但春风和苗苗的破事，夏冰不知道。来自好兄弟的“挺枪一刺”，放在谁身上都受不了。

这件事真是让人难以接受。人命关天，人心难测。

春风在这案件前后，有很多疑点。我至今仍怀疑，他在整个案件中担任了重要角色。夏冰的失踪，也与他脱不了干系。可是，时间太久了，夏冰也未归案，一切都需要证据。夏冰杀人潜逃案，这些年来，虽然早被挂起来了，但我一直没有放弃调查。查案的过程中，我也发现很多复杂隐秘的事。也许，正如被撤职的高洪波大队长悄悄对我所说，这应该是一个“案中案”。

只要夏冰一天未归案，我就不会停止调查，包括对春风。他后来考上研究生，离开麓城。这也没关系。出来混迟早要还。港片的这句对白，说得挺实在。

妈的，自恋，阴险，我早晚要整死这只“野猫”。

第三章　夏天的冰

我多想告诉自己/真的，我从没有见过雪/也没见过冰，我在黑暗之中。

——葛春风的诗

一

麓城还是老样子，半死不活。可也不是全无变化，街道干净不少，公厕增加了不少，大商场有了自动点唱机，街上也有了共享单车，听说快要开通高铁了。另一个感觉，就是萧条。原来有不少洗浴中心、养生会所与棋牌室，现在都没了踪迹，被整顿得干干净净，房子都被转给了房地产中介。麓城的房价，倒是一路飙升，近些年，翻了一番，快到一万元一平方米了，可看着也是有价无市，没啥人买。天河路一溜小别墅，到了晚上，都黑洞洞的，看着像一排瘆人的棺材。从前晚上还有些大排档，如今说要创城，定向清理城中村、乱搭乱建、黑社会势力，漂在城里的无业游民被赶走不少。晚上九点，商家关门闭户，黑漆漆的，连狗叫声都稀稀拉拉，真让人怀疑这是不是城市。不过，也有好处，少了作奸犯科的，吕鹏他们警察是省心了。

你是谁？母亲躺在床上，疑惑地问。

我是春风呀。我小心翼翼地回答。

母亲茫然，喃喃自语几句，又睡过去。

母亲七十岁了，骨瘦如柴，脸色灰暗衰败，大大的眼眶，似乎是不可测的深井。生命活力一点点地从她身上溜走，全然看不到当年“铁姑娘”、东风化工厂女劳模的风采。父亲是徐州人，工程师，工农兵大学生。1974年，支援项目建设，被分配到偏远的麓城化工厂。父亲天生不安分，身为技术人员，偏偏喜欢唱歌写诗。这一点我算遗传了父亲。父亲写过几首讽刺领导的歪诗（他自认为很棒，有郭小川体诗歌的气势），就被厂长，一个转业干部，顺理成章弄成“坏分子”，三天两头批斗。母亲是回城知青，城市贫民出身，在莱州下乡，是种水稻好手，还被评为“学习毛主席著作积极分子”。来到化工厂，她也是年年先进，三八红旗手。不知咋的，俩人竟看对了眼，很快领了结婚证。我一直认为，母亲爱父亲。她甚至为了父亲，放弃了提拔的机会。

1985年，化工厂出了特大事故，父亲为保护国家财产，被炸成了碎肉。母亲就像被人抽走了精气神，人的状态也越来越来差。好在有妹妹和妹夫。他们陪伴在她身边。近些年，母亲的病情越发严重了。病魔一点点偷走了母亲。它阴险地偷走了她的体重，她的记忆，还有她所有生的欢愉。她时常昏睡，健忘，时而亢奋，狂乱。

为有牺牲多壮志！沉睡中的母亲突然坐起，目光炯炯地望着我和妹妹，眼神非常锐利。妹妹赶紧回答，敢教日月换新天！母亲满意地点头，又“哐当”一下躺倒。

我愕然。妹妹解释说，母亲的记忆常在几十年岁月中穿越。比如，一天，她突然抓起背包，拿了几件衣服急匆匆地出门。妹妹拦住她，她义正词严地说，要去省里开会，讨论学大寨心得体验。有时候，她又穿越到80年代，给妹夫唱了半天《年轻的朋友来相会》。这些天，她经常昏睡，醒来就是背诵语录，只有对答如流，才能让她安心躺下。

无论前方是地雷阵，还是万丈深渊，你要如何？母亲又坐起，这次却揪住了我。

这个口号我熟悉。化工厂那时经常组织我们学习企业改制文件。我立刻回答，我必将一往无前！母亲露出欣慰表情，又躺下了。看样子，母亲又穿越到90年代大下岗那阵子。我一阵阵地心酸。我是不孝之子，年过四十，还未成婚，也不能在母亲身边尽孝。

有些迷糊了。妹妹叹了口气说，医生让准备着，也就是这几天的事。我心里很堵，开始帮着收拾屋子。刚忙了一会儿，手机响了。又是薛畅。他在财政局干了几年，跟对了领导。财政局陈局长升到市里当副市长，就把他带到市委办公室。麓城是个地级市，市委办公室虽然只是正处级单位，权力却不小。薛畅去年又被提拔为市委办公室主任，陈市长明年就要退休，薛畅也算是赶上了这班车。他正是人生得意，多年在外的老同学，也是他最想见到的人。

我犹豫了一下，妹妹知道我去见薛畅，很高兴。她说，薛畅在财政局待过，和你同学说说，给我们单位的财政预算，多照顾照顾，厂长正为这事愁呢。薛主任权力很大呢。化工厂也是你的老东家了。你可要帮忙。

妹妹是化工厂会计，回家还要考虑单位效益问题，也算是尽职尽责的好同志。

小城市人际关系重。我没办法，在妹妹催促下，只能提着妹夫给的两提红酒，来到了华润大酒店。这里从前是粮食局招待所，当年是本市最豪华的消费场所，90年代后，就改成这个名字，继续引领消费时尚，但也显现出不少衰敝的意思。在一个包厢，我看到了发福的薛畅，依旧高大威猛的吕鹏，还有其他几个同学。他们都是机关秘书、企业家、学校的副校长等，在这个城市算是小有身份的人了。大家热情地叙旧，我看出来，这些人里，就是薛畅和吕鹏的官大，同学们都围着他们打转儿。

“葛大名记架子就是大，”吕鹏闷着头啃猪蹄，酒过三巡，突然拱出句话，说，“平时也不联系同学们，怕给你丢人哇？”

“吕队长太高看我了，”我苦笑着说，“我们报业现在是夕阳产业，‘名记’都跑到自媒体了，要不就自己创办App，我混得落魄，无颜见江东父老。”

“你好歹是省城第一大报记者，无冕之王哇，领导都怕你们。”薛畅看看氛围有些小尴尬，连忙出来打圆场。这小子上学时就是这样，圆滑。

“你那时可是文学明星，”一个女同学也笑着说，“你和夏冰、韩苗苗，那可是90年代麓大的‘明星代言人’呢。”

吕鹏的酒杯停在半空中，目光有些停滞。薛畅不再讲话，只是把酒倒进嘴里。同学们停下了互相之间的恭维应酬，好像也都在沉思。大家聚会，一直在避免提到夏冰和韩苗苗。那是轰动麓城的大案件。这两位“金童玉女”，一个死，一个失踪。

包厢外面，从马路的路灯，到饭店大厅吊灯，再到包厢顶灯，闪闪烁烁，映入眼帘，此时却兀地猛闪数下，悉数灭了。酒店大厅哗然，才知是突然断电。包厢一片黑暗，应急灯昏黄暧昧，桌上杯盘狼藉，鸡鸭鱼肉，摆着各种造型，在灯光下影影绰绰，仿佛尸横遍野的战场。

吕鹏讲起那个轰动一时的杀人案。按照吕鹏的讲述，夏冰为报复冯校长和韩苗苗轧姘头，才动了杀机。夏冰给冯校长的女儿冯露辅导钢琴，他偷了冯露的钥匙多配了一把。

他去冯校长家，大概下午四点多。他跟着韩苗苗去的。韩已准备和夏离婚。她常去冯校长家。冯露也默认了她的存在。这个女孩沉默寡言，似乎有些冷漠，除了音乐外，她不太关注外界。

警察把她救活，录口供，她没有表现出惊吓，死了人，她一滴眼泪都没有。

夏冰是用的刀。一把锋利的厨房餐刀。他们后来追查过刀，阳江产的“巧媳妇”，长二十二厘米，前宽后锐，是冯家的，平时常用来切菜，也顺手。他进到冯校长家，韩苗苗正在浴室洗澡。夏冰是艺术家，杀人也总希望不同凡响。夏冰进屋后，先走向录音机，播放了G大调钢琴协奏曲。那是首欢快的曲子。刑侦队的人分析，从犯罪心理学上说，这隐隐反映了夏的复仇快感。

韩苗苗以为冯校长回来了，擦干身体，穿着睡衣来客厅。她被杀死，裹在被子里，丢在卧室。

夏冰杀死韩苗苗，又搜罗冯家的冰箱。杀人是体力活，让人肾上腺激素急速上升。夏冰找出很多食材，开始做饭。他炒了几个菜，都是韩苗苗爱吃的。夏冰听着音乐，很快炒好菜。他还搜出冯校长的茅台，边吃，边喝，等着冯露和冯校长回家。他想杀死姓冯的全家。

冯校长在学校加班，回去很晚，逃过一劫。冯露没那么幸运了。她六点左右到家。打开房门，她闻到了饭菜香气，看到醉醺醺的夏老师。然后是血。冯露口供不多，她就是强调血。韩苗苗的血，喷射出来，溅入了夏冰的眼。夏的左眼，变成血红色。

夏冰把她扯过。音乐旋律还在，餐刀飞舞。他把冯露也推到卧室，又轻轻一抹，冯露的脖子也冒出了血。冯露的声音不大，被响彻的音乐声盖住了。根据走访，邻居似乎听到冯家有人喊叫了几声。但他们都知道冯露学音乐，所以对她家的扰民早已习以为常，也没朝不好的地方想。他擦净刀子，到客厅接着喝酒吃菜，等冯校长。

过了大半个小时，冯校长还没来。夏喝得差不多了，冯露醒了。刀子划得不深，只是割伤了气管，不知夏冰是临时手软，还是心软。总之，冯露没死，还醒了。冯露说，老师，你和师母，还有我爸的事，我不懂，和我也没关系，你不要杀我……

那天晚上，吕鹏整整为我们讲了两个多小时。他的语音时高时低，有时声嘶力竭，有时又像喃喃自语。吕鹏讲得冷汗直冒，心惊肉跳，完全不像一个经验丰富的刑侦大队长。薛畅则不停喝酒，很快就灌醉了自己，最后被我们抬回家。

一个人走得再远，也逃不出自己的青春。

回家这几天，我专门去了趟麓城大学。当年打篮球的操场还在，当年的报告厅也还在。我坐在报告厅前的花坛，抽了半包烟。冬青叶还是那么肥绿，连花坛的瓷砖，似乎也还是二十几年前的模样。我仿佛看到，1994年夏夜，青春少年的我们，冲向操场。迎新生晚会结束了。夏冰弹钢琴，韩苗苗独舞。我是晚会导演，也演了话剧《雷雨》片段。我扮演天真热情的周冲。晚会结束，我们的化装也来不及卸，就冲到了操场上。大家点燃了十几堆篝火，尽情地狂欢，跳舞，高歌。我还当众打了一套少林拳法。当年为了泡妞，我可是苦练过一阵拳法和刀法。苗苗看我打拳，也凑过来，围着我跳了一曲草裙舞。我被苗苗搅得心神不宁，一不留神，摔了一个屁股蹲……

那年，我十八岁。我和夏冰、苗苗，还有薛畅、吕鹏，都是好朋友。

二

如果说，人的命运冥冥之中自有定数，我宁愿相信，夏冰和韩苗苗就是我的定数。时光不可倒流，人生的偶然性，最后酿成了必然性。二十多年前，如果我没有偶然听到夏冰的名字，就不会起好奇心。如果我没见到夏冰，就不会认识韩苗苗。如果我不认识他们，就不会爱上韩苗苗，更不会为给她出气，打伤骚扰她的艺术系辅导员侯博。如果我没犯下这样的错误，就不会分到化工厂当工人。我就不会下岗，更不会继续纠缠在苗苗与夏冰之间。

也许，没有那么多也许了。也许，苗苗就不会死。

夏天能有冰吗?

很多年之后，我依然记得第一次听到夏冰的名字，是1994年仲夏。一辆公交车上，两个戴着麓城大学校徽的女孩，一脸崇拜地谈到他。那时大学生还流行戴校徽，也算“天之骄子”吧，到哪里都被人羡慕。俩女孩看样子是麓大艺术系的，她们说起钢琴专业学长夏冰耀眼的成绩。上小学就在省里拿奖，上中学就获得全国奖项，文化课分太低，否则早上中央音乐学院了。他是被麓城大学破格录取的……

我听着两个粉丝喋喋不休，心里犯嘀咕。这么牛的人，有机会要认识。

机会很快来了。我被学校安排组织迎新晚会，理直气壮地去找夏冰帮忙。我见到夏冰，他正撅着屁股，调试钢琴。他身材颀长，脸棱角分明，大理石般线条清晰，眼窝深陷。那时他穿一件浸着油渍的工装，头发乱蓬蓬，不像什么钢琴王子，更像琴行工作人员。他趴在钢琴盖上，一会儿扭紧别弦钉，一会儿轻轻抚摸八十八个黑白键，又猛地俯身，仔细听着击弦机的榔头击发频率。他仿佛一个兴高采烈又专心致志的孩子，露出强烈渴求什么而没有满足的迷茫表情。

“你会修钢琴？”我说，“你好，我是中文系的葛春风。”

“美好的东西，要拼尽全力才能保持得久一点，虽然不能永恒，也就无憾了。”夏冰缓缓地说，又像自言自语，对我的自我介绍充耳不闻。

“早晚要腐坏，又何必执着？祇园精舍钟声响，述说世事本无常。娑罗双树花失色，胜者必衰若沧桑。”

我懒洋洋地吟出几句。和我玩禅意，我可是中文系的。装×扮深沉的事儿，我从前没少干，随便搞几句《平家物语》偈语，震撼一下艺术系学生，还是可以的。

夏冰的眼睛亮了，那是对智慧和美的强烈向往。他沉浸在诗歌的意境之中。这时他显得纯真稚气，眼神有种麋鹿或羔羊的气息。许久，他似乎恍然大悟般地说，对了，找我什么事？你是那个谁，诸葛春风？

“我还是诸葛亮呢！”我没好气地打趣。真没想到，我去寻找“夏天的冰”，却找到了这样一个“奇葩”。

“葛春风，中文系，”我说，“朋友都叫我的外号，野猫。”

野猫？夏冰回过神，眼中显出顽皮神采，说，我是艺术系的夏冰，别人都喊我麋鹿。

一只猫，一头鹿，动物界的在一起，肯定有“共同语言”。我也笑了。

后来，我对夏冰的矛盾性格有了进一步理解。他有时非常固执，认死理，有时又从善如流；他穿着随意，甚至是邋遢，但只要演出，必定精心打扮；他不喜应酬交际，但如果朋友找他，他又总是委屈自己，尽力完成朋友的嘱托；他创作曲子，几天几夜不眠不休，滴酒不沾，可闲下来，他总将自己灌得酩酊大醉；他不善言辞，但喝酒后喜欢给人家讲课，滔滔不绝地讲几个小时；他说市场的好酒，是包装出来的，俗气，他最爱麓城郊区农民自酿的苞谷烧，但如果为了追女孩，他必定要喝茅台；他对女人似乎不放在心上，但心血来潮，又为女人要死要活地写歌、唱歌、弹琴；他的本行是音乐，却喜欢和大家讨论机械、哲理与文学……

更重要的是，他看重的人，马上可以成为生死之交；他不喜欢的人，冷面白眼，敷衍一下都不肯。他一辈子吃亏都在这个上面。

夏冰是怪人，还是一个“才华横溢”的家伙。

90年代初，搞文学不像从前那么风光，有点“灰溜溜”的意思，但社会上还残留着对文学的敬意，特别是大学校园。我从中学时代就常在刊物发表诗歌小说。稿费单收了很多，全国笔友来信也很多，自然也受到同学的羡慕，特别是女笔友来信，往往暧昧朦胧，有的还夹着照片。夏冰喜欢和我聊天，无话不谈。我们的父亲都去世了，说起来也有共同悲伤。他很喜欢我的部分诗歌，有的诗，他则指出是“臭不可闻”的垃圾。我们常会为“宇宙是否有开始与尽头”“主体性是什么”“诗的节奏与音乐的对位关系”这类玄之又玄的问题吵得面红耳赤，让其他朋友感到乏味无比，瞌睡连连。

韩苗苗就一言不发，默默地坐在我们的身边，听着我们瞎扯。说实话，这类纯粹精神性探讨，不适合女生。韩苗苗更不是一个喜欢这类话题的女人。奇怪的是，她每次总是我和夏冰闲扯淡最后一个耐心的听众。她托着腮，目不转睛地看着我们。她的眼睛又大又亮，睫毛又长，眼神锐利极了，我形容说是“清水里的刀子”，吕鹏他们都表示赞同。

于是，我和夏冰的谈话，往往谈着谈着就变了味道，成了我在向夏冰和韩苗苗讲述——在我的下意识里，可能更多的还是向苗苗表达。我眼神流转，表情更浮夸，情绪更激昂，更加充满情感。这一切，我当时并未意识到。我也没有意识到，韩苗苗其实更多是在看我，听我讲述。我不敢看她的眼，生怕自己的魂都飞了。

韩苗苗是一个极秀美、气场很大的女孩。她总能从容不迫地成为在场焦点。她惊心动魄的美艳气息，让每个男人都坐立不安。她话不多，胆子大，不胆怯与各色男人周旋。这种“段位”的女孩，本应该和“高富帅”厮混，她偏偏喜欢我们这些搞文艺的。韩苗苗是一个气质和夏冰完全不同的人，她身边有众多追求者，但是，她非常坚定地选择了夏冰。夏冰和韩苗苗的家境都一般。夏冰的父母都是中学教师，韩苗苗的出身更差，她母亲是肉联厂女工，父亲是干休所厨师。按理说，她在这样的家庭长大，五大三粗才是顺理成章。可谁能想到，韩苗苗却性感苗条，皮肤白皙滑嫩，在舞蹈方面天赋很高。这还真是让人感叹基因突变的不可测。

夏冰带着我一起去春游，就我们三个人。我们清晨从学校的团结楼出发，骑着自行车，穿行市区，在中午到达市郊的不语山。麓城地势平缓狭长，属于典型平原气候，东北、西南和东南，各自有山围绕，都是不太高的山，但连绵不绝。不语山在麓城东南，苍松翠柏，野花，各种鸟的鸣叫，伴有清澈安详的一片湖。抬眼望去，一股绿意在春天便撞进了怀。韩苗苗尖叫，丢了自行车，在一片油油的草地上起舞。夏冰反倒含蓄，远远地看着苗苗，和我不紧不慢地讨论艺术问题。

“艺术是为了人类自己享乐吗?”夏冰说。

“享乐是短暂的，”我说，“艺术应该缓解痛苦，享乐过后，也会是一阵一阵的痛苦。艺术让我们的生命，在绝望中舒服一点。”

夏冰摇头。韩苗苗跳了一阵，跑回来，搂住夏冰。他们开始激烈地亲吻。随后，他们跑进那片浓密的柏树林。我看到，夏冰挥了挥那条新疆细密羊毛毯，抱着苗苗，走向树林深处，像一只灵巧的麋鹿，驮着一只洁白高傲的天鹅。

他们去“享乐”了，把“孤独的痛苦”留给了我。

我当时不明白，为什么要去当这个几千瓦的“电灯泡”。我渴望和他们在一起。我也可以约一个女孩，但我没这个兴致。我坐在林子外的一块青石上，抽着烟，望着碧绿的湖中悠闲的水草，望着天一点点地变蓝，云朵飘过，阳光染红云的边缘，好似镶上了一层金边。一只大青鱼，耐不住寂寞跃出水面，身上跳跃的水滴，珍珠般地闪烁着。

太美了，我赞叹着，心里平静了些，当“守护使者”又何妨？

韩苗苗无声无息地跑到我的背后，猛拍一掌，说，野猫，你刚才和麋鹿讲什么东西？我被她吓了一跳，又耐着性子向她讲解。她笑着跑开了。我这才明白她是逗我玩。

“别惹我，苗苗，”我警告她说，“惹到我，那可是山崩地裂。”

“你‘崩’给我看看”，韩苗苗噘着嘴，说，“别吓唬人，我照单全收。”

她面色娇艳红润，白色裙子皱了，上面有散落的松针，还有一股荷尔蒙的气息。夏冰也从林子里钻出，头上顶着那块“沾满爱情”的毯子，冲着我做鬼脸。我哈哈大笑。夏冰和苗苗做了一个漂亮的亮相，俩人手牵着手，唱起了欢快的乐曲。

夏冰的歌声嘹亮浑厚，苗苗的嗓音高亢甜美，仿佛天地变成了一个巨大舞台，鸟儿停止鸣叫，花朵也仰起笑脸，世间万物都来倾听“天鹅”与“麋鹿”的绝美合唱。歌词依稀听去是：忘掉那情切切甜蜜接吻，忘掉那软绵绵良辰美景，从今后得不到她的亲近，好朋友，美少年纳西塞斯……

被苗苗拍过的地方，暖暖的，麻酥酥的，好半天缓不过来。很多年之后，我才明白，我不知何时，偷偷地爱上了她，爱上了我最好的朋友的女人。

三

十五年前，夏冰逃走的消息，是吕鹏告诉我的。当时，我正在市场的角落卖烤面筋，吕鹏冷着脸走过来，问我知不知道夏冰的消息。我是真不知道。吕鹏想了想，还是将案件的一些情况通报了我。我的泪很快涌出来了，也不知是为了夏冰，还是为了韩苗苗。因为和他们俩人关系好，我还被吕鹏叫到警局录口供。

“夏冰没找到之前，谁知道你是不是共犯？”吕鹏的脸更冷了。

你放屁！我悲恸之余，被他气得跳起来。我为什么要和夏冰密谋杀死苗苗？我晓得，吕鹏这种失魂落魄的“疯狗相”，主要是因为苗苗。这小子暗恋苗苗。他嫉妒苗苗和我的亲密关系，更嫉妒夏冰。这小子提拔了，当了刑警中队长，看不起老同学了。我是卖面筋凉皮的，可我还有骨气。

想到这里，我反而心平气和，不再和他理论。

吕鹏查了半天，没什么有价值线索，也就放我回去了。临走前，他想了想，还是说，野猫，不是针对你。这么大的案，一死一重伤，上头的压力太大，我们这些刑警，看谁都像嫌犯，这是职业病。你现在处境不好，我也没帮上啥，你是老同学，原谅我吧。

说着，他站起，竟向我鞠了一躬。

我这才发现，吕鹏头发乱蓬蓬的，眼窝深陷，胡子拉碴，眼睛红肿，好几天没睡觉的样子，想想也觉得没意思。这种事，谁也不想发生的。

还有，吕鹏欲言又止，如果你恰巧碰到他，就和他说，希望他自首。

这句话很没营养，我直接无视了。我懂，这叫“立功心切”。我回家后，暗自找了很多地方，也希望能看到夏冰，但也都以失败告终。我也不懂夏冰为啥要杀死苗苗。强扭的瓜不甜，苗苗和冯校长在一起也不是一天了。他们不是在商量离婚的事吗？还是苗苗突然触怒了夏冰？或者，还有很多我不知道的隐情？

大学毕业前夕，我和夏冰、韩苗苗的关系变得很微妙。夏冰似乎也对此有所察觉，但他并不在意，还开玩笑说，如果我喜欢苗苗，就让给我。我面红耳赤，慌忙否认，但自己都感觉是那么苍白无力。从前，我和薛畅他们一起来找夏冰和苗苗。后来，我经常一个人找夏冰，夏冰不在，就找苗苗聊天。记得那次，一个下午，我又来找她。苗苗的舞蹈房在琴房旁边，她放着音乐，一个人对着镜子，尽情地跳着。我傻傻地站在旁边看。她并不停下来和我说话，但是在镜子中观察我。她跳累了，气喘吁吁地停下，擦擦汗，还是面无表情地盯着镜子，没有说话的意思。

她的同学们也来到舞蹈房。这群女孩看到我们，窃窃私语。音乐响起，她们继续练习，那天排练的好像是《胡桃夹子》。我只是记得，那个下午，我斜倚在窗下，手里捧着买来的红玫瑰，几乎要捏碎了，好像那不是什么花，而是我那颗滴血的心。

我垂着头，看到一群女孩旋转的脚尖，漂浮在音符之中。初夏气息格外浓烈，舞蹈房外面，是一丛丛花木。泥土发酵，发出腥甜诱惑。夹竹桃拼命地伸展枝条，常春藤绕满窗，似乎要挤进窗棂。蝉鸣鼓噪，仿佛千万根刺在耳膜的钢针。我窘极了。

一个女孩看我可怜，推推韩苗苗说，那男孩等你哪。韩苗苗还是对着镜子，冷冷地说，他愿意等，等好了。我又没让他等。他有本事，就等下去，等到死，一拍两散。

我狼狈地逃出舞蹈房，跑到操场僻静角落。

我哭了。那或许就是失恋的感觉吧。我从未对一个女孩产生如此强烈的渴望和挫败感。我谈过几个女朋友，也在校外小旅馆开过房间，自认为“曾经沧海”，见识过女人。不知为何，面对韩苗苗，我笨嘴拙舌，目光呆滞，全无办法。我擅长的油嘴滑舌，侃侃而谈，讨女孩欢心的小手段，全无用处。这个眼神像“清水中的刀子”般的女孩，仿佛一个舞蹈的精灵，恶作剧般地偷走别人的灵魂，还要嘲弄这颗灵魂的不体面、不勇敢。

我原以为夏冰是我的阻碍，我不能干对不起好兄弟的事。后来我才明白，我是面对韩苗苗全无自信，严重自卑。我被这个精灵般的女孩踉碎了灵魂。

我不再找夏冰和韩苗苗。夏冰却主动来找我。他还是灿烂地笑着，善良得像只麋鹿，好像对那些事毫无察觉，也毫不介意。快毕业了，有各种频繁聚会，夏冰拉我喝酒，把我介绍给学弟学妹，说，这是我最好的朋友，中文系大才子葛春风。我羞愧万分，因为会见到韩苗苗。我不想见她，更不想让她看到我。可我还是忍耐不住想她。然而，韩苗苗还是若无其事，一言不发地看着我和夏冰，端坐若美丽冰雕。我已鲜血淋漓，万箭穿心，还要在众人面前装着若无其事。我每次喝酒都喝醉，每醉必哭。夏冰以为我是舍不得他，也哭得稀里哗啦。最后结束项目，一定是大家合唱《同桌的你》《睡在我上铺的兄弟》……

薛畅和吕鹏看出了问题。一次，他俩专门找我。薛畅诚恳地说，野猫，还是远离夏冰和韩苗苗吧。他们太特殊，和咱们不一样。你别掺和他们的事。吕鹏讲得更不客气。他阴阳怪气地说，野猫，别想韩苗苗了。你是野猫，人家是野天鹅，差着好几个档次啦，你还是老老实实地忙分配的事，不要和她见面，要不你早晚死在她身上。女人太美，不是好事。

我感谢他们，但依旧无法自拔，好像眼睁睁地看着自己沉沦入一个长满野花和青草的泥潭，明明白白地晓得是“死亡陷阱”，却无法拒绝诱惑。我还是和夏冰喝酒、痛哭，和韩苗苗无言对视，在众人面前强颜欢笑。直到一天，夏冰喝酒时告诉我，艺术系辅导员侯博经常骚扰苗苗，已发展到忍无可忍的地步。苗苗都不敢和他单独见面。毕业分配，辅导员有很大权力，大家都不敢得罪他。夏冰为此也甚为苦恼，可也没什么好办法。

我拍案而起。在荷尔蒙和酒精的作用下，晚上，我怀揣一把蒙古刀，闯入侯博的办公室。那是一个矮小瘦弱的家伙，却高傲嚣张，连声质问我是谁。我没搭话，就和他扭打在一起。我一刀扎在他的屁股上，一刀捅在他的胳膊上，并警告他离韩苗苗远些。

我踉踉跄跄地跑到夏冰宿舍，告诉了他一切。苗苗也在。她不顾一切，抱着我痛哭，狠狠捶打我的胸膛，连连骂着“傻瓜”，全然不顾我身上的血腥味。看到夏冰惊愕的表情，我笑了。那一刻，我轻松了，安定了，如果下一刻让我死，也可以无憾。

我终于确定了一件事：苗苗喜欢我！苗苗是喜欢我的！

我抱着她，感受她轻盈的身体。她呵在我耳边的气息，她结实圆润的乳房，还有滚烫的泪水。我的额头也被划破了。血缓缓地流下，汇入了她留在我脸上的泪。

美人报我以泪，我还之以血。今生无悔……

四

4月份，本年度麓城第一场雪，姗姗来迟。

清晨，我帮母亲换褥子。她醒来，也认出我了。母亲清醒的时候，是沉静安详的，和我一问一答，也很有条理。妹妹和妹夫都去上班了。我出钱找了一个安徽保姆，帮着料理家务，也让妹妹一家轻松一下。我让保姆喂母亲吃了点小米稀饭。母亲出奇安静，乖乖地吃完，又要去睡。

我哄着她看电视，不让她睡太多。她最喜欢80年代日本电视剧《血疑》，一直嚷着要看。我想尽办法，从省电视台的朋友那儿弄来副本，刻了光盘，在家里DVD放给母亲看。母亲开心地笑了。

荧幕上，山口百惠和三浦友和，还是几十前那般潇洒漂亮。我们都已衰老，他们却熬过时光的残忍淘洗，变成了永恒。母亲痴痴地看着电视，时不时望向窗外。我问，妈，有事儿？母亲羞涩地轻声说，上级组织大会战。你爸加班，一个星期没回来了，你去看看，说是今天回。他要和我一起看《血疑》大结局呢。

我答应着，慢慢踱步到门外。母亲的记忆，又穿越到80年代了。我不想打扰她。雾散尽，雪花纷飞，在寒冷中漫步，我回望那些岁月，已颗颗凝聚于屋檐之下。它们收拢羽翼，微笑，盛开如雪花。相比千疮百孔的我，母亲是幸福的。她永远活在与父亲在一起的美好记忆中。我的父亲在天上看着我们吗？或许，还有韩苗苗？

说也奇怪，麓城整整一个冬天，都没下雪，眼看春天露头，又下了起来。这种反常气候，在古代是被怀疑有冤案的。雪飘飘扬扬地飞满天空，好似数也数不完的记忆之片段。我曾以为，只要远离麓城，那些记忆创伤，就会慢慢自愈。我低估了时间的力量。时间越久，那些刻骨铭心的东西，就越发会被放大，就更清晰。

小区门口，我遇到了薛畅。他今天休息，陪我去看夏冰的儿子。

夏冰逃走后，他和韩苗苗的儿子夏雨，原本跟着奶奶居住。但悲伤的韩苗苗的母亲，拒绝让外孙再回夏家。老太太说，夏冰是杀人潜逃犯，夏雨不能在杀人犯的家中长大，这样不利于成长。于是，夏雨被强制带回韩家，改名“韩雨”。韩苗苗的父亲，身体本来就不好，由于悲恸过度，更是雪上加霜。2005年秋，这位干休所老实巴交的厨师，终于在病症打击下，咽下了最后一口气，只留下老太太和夏雨相依为命。

夏家的情况也不好。夏冰的父亲很早去世，母亲是市二中语文教师，是来自云南的少数民族。当时人们一直传言，夏冰逃离麓城，被母亲悄悄送到云南，最后去了缅甸。夏冰刚逃走的那段时间，吕鹏还在夏家居住的天成小区布置暗哨，暗中盯着夏冰的母亲。几年过去了，没有夏冰和家里联系的迹象，警察也渐渐松懈了，改成每年例行公事的两次询问。夏冰母亲的身体每况愈下，现在也不过是强撑着罢了。

十年后，就连这询问也没有了。

我原本没想去韩家。这些年，我一直都在逃避。薛畅对我说，野猫，都十五年了，你也应该学会放下，去看看那孩子，有机会帮一下，回到省城，找个女人结婚吧。

薛畅说着，眼里似乎有些泪光。我这才注意到，十五年过去了，薛畅已从一个拘谨的少年，变成了秃顶肥胖的中年大叔。他的黑框眼镜下，眼睑很松，眼角也满是皱纹。薛畅是一个没有存在感的家伙。从高中时期，我就习惯了他跟在我的身边。他有些圆滑，甚至平庸，但他从没有害过我。虽然，他从那个喜欢书法和篆刻的小跟班，变成了今天喜欢打官腔的“薛主任”。但是，他的内心希望我好，希望我放下。

刚考上研究生那段时间，我几乎和所有麓城同学朋友都断了联系。但是，夜深人静，我无法入眠。我去过医院，医生说，我有轻度抑郁症。我没有告诉任何人。这种病不仅表现为黑夜的恐惧、孤独和失眠，也伴随着躁狂、妄语、幻觉等症状。我偷偷吃着马普替林、西塞平等抗抑郁的药物，但这依然无法阻止黑夜的来临，无法阻止韩苗苗疯狂旋转的舞鞋出现在我的梦中。然后，就是夏冰血红绝望的眼。我找各种女人，但都无法持久交往。我跪在冬天的雪地灌酒，像野猫般号哭，哭到胃出血，将一口血喷洒在雪地上……

对于四十多岁的我来说，早已习惯了这创伤，仿佛时间久了，创伤也变成了“甜蜜”的习惯。如今，薛畅，你让我放下，这一切谈何容易？

我苦笑两声，不再回应。我们在小区门口超市，买了鸡蛋、牛奶和水果。走过两个楼群，我们看到夏冰的家。天成花园是老小区，都是住的老国企职工，房子普遍是80年代初期的，由于年久失修，有些楼房外体红砖都露了出来。韩家住在一楼，我当年去过很多次，现在依稀有些印象。薛畅去叫门，一个颤巍巍的胖老太太开了门。她看到薛畅，高兴地说，小薛，你来啦，来看看就好，最近忙吗？老太太满头白发，声音洪亮，满脸红光，依稀还能看到当年肉联厂女工的豪爽，只是那宽阔的脸，胖硕的腰，怎么也看不出是韩苗苗的母亲。

看样子薛畅这些年没少探视。我的心里一暖。薛畅看着不起眼，其实比我们都有心。他知道如何让韩苗苗在天之灵感到放心。

这位是？老太太看着我，疑惑地说。

我深深地鞠躬，低声说，阿姨，您把我忘了？我是葛春风，苗苗的同学。

老太太的脸猛地沉下，面色苍白，嘴唇抖动，眼睛似乎要喷出火。她喘着粗气，慌乱地把我们往外推，嘴里不停地说，你走，我不认识你！

我的眼泪涌出。我是苗苗和夏冰的知己。我不但没有阻止惨案发生，还在这个小家庭破碎之后，选择了考研，彻底远离麓城。我如今有什么资格，看望这位多年辛苦拉扯夏雨的老人？

我的出现，就是在老人的伤口上撒盐。

薛畅示意我先出去，他独自在屋里和老太太交流了很长时间。最后，他强打精神出来，说，老人同意收下东西，也允许你看夏雨。但她不想见你，也不让你和夏雨说话。她年纪大了，心脏也有问题，怕受不了。

我讪讪地点头，和薛畅一起离开韩家。

我当年来韩家，也吃到过苗苗父亲做的胶东大包、什锦馅饺子。我嘴甜，哄他们开心，每次都带礼物，两位老人其实更喜欢我，而不是性情古怪的夏冰。他们甚至暗示，如果我要和苗苗在一起，他们没啥意见。可惜，我和苗苗没有夫妻缘分。我离开麓城，去省城上研究生的前一天夜里，我默默地在韩家窗下，站了一夜。

那夜飘着小雨，我看着米黄色窗帘透出的微光，窗帘上映出一个孩子的影子，那是夏雨吧。这孩子小时候，和我挺亲。那时我常去夏冰和苗苗的小家蹭饭，也没少陪小家伙玩。苗苗还开玩笑，让孩子认我为干爹。夏冰杀人潜逃，我没再见到过孩子，只是找人送去一千元钱。说起来愧疚，我那时除了卖凉皮，每天复习考研功课到晚上十二点，大部分精力都放在这上面。

夏雨在哪里？我问薛畅，算起来，也二十三岁了。

你刚才见了，薛畅耸耸肩，说，超市收钱的那个。

从小区门口小超市买东西，的确有个男孩结账。不过，他从头到尾，一句话都没讲，印象不深。我又回到超市，在窗外远远地看着，一个瘦高男孩，脸庞从侧面看，还挺清秀，有点像苗苗。他呆呆地看着前方，面无表情。天气还有点冷，超市里光线暗淡，我从窗外看到，男孩坐了好半天，动都没动，像冻僵了一般，总觉得奇怪。这时有客人来买东西，他的反应也很迟钝，叫半天才过来拿东西，也还是不说话。

自闭症，薛畅叹了口气，说，苗苗被夏冰捅死，他才八岁，突然不会讲话了，原来挺机灵的孩子，上学也没法，勉强读到高中。后来退学了，我们帮着置办了小超市，好歹有个营生。

这个病妨碍上学吗？我有点心虚地问。

你不了解，薛畅说，这个病不仅有“交流障碍”，也有“选择障碍”，你让他干一件事，他也许还能去做，但你要让他选择，他就会狂躁、失控。这孩子其实学习不错，但有时失控会打人。我们把他转到了特殊学校，也只上到了高二，他就不愿再去了。

我点点头，心里更加难受了。

客人走后，小超市又归于死寂。超市不大，塞满了从零食、日用品到烟酒、保健品等各类杂货。有一张曲尺形的玻璃柜台，夏雨就呆愣愣地坐在里面，似困在铁桶般的城。在烟酒糖茶和辣条、蛋糕的包围之中，他灰暗的脸上，眼睛是僵死的，一动不动，好像定格镜头中的人像。突然，我听到，小超市飘出若隐若现的音乐声，确切地说，是钢琴的声音。

《G小调第四十交响曲》，薛畅怅然，说，你也肯定熟悉，这是夏冰喜欢的莫扎特的曲子。

我们看到吕鹏的警车停在了小区门口。吕鹏钻出车，手里倒提着乌黑的手枪。他看是我们，也不多说，挥挥手，后面几个彪形大汉，看着像刑警队的，悄悄四散，在超市周围隐蔽。

我和薛畅愣住了。吕鹏垂下手，关上手枪保险，小心地放进肋部的枪套，低低地说，有人举报，夏冰回来了。他就在麓城。

第四章　树上的野猫

祇园精舍钟声响，述说世事本无常。

娑罗双树花失色，胜者必衰若沧桑。

——《平家物语》

一

平平安安，安安稳稳，有什么不好？

做人做事，都要有计划，深思熟虑，三思而后行，多听长辈的意见，才能少走弯路。这是我薛畅的人生座右铭。我羡慕葛春风的才气、吕鹏的勇敢，但我不会像他们。我有我的原则。大学时代，我每个月做一次计划书，规划每天作息，应该读的书，写的文章，练习的书法，要做的事。我在计划书开头写上粗粗的仿宋字：薛畅，加油！你行的！

这个世界不公平，又非常公平。

它要求每个人知道该干什么，能干什么，然后勤勤恳恳地在自己的岗位努力，总会有收获。我们这些平民子弟，只有兢兢业业，才能过上体面的生活。我们不能和那些家境好的同学比，我们经不起“犯错”。吕鹏和春风，都嫌弃我太过冷静圆滑，什么都能忍，没个性。×，我不是没有个性，而是承受不起“个性”。我从小就明白，穷人的孩子，要得到点什么，就必须先失去更多的东西。

春风的问题，就是太冲动。想当年，苗苗没有让他去打艺术系的辅导员侯博，他一时冲动，换来了一个留校察看处分，还差点被取消毕业证，毕业分配也受到了影响。如果他的童年也像我这样辛酸，他就不会如此了。我暗暗怀疑，是有人利用了春风。春风外表精明，但太重情，容易被蒙蔽双眼。按照春风的成绩和表现，他应该被分配到报社、电视台或教育局这样的好单位。可一切都成了泡影。他的人生轨迹彻底改变了。他吃了很多苦，受了很多罪。

但是，这世界毕竟给他留了一线生机。他最后考上研究生，到省城当记者，也改变了命运，甚至比在麓城还要好。

不要怨天尤人。春风这辈子，最倒霉的事，就是认识了韩苗苗和夏冰。

如果他和我，还有吕鹏待在一起，不会遭遇那么多坎坷。这样说，也不是韩苗苗和夏冰的错。他们对朋友都挺真诚，对我也不错。这都是命。

这三个人就是上辈子的孽缘，今生也要注定纠缠在一起。

话说回来，正因为春风重情义，我才把他当成真正的朋友。

我的家庭，与春风他们比，更是“卑微不堪”吧。春风的父亲曾是化工厂工程师，母亲也是全民制正式职工。我的老爹，不过是机械厂大集体制工人，老妈没有工作，是厂家属，在家做家务，照顾我和弟弟，捎带给街坊四邻浆洗衣服挣点散钱。父亲这辈子大部分时间，都守在那间充满霉味的库房。我很小时，就经常被人嘲笑，说是“库房狗”的儿子。别人的生日礼物都是蛋糕，我的只是劳保手套，或一双丑陋的、带防滑钉的劳保鞋。每当我过生日，老爹总很羞愧，但我不这样想。我认为老爹最大优点是有责任心，是一个尽职尽责的好库房管理员，一个慈祥的老爹。他从来不偷库房的东西，也对领导多领劳保的暗示视而不见。他是一个正直的男人，也因此一辈子混得窝窝囊囊。

上高中，我和葛春风是同位。他学习比我好，发表了很多诗歌与小说。很多人都想和他交朋友。他对我很好，经常给我讲题，借文具给我。我鼓起勇气，带春风去我家玩。他没有嫌弃。老妈看我交到学习好的朋友，特别高兴，特意给我们做了油焖鸡。那是我家养在院子里的十只鸡之一。我们靠它下蛋，补充早上的能量，去市场换点钱。春风吃得很高兴。他不了解，他吃掉了我们家重要的财产。

我问老妈，为什么这么隆重招待春风。他只是一个小孩。老妈说，咱们穷人交朋友，一定要可靠，讲情义。人情如纸薄，交一个朋友，就要一生一世。春风虽然是小孩子，但看来讲义气、善良，又有本事。他将来一定对你有帮助。更何况，春风的老爹为了保护工厂，死在安全事故中。春风是烈士后代，更应该好好对待。

我不得不承认，老妈虽然没文化，但比很多母亲都伟大。她不势利，看人有慧眼，对世事也有很深的洞察。我上高三那年，弟弟去河边玩，死在河水之中。弟弟才十一岁，水性很好，从没出过事。老爹一下子苍老了十岁，老妈也哭昏过去好几次。她自责地把自己的脸都打肿了。有什么办法？她每天喂鸡，做饭，整理家务。闲下来，还要做零碎活儿挣钱，哪有那么多时间照看调皮的弟弟？穷人就是这样，关键时刻就看出人情冷暖了。老妈发疯般要给未成年的弟弟，在老家置办一小块墓地。可我们这个穷家，哪里有钱？再加上丧葬费用，老爹天天愁得唉声叹气。

春风塞给我三百元钱。他说，他母亲听说了我们家的事，给了他两百元，他还有一百元压岁钱，都给了我。90年代初，三百元对于高中生来说，可是不小的数目。我把这份珍贵情谊放在心里。

到了麓大，春风也常帮助我。他父亲留下一笔抚恤金，他母亲虽不是干部，但工龄长，资历老。春风从来不在我面前流露出半点优越感。他总是设身处地为我着想。我刚上大一，喜欢上中文系的一个女孩。那女孩却喜欢春风，希望通过我来接触他。春风晓得了，说，开什么玩笑，薛畅，我不能和你抢。大不了，咱俩一起打光棍。

春风有些喜欢那个女孩。他就是这样，为了朋友，什么都无所谓。

这一切都因为韩苗苗和夏冰，天翻地覆，彻底改变了。

伤人事件之后，我对春风讲，抓紧给校领导送礼，特别是中文系辅导员、系主任和书记。他们在关键时刻讲句话，学校还是要考虑的。春风被拘留所关了几天，整个人都颓废了。我们这些朋友凑了钱，又在春风母亲那里要了些钱，首先找到艺术系侯博老师赔礼道歉，赔偿损失，又找领导疏通。我们也只能做到让侯博撤诉，春风免于劳教。但是，春风的前途没了，记了留校察看处分。

毕业分配，他也只能回化工厂了。他本不想去，想和几个分配失意的同学一起南下东莞，却被母亲臭骂了一顿。听吕鹏讲，春风的母亲说，工人阶级有什么不好？你父亲是老牌大学生，当高级工程师，还和工人们同吃同劳动很多年，那叫“鞍钢宪法”。你这点苦都吃不了，怎么当社会主义接班人？你父亲可是这个厂的烈士。你不要给他抹黑。

这么多年了，我还记得，1995年8月份，我刚去财政局报到，就急着去化工厂找春风。我太了解他了。从小家庭条件不错，学习又好，总被人捧着，如今为了一个女人，跌落到了人生谷底，他受不了这个。90年代初的化工厂，效益一落千丈，不再是抢手的好国企了。说是改革改制，结果越改越乱，效益越差。黄昏时分，厂区刺鼻的硫黄味道从拔地而起的大烟囱懒懒地冒出，好似逃逸着无数鬼魂，也吞噬了黄昏最后一分光亮。春风的宿舍，在厂区后面，就是一间昏暗小屋。他和几个临时工，挤住在小黑屋里。我闯进去，只见几个刚下班的工人，赤裸着，正在清洗着红肿的身体。那明显是被化工品刺激的。他们头发凌乱，直勾勾地盯着我，我赶紧问葛春风在哪儿。他们粗野地笑着说，葛疯子嘛，屌壮货，在树上。

厂区内没有树，早被硫黄、硝酸和苯胺的味道熏死了。厂区后墙，长着不少红柳和棘刺，还是这些东西，忍耐力强。墙根下，有一条肮脏恶臭的排水沟道，将化工厂的废水排放到不远处的拦马河，瞅着都让人触目惊心。那个年代，不讲环保，化工行业条件普遍都差。

我的目光越过厂区后墙，发现院外有一株高大的老杨树。

老树被熏得外皮发红，叶子倒还茂盛。较高的枝丫上，我看到喜鹊窝，还有一个瘦得像野猫般的身影。他托着腮，痴痴地望着远方。春风在树叶间影影绰绰地隐藏自己，露出两只瘦长的脚打拍子。我看不到他的脸，只看到他的头顶在不停晃动，像只奇怪的松鼠。他低声地唱着歌，歌声凄凉悠长，叶子竟也应和着发出“沙沙”的声响。听久了，让人误会是叶子发出的歌声。

我喊他，让他下树。春风看了看我，没动，却回喊道，谢谢你，薛畅！你是第一个来化工厂看我的同学！

我说，你赶紧下，仰着脖子，和你说话难受。

春风不好意思地出溜下树。他皮肤也是红肿的，眼角有些溃烂，人整整瘦了一大圈，都有些脱相了，眼眶都凸显出来了。他的胳膊上，也被铁丝划出很多口子，渗着些血丝。

我心里难受，说，春风，多吃点有营养的，干活悠着点。

春风无所谓地笑笑，说，生死有命，富贵在天，反正我们都要死，随时也会死。

我说，你还有老母亲和妹妹，要好好活着。

春风说，你不懂，我们站在“超级大炸弹”上。他双手在空中画圈，有点怪异的兴奋。

我诧异，询问原因。春风告诉我，化工厂花了几百万，引进一套日本的苯胺生产线。苯胺就是阿尼林油，是高毒性、高爆炸性化工品，很多国家都限制生产，化工厂只要能顺利生产，就能挣到钱。可是，他们就是亏损。

“王扒皮”这个混蛋，春风咬牙切齿地说，居然进口了一套日本70年代末期的生产线！日本人简单翻修了下，改了改数据，就弄过来骗钱。他拿了多少回扣？有的机器码还打着“昭和”，没有“平成”年号呀。“王扒皮”把很多型号标记都用钢锉磨了去，但毕竟有遗漏。设备三天两头出问题，工人连像样的防毒面具都没多少，要出人命的……

“王扒皮”真名叫王大庆，是一名厨师出身的化工厂厂长。此人原本在工业局当厨师，把领导伺候舒服了，就屡受提拔，还去党校进修，混了个本科文凭。四十出头，王大庆就当上了这个有着几十年辉煌历史的千人大厂的厂长。

王大庆当厂长之前，工资还是按月发，他当了厂长，说是“分享艰难”，同蹚“地雷阵”，共闯“万丈深渊”，工资就改成按季度发放了。听春风说，《分享艰难》是一个著名作家写的改革小说，也被拿来当口号，真应该把他也弄到东风化工厂苯胺车间来“分享艰难”。

我叹了口气，说，先忍忍吧，你毕竟是大学生，过一阵子，想办法活动，去厂部干个秘书啥的，毕竟，你学中文，又不是学化工的。

这也是纯属安慰。学以致用，那只是说说而已，还要看工作需要。我学的是历史，主攻明清山东灾民史研究，可到了财政局，不也要乖乖地从头学注册会计师？

春风的眼神又黯淡了，说，我们的车间技术员小周，哈军工毕业的，都倒五年夜班了，要调上去，可不容易。我们外聘总工程师，是清华大学化学系毕业的高才生。他上周辞职了，临走前，悄悄对我说，我们厂子规模大，苯胺比TNT还厉害，而且不稳定，一旦爆炸，方圆十余里，寸草不生，全部化为齑粉。

我也禁不住打了个寒战，说，大不了，你就辞职，也不能把命搭上。

死了也好，春风戏谑地说，苗苗和夏冰要结婚，就当给他们的婚庆放爆竹了！

春风还是忘不了他们。这都是上辈子的孽缘。

韩苗苗和夏冰分配到了启明中学当教师。他们很快领证结婚，生子。他们似乎忘记了，有这么一个葛春风，为了他们，到了如此恶劣的底层车间，在那一车车的高毒性化学产品面前，耗损着无望的青春。

我去过春风的车间。四处都堆积着板结的褐色化工原料，加水搅拌的原料池里冒出“咕嘟、咕嘟”的红色气泡，仿佛沸腾的血液。呛人的粉尘、刺鼻的味道，能见度很低，工人们穿戴着简陋的防毒装备和防护服，一声不响地干活儿。整个车间都好似一座阴沉地狱，只有车间右上角通风口，有一个硕大黑色鼓风机，发出“呜呜”的哀鸣。

妈的，我忍不住骂，春风你赶紧逃吧，这他妈不是人待的地儿。

那时我们都还年轻，对未来充满憧憬，就是发牢骚，也多半是发泄怨念，没到万念俱灰的地步。春风离开夏冰和苗苗，虽然混得惨，但蛮有斗志。他不懂化工，但自学成才，专业术语一套一套的，还跟着老师傅，学习修机器。他还自学电脑，软件搞不了，硬件维修、维护系统什么没有问题。厂区控制室、厂部办公室的电脑出了问题，很多都是他给鼓捣好的，就是原来的才子脾气更加发酵了，喜欢和领导叫板。有一次，为了制冷设备的几个技术参数，和王大庆拍了桌子，并嘲讽地说，厂长，这机器不是切菜的砧板，敲打两下，擦上几下，就能继续混饭吃，那是要出人命的。王大庆最恨别人提他当年是厨师的事，当时就被春风气得直哆嗦。

你一个学中文的，自学化工机械，也不过是二把刀，凭啥嘲笑王大庆这个当过厨师的化工厂厂长？

可是，工人堆里特别推崇这样的人。刚开始，大家都觉得，一个学中文的大学生，能在化工车间干啥？那还不是瞎胡闹？于是，就经常有人拿着技术上的事儿，去刁难春风。让大伙儿惊讶的是，这小子居然还都能把那些技术问题解决了，而且并不采取粗野的办法。春风也会点拳脚，几个想找事的青工刺头，也都和他打得难解难分。大家再打听，原来春风是厂里的烈士——葛工的儿子，就对他肃然起敬。有老工人就说，葛工是好样的，技术也棒，他的儿子，就是学中文，那也是化工版的中文，错不了。

大家瞅着，一个大学生，和他们一样，骂厂长的娘，大碗喝酒，能唱荤曲，打架够狠，还懂修设备，也就慢慢认可了他。春风的威信还挺高，老师傅也经常找他商量事。厂领导晓得他是老职工子女，父亲又是烈士，对他睁一眼闭一眼，不提拔就是了，也不去找他麻烦。大家不叫他野猫，都叫他“葛疯子”。“疯子”半夜不睡觉，喜欢爬个鸟树，还在树上唱啥子鬼歌……

那首歌春风平时最喜欢唱。麓大的最后时光，他喝过酒，经常在深夜的操场，流着泪，反复唱上很多遍。最后，多半是我把他背回宿舍。那首歌是刘半农在1920年于伦敦大学留学期间所作的诗歌改编的，1926年，被语言学家赵元任谱成曲，广为传唱。

那首歌叫《教我如何不想她》。

我写了一幅行书送给春风，让他贴在宿舍，每天看看，聊以自省，肯定能再创人生辉煌。那是两行字：离情苗恨夏，阅人生风雨。

可惜，春风不是我，他只是野猫，葛疯子。

化工厂墙外的那棵树，该叫作“相思树”。树的正北方向，正是启明中学。春风早就通过各种途径，打听到苗苗的新房所在。他每天在树上歌唱，难道是希望歌声能飘到几十里外的启明中学，被韩苗苗听见？这有些荒唐，不科学，但符合被爱情灼烧的春风的浪漫心理。夏冰也曾告诉我，他们家虽然不大，却是启明中学附近文化沙龙的聚集地，总有各色心怀鬼胎的男青年过来吹牛×。这些男人把他们寒碜的小家叫“苗苗的客厅”。

90年代，虽然大家都忙着挣钱，但总有些青年，希望有一种不同的氛围。他们有写诗写小说的不成功作家、考电影学院导演系的“未来张艺谋”、潦倒的画家、捏裸体像的雕塑家，还有精通电脑的研究所技术员、机械厂能造黑枪的大学生。

都是“稀奇古怪”的青年精英。这种浪漫又牛叉的氛围，真是太适合春风了。这个沙龙，每周末举行一次。当地青年趋之若骛，都为有资格去“苗苗的客厅”感到荣耀。不得志的青年精英们，就在拥挤狭小的客厅，喝酒，吹牛，朗诵诗歌，评点江山，激扬文字，色眯眯地找机会向美丽的女主人倾诉衷肠。夏冰和韩苗苗每次都穿着演出盛装，给这些慕名而来的追求者表演，全然不管年幼的夏雨被饿得大哭。

他们甚至引起街道办事处的注意，被当作80年代不良青年淫乱聚会“死灰复燃”版，被反复调查了多次。还好他们只是聚会，没干违法的事，也就不了了之。吕鹏也曾参加过聚会。大家都对他身上“专政气息”太敏感，没人搭理他。吕鹏自讨没趣，就不再去了。吕鹏表面是粗豪“警队先锋”，但也有一颗文艺小清新的“闷骚之心”。他最喜欢夜观天象，摆弄天文望远镜。

夏冰告诉我，聚会在深夜散去，他总能看到窗外有一个瘦长身影，默默地站在不远处。夏冰看不清是谁，只能看到那人倚着辆自行车，抽着烟，烟头火光忽明忽暗，在暗夜中绽放，格外触目惊心。他想让那人进屋聊聊，可他走出，那人迅速消失不见了，只留下一股刺鼻硫黄味道。不用猜，那肯定是春风。他一定是晚上骑车赶到几十里外“苗苗的客厅”，在屋外看上半夜，然后再骑车回化工厂，赶第二天早班。

他真是疯了，疯得不可救药。

夏冰杀死苗苗，走上了逃亡之路，很多人都感到惋惜。我并不感到意外。夏冰从骨子里说，是一个极度自恋的人。他的艺术天赋与他的阴暗心理，就像附着在他身上的天使与魔鬼，最终将他也化为灰烬。夏冰这个看似“人畜无害”的“麋鹿”，也有着不为人知的秘密。

为了春风的事，我专门找过夏冰。那天下午，我正好陪领导去市里开会。会结束得早，领导中午喝了酒，就回家休息了。我让司机小张把我放在启明中学，自己去找夏冰。在启明中学的琴房，我看到夏冰在给一个女学生辅导钢琴。女学生个子高高的，发育得很好，青涩幼稚的脸上，眼波流转，满满的都是对老师的爱意。下午的阳光，暖暖地射进屋，夏冰大理石雕像般的脸庞，格外迷人。他轻柔的手指，抚在女生的手指旁边，在琴键上疾速跳跃着，仿佛无数自由舞蹈的火狐，将女生燃烧成无数灰烬，不留一丝痕迹。

真是要命。接触这对艺术夫妇，让我这个严谨呆板的财政局秘书，都变得“罗曼蒂克”了，不吝用这样“酸溜溜”的语言描述那种文艺气息。我摇摇头，对夏冰说，老夏，你们两口子是上天派出的“害人精”吗？

夏冰脸红了，慌乱地摆手说：“乱讲，这是振华中学冯校长的女公子。她的钢琴水平很高，我只是有空帮着辅导。”

女生低声与夏冰说了两句，白了我一眼，高傲地仰着脸，飘然而去。振华中学的校长叫冯国良。振华中学是麓城最好的中学，也是省重点。校长冯国良外号叫“冯大肚子”，是教育界知名人士。社会上都在传说，振华中学要兼并启明中学，看来我们的夏老师，也变得有心机了。这也许是生活所迫，也许这本来就是人性的复杂性。

我笑着说：“喜欢上你们，真够倒霉，骨头渣都不剩。这女娃对你，我看也迷恋得不行了。”

夏冰更加窘迫，搓着手说：“咱们不说这个，找我什么事？”

我让他们和春风断绝联系。我不相信，苗苗真的喜欢春风。

春风是优秀，有才华，人长得帅气，但论长相，他不如夏冰，论才华，夏冰也不缺。春风现在只是化工厂宣传科的借调干部，没钱，也没社会地位。韩苗苗为啥喜欢他？

夏冰叹了口气，说，我也不懂。苗苗这个人，我也琢磨不透她。

我冷笑着说，我可是历史专业出身，从妹喜、妲己到武则天、赵飞燕。倾国倾城的女人，背后都有着太多惨烈故事。那些“浪漫得要死”的爱情故事背后，往往也“狰狞”得可怕。

我说，夏冰，打辅导员侯博，是你设的套吧？

夏冰涨红了脸，有些愕然，继而恼怒，说，你胡说啥，和我有什么关系？

我直直地看着他。他被盯得慌乱，想了想，才说，我认，我一辈子对不起春风。我只是逗逗他，让他知难而退，谁也没想到，他傻到去找侯博拼命。

“我痛恨你们这些自以为是的家伙。”我冷冷地说，“你们以为，自己漂亮，聪明，有才华，就可以践踏别人的感情，玩弄别人的智商？春风内心单纯善良，他也是一个‘豁出命’对友谊和爱情的人。你太自私。春风说了你那么多好话，从没有半句埋怨。他甚至崇拜你，说你是中国转世‘莫扎特’。我看你不是，你不过是自私怯弱的戏子罢了。你们去化工厂看过他一次吗？你晓得，他在苯胺车间那种地狱般的生活吗？”

对不起，真对不起……

夏冰痛哭，他真是后悔了。夏冰人不坏，但一个“情”字，有几个人能看透？

他哭着，目光忧郁羞愧。他说，我是真怕了，也是妒火中烧。苗苗的追求者很多，除了我，她从没有动过心。但春风不一样。苗苗这辈子，从没有为一个男人流过眼泪，连我都没有。那天晚上，她抱着春风痛哭。我看到，她的眼泪，留在春风的脸上，汇入春风额头的鲜血之中。女人报之以泪，男人报之以血。我嫉妒得要发疯了……

他癫狂地喊着，瘫软在地上，祈求我痛打他一顿。

我轻蔑地拒绝。我不点破，这件事也会折磨夏冰一辈子。苗苗也许是一个水性杨花的女人，但比夏冰强些。当然，仅此而已。女人天生都软弱。我们不能强求。我也不打夏冰。我只是告诉他，如果不远离春风，我也不会让他们好过。

二

如果一切按部就班地发展下去，凭借春风的才华，他多半会成为厂部的宣传科长或厂办主任。可我们都是小人物，根本无法抵挡历史的洪流，若不随波逐流，就只能自求心安罢了。我在财政局当秘书，也只能咬牙忍耐，才慢慢站住脚，慢慢发展。就因为我材料写得好，得到陈局长表扬，秘书科的楚科长就借着点小事，把我当众骂了半个多小时。我刚来办公室，没有办公桌。他有三张桌子，我借用了一张。他回来后大发雷霆，说，混了半辈子，就混了几张桌，大学生来抢饭碗，真没法活了。

我蹲在厕所哭了很长时间。出来时，若无其事，继续勤勤恳恳工作。常常加班，压力大，晚上我就给春风和吕鹏打电话，聊聊天，互相安慰一下。吕鹏干得不错，他也喜欢警察这一行。我和春风就苦了，尤其是春风，在车间干活，可真不容易。

干了半年，春风被借调到宣传科写材料。听说是他父亲从前部下帮的忙。王厂长本来不愿意，架不住春风在群众中有威信，还有个烈士父亲的家底，算是勉强同意。为了给春风庆祝，苯胺车间的工友喝了顿大酒，纷纷说，春风当了领导，要给工人兄弟说话。春风是热血的人，自然被感动得满含热泪。90年代中期大型国企，还有集体自豪感，人情味足，也能抱团。工人们虽然粗俗，但不怕领导，不像现在的国企，完全科层管理化了，工人是干活领饷的态度。春风干得不错，在省报和市报都发表了很多宣传报道文章，有的还获了奖。有才能的人，怎么也会显露出来的。春风正在走向人生正轨。谁承想，夏冰和韩苗苗又出现了。他们还真是阴魂不散。

他们并未走远。毕业后，苗苗和夏冰一起去了启明中学。那所学校，偏远破败，升学率不高，待遇也差。这也算是艺术系辅导员侯博老师报了两刀之仇。他俩很快就结婚了。有传言说，苗苗是“奉子成婚”，结婚时肚子都不小了。他们生了一个男孩，小日子过得去，多好说不上，比春风是强太多了。他们没钱买房子。幸运的是，夏冰和韩苗苗早婚早育，让他们赶上中国最后一次福利分房。那是由教工宿舍改造的小公寓，一室一厅一卫，大概五十平方米。

夏冰依旧痴迷于作曲，研究稀奇古怪的东西。苗苗也没闲着，好几个男人迷上了她，为她争风吃醋，搞得学校不堪其扰。有一个搞电脑配售的商人，每天给苗苗的办公室送花，非要包养她；教育局的高副局长，自从看了苗苗的舞蹈演出，要把苗苗借调到教育局办公室，还发誓要为她离婚；还有个通信公司电话站的男人，每天深夜给苗苗打电话，足足打了半年多骚扰电话，反正他在电话站上班，有的是闲工夫和便利条件。苗苗忍无可忍，就找了吕鹏。吕鹏带着几个警察，找“电话小子”好好谈了谈心。“电话小子”才认㞞了。类似的事还有很多。更奇葩的是，还有一个启明中学的高中生，不好好学习，每天跟踪苗苗，弄到几乎要自杀。男生父母来学校闹过几次。男生转学走了，这件事才慢慢平息……

苗苗不像麓城很多小门小户的漂亮女孩。这些女孩，家庭条件不好，对物质渴望特别大，也有心机算计，又因为有姿色，她们往往懂得投资，用合适方法钓“金龟婿”。她们如果受过高等教育，智商高些，往往又比较在意“文艺范儿”包装。搁到今天流行语说，就是比较“绿茶婊”——又要清纯美丽“人设”，又要挥金如土的“豪门”。我们麓大中文系、历史系、艺术系那些漂亮女生，太了解文艺那点穷酸事了，反而看不起学文科男生，更不会找他们结婚。

毕业十年后，我列表分析数据，麓大当年的“系花”们，有的嫁给房地产老总，有的跟着有钱老外移民了，有的成为麓城有头有脸的领导的儿媳妇。再盘点“文科才子”的数据，有的颜值高，机会好，成为领导的女婿，升职比较快；有的头脑灵活，早早改行经商，也发了财。春风这类“才子”，混得很艰苦，也不算最差，就是通过自身努力，搭上90年代末高校研究生扩招班车，在北上广，要不就是其他大城市，挤入高校、研究所等文化界。

夏冰和韩苗苗，还真是一对“另类奇葩”。他们不符合文科大学生“优胜投资学”，更是我的“麓大优秀生人生发展财政报告”的例外案例。所谓财政审计就是，“确定行为的认定符合标准的程度，客观收集评价这些认定的证据”。我在财政局待久了，越来越理性，喜欢和冷冰冰的推理分析、大数据概率打交道。这些东西，比起文科夸张的言说，可信度要大些。

我思考过这事。韩苗苗这个女人，心地不坏，也有才华，主要问题是长得太漂亮，不知收敛，更不晓得“投资”。她不是无情，而是太敏感多情，浪漫挥霍着自己的美貌。她不知道，她随意一颦一笑，亲切地拍拍对方，有多么大杀伤力。没几个男人受得了。她还是“老中青”各个年龄段男人通吃的类型。就是传说的“红颜祸水”吧。要我说，这样的女人，根本不是合适结婚的对象。她更适合一辈子谈恋爱。可是，苗苗虽风情万种，但除了夏冰，谁能和她一起深情地对唱《费加罗的婚礼》？谁能给予她的舞蹈以灵魂？这一点，春风也不行。

苗苗和春风再次擦出火花，应该是1998年深秋。春风在化工厂宣传科正受到赏识，有消息说，他还有可能提副科长。就在那年，金融危机的影响不断扩大，化工厂效益越来越差，一个季度发一次工资，也难以为继了。启明中学也受到了波及，据说要搞中学合并。教师的工资也受到影响。1998年的那个秋天，人人自危，人心惶惶。尽管大街小巷，飘荡着那首空灵缥缈的《相约98》，然而麓城的上空，飘荡的不只有王菲与那英的歌声，还有化工厂制造的大量粉尘和化工原料的味道。麓城的“城市之心”，像蕴含着巨大喷发危险的火山，又好像一只大火药桶，就欠一个惊人的爆炸了。

按照春风对我的说法，他参加麓城市文艺会演，再次和苗苗相逢。那次会演我还记得，主题是“庆祝改革开放二十周年”，我们财政系统，也排练了节目。上面很重视，传下来话来，越是不稳定的时刻，越是要大张旗鼓地纪念改革开放，引导人民认识二十年来的伟大成就，这样才有利于“稳定压倒一切”的大局。我们单位发了票，我还真去看了，主要是为支持春风。这场会演很多内容，我早已忘记了，但春风和苗苗的节目，到现在我还记忆深刻。

苗苗和夏冰，还是熟悉的双打组合。这次的节目是传统经典《化蝶》。夏冰虽然专业是钢琴，但形体不错，也练过芭蕾。这次会演，他们的组合，给大家带来的是凄婉的爱情故事。苗苗还是那么惊心动魄地漂亮，丝毫看不出生过孩子的迹象。就是夏冰有几分颓废。他们这对“麋鹿”与“天鹅”的组合，看得全场观众如痴如醉。我身边一个胖胖的领导，眼睛里冒出贪婪的情欲，连声说，这个好，这个好哇。

越是美丽明亮的东西，越会骗人。《化蝶》不过是文人编出来骗人的吧。只有安稳平凡的人生，才真实长久。梁山伯与祝英台，生相恋，死化蝶，如果坟墓裂开，飞出的不是两只蝴蝶，而是一只蝴蝶、一只蛾子，它们还会至死不渝吗？都是骗人的。艺术，爱情，把人们骗得头破血流，甚至像苗苗和夏冰，原本不信，但演得多了，也就有几分信了，最后落到惨死和逃亡的结局。

春风肯定是看到苗苗了。他上台时，脸上仿佛充血般，眼睛亮得吓人，像一团火。东风化工厂，作为第一批参与改革的大型国企，听说在1988年改革十周年会演，排演过大型话剧《乔厂长上任记》。这是根据著名作家蒋子龙的名作改编而成，也是改革文学的代表作。1998年的那次演出，化工厂的节目是《千万不要忘记》，是一部自编自排自演的大型话剧，讲的内容是葛春风的父亲——化工厂工程师，葛思平同志，为阻止工人操作失误引发的事故，不惜跳入原料池。他被炸得粉身碎骨，却救了很多工人的性命。

春风身材瘦削，穿着大号中山装，再配上黑边眼镜，挺像他父亲年轻时的样子。他的演技不错，慷慨激昂，声音洪亮。话剧快到高潮，也就是工程师牺牲的片段。全场安静了，一束追光打在春风身上。我屏住了气息，也被这严肃氛围打动，似乎也穿越到80年代，面对这个即将牺牲的英雄。春风的目光望向远方。英雄在最后一刻，想什么呢？他是否想到，他为之牺牲的化工厂，都已经半年开不出工资，只能给工人们发最低生活费度日；他可曾想到，他们的新厂长，会是一个厨师出身的“王扒皮”；他可会想到，他的儿子，会为了女人打架，在化工厂最苦最毒的车间苦苦挣扎？如今，这个儿子，又要在舞台上回放自己变成碎肉的历史时间？这到底是历史的纪念，还是历史的反讽？

每个人都会死，如果我注定消失，就让我卑微的生命，燃烧，爆炸，照亮你们前行的道路吧！

春风笔直地站立于舞台中央的一片人工硝烟中，仿佛下一刻真要成为齑粉。

他低沉着声音，噙着泪，显然动情了。

然而，我却看到，他的目光，最后还是落在了前排观看节目的、尚未卸妆的韩苗苗身上。春风的眼里，只有苗苗。苗苗也只盯着春风。春风的眼泪，也肯定是为了苗苗而流。冤孽。

“呜呜——嘭！”灯光异常明亮地闪了闪，突然全部熄灭。整个会场摇动，仿佛喝醉了的巨人。远方传来低沉但极压抑的莫名声音，由远至近，猛地顿了顿，又在会演大厅的上空骤然炸裂，似是撕开了千万匹坚韧的彩色织锦，会场的玻璃齐刷刷地破碎，人们的耳膜都震得生疼，有的人蹲在地上，有的人捂着耳朵哀号，也有的人发了疯地找出口。

一朵巨大的褐色蘑菇云腾空而起，仿佛天空盛开着魔鬼的笑容。

麓城摇晃，颤抖，盛夏炎热的空气似着了火，所有刺耳的蝉，也好像一瞬间都被震裂而死。

我眼前发黑，差点昏过去，心脏都要跳出了。爬起，摸了摸鼻子和眼角，都是血。麓城发生大地震了？听着也不像。我接着闻到了一股刺鼻的硫黄气息，还有很多粉尘般的东西，随着空气飘进来了，遮蔽了大厅的光线。

化工厂爆炸啦！

冲出会演大厅，半个麓城好似都被点燃，街上的人也都在疯跑，好似世界末日真的到来了。有人跪在街道上磕头，嘴里疯疯地喊着，报应哇。春风真是一语成谶，乌鸦嘴。化工厂方向，先是升起了一朵硕大无朋的巨型蘑菇云，接着就出现了一条黑红色巨龙。火光，崩溃的哭泣，漫天的粉尘，人们像蚂蚁般不知所措，到处都乱到极点，甚至有人开始趁机抢劫商店和超市。巨龙冷漠地席卷着一切，直冲云霄……

多年后，我也没有想明白，是否这场大爆炸，成全了春风和韩苗苗，也化解了春风和夏冰之间的芥蒂，让他们一起为世人演出了惊世骇俗的故事脚本。很多人惊骇莫名，很多人被炸成碎肉齑粉，很多人的手和脚飞到了不知何处的树梢，而这一切，在个人而言，全都如此遥远，似乎都只是为了成为背景，为了成全三个男女“炸裂”般无处安放的情爱……

苗苗慢慢地走出会演大厅。周围四散奔逃的人群，她仿佛都视而不见，脸上也不见惊慌，而是满足的幸福。她左手牵着夏冰，右手攥着春风，好似一只高贵天鹅，伴着麋鹿和野猫，去找寻神秘的森林……

树上的野猫呵，你的苦难何时是尽头？

第五章　吃人之鹿

石上瀑布飞溅，蕨菜正发芽，麋鹿啃食着嫩苗，春天已经来临。

——日本和歌

一

最近你爸回来过吗？或者联系过你？就是夏冰。

吕鹏走进超市，开始盘问夏雨。夏雨听到夏冰这个名字，浑身发抖，头低垂着。吕鹏也不着急，慢慢地说，别害怕，孩子，我们不抓你。你仔细想想，这些天有什么异常？

夏雨抖动得更厉害，用手使劲地捂着耳朵，看样子很痛苦。我看不过眼，抢步过来，说，吕鹏，差不多得了。这孩子的情况，你又不是不知道。

吕鹏也不答话，阴着脸，点了根烟，说，野猫，别在这充好人。这些年，你这“干爹”干啥去了？十五年了，都是我和薛畅，还有一帮苗苗的朋友在帮衬着。虽然，韩老太太不喜欢我，但我也是为了早些抓住夏冰，给苗苗报仇。

你别充高尚，我冷笑着说，我还不晓得你？这案件影响你升迁了吧。

吕鹏气坏了，踩灭了烟，说，葛记者，请不要干扰办案。该怎么做，我自有分寸。夏冰是重犯，是我们警局的耻辱。听说有了他的线索，局长对我说，生要见人，死要见尸。总之，不能让他离开麓城。

你和我说这些没用，我愤愤然地说，我又不是夏冰。谁也想不透他的想法。他不会为了孩子暴露自己。他这次回来，绝对有目的，或者说，完成心愿。

薛畅也赞成我的判断，但也劝说我不要多管闲事。我现在是省报记者，不是当年的凉皮小贩，户口都不在麓城了。多一事，不如少一事。夏冰就交给警方来处理。

吕鹏瞅着我们俩，冷冷地说，野猫，抱歉，你和夏冰关系密切，这次夏冰选择你返乡时突然出现，不知是否有什么内在联系。你这阵子不能离开麓城，要协助警方调查。

我的火腾地蹿到了头顶。十五年前，吕鹏就是这副德行，把我盘问了半天，如今他又要搞这出，我可不答应。

我慢悠悠地说，协助可以，我出来请的是事假，过几天要回去忙国际峰会报道。省政府于松副省长亲自抓的本省媒体外宣策划，指名让我去。为了一个多年不知踪影的在逃犯，都不知是不是真回来了，你就扣着我。我只能先请示报社郭社长，让他和于省长解释了。如果有必要，就直接找省公安厅分管麓城局的穆厅长去沟通接洽，你看是否可以？吕队长。

吕鹏露出为难的神情，也晓得踢到铁板上。虽说现在传统纸媒衰落了，但我毕竟是省城党报主任级记者，别说他一个小小科级刑侦队副大队长，就是他们局长，也不能随意处置我。吕鹏是在小地方土皇帝当惯了，忘了外面天地有多大。如果按照我说的一路操作下来，吕鹏的前程不好说，但在层层上级面前，落一个“多事”“情商低”的印象，那是肯定的了。

我“哼”了一声，没理会他，转身轻声对夏雨说，孩子，没事，别怕。夏雨慢慢地松开捂着耳朵的手，从衣服领子里伸出头来。他有双大大的眼，鼻梁也非常挺拔。这本是一个非常英俊的小伙子，如今他的眼神只有空洞与迷茫。他毫无表情地看着我，嘴唇翕动，却说不出什么话。

自闭症的社交障碍，薛畅说，他只能对着非常熟悉的人，才能说出话。

韩家老太太此时也闯进来，看看我，没说话，先把夏雨和警察们隔离开，让他先回家，然后，不客气地指着吕鹏说，你想干啥？

吕鹏讪讪地说，阿姨，我们了解点情况。

老太太摆动着胖大的身体，死死揪住吕鹏的公安制服，咻咻地说，狗屁！这么多年，跟你说了多少次，孩子啥也不知道，没完了是吗？孩子亲妈被亲爹捅死了，精神还出了问题，你们不依不饶，要把孤老婆子往绝路上逼？我要到公安局，死给你们局长看……

薛畅劝开韩老太太，吕鹏狼狈地撤出小超市，蹲在地上抽闷烟。

我看他这个〓样，也明白上级给的压力太大，吕鹏这人吧，功利心强，总想破大案，名扬天下，升官发财。

我凑过去，说，得啦，方便的话，就说说吧，不是让我协助调查嘛。

吕鹏看我的态度好转，明白我给了他台阶，让他在部下面前也有点面子，感激地说，谢谢老兄啦。不是我们急赤白脸地瞎折腾，这回的确是有确切信息。

吕鹏从身边档案袋摸索了半天，拿出两个白色透明塑料证物袋。他小心地戴上白手套，撕开封口，把里面的东西给我们看。一封信，一粒黄澄澄的子弹。

所谓信，就是一张普通A4纸，信是打印的，上面写着：你必须死。我回来拿走你的命。

吕鹏又说，子弹更邪乎，这是一颗9×19mm子弹，适用于92式警用半自动手枪。这也意味着，夏冰或许有一支手枪。他从前就杀过人，这么多年，逃亡在外，估计更加冷血了。他现在是不折不扣的“重犯”了。

现在半个城的麓城警察都惊动了，查哨卡，重点地方的摸排已经展开。这次是天罗地网，老夏跑不了。吕鹏又自信地说。

信是给谁的？我插话问道。

还能有谁？振华中学老校长，冯国良。夏冰最想杀的人。吕鹏说。

吕鹏又说，信上的指纹还没验过，也不能最后确定是不是夏冰。他还有帮手也说不准。

我不禁打了个寒战。那个像麋鹿般善良的夏冰，经过十五年风霜，真变成了一个冷血杀手？他就为了复仇？冒这么大风险，值吗？跑都跑了，还回来干什么？

二

我们在“香榭丽舍”，见到了传说中的冯校长。此人白白胖胖，虽说是秃头，但油光锃亮，不仔细看，真不像六十多岁的人，看来保养得不错。他原来的外号叫“冯大肚子”，十几年过去了，肚子居然还小了，又得了新的绰号“冯小肚子”。听说夏冰杀妻案后，冯大肚子回家，闻着那地上的血腥味，看到夏冰做的一桌子饭菜和摆满桌的茅台，当时就吐了一地。从此他戒酒戒肉，肚子也就小了，还加强锻炼，据说还治好了脂肪肝和“三高”。都在传言，他见人就说，感谢夏冰，治好了他的顽疾，身体素质好了，他的性能力也大大提高，简直是“青春逆生长”的典范。如果头发再长出来，估计可与林志颖、赵雅芝等“不老容颜”PK一下了。

薛畅不想掺和，就说有事，回家去了。吕鹏也没说别的。毕竟，这也不是什么好事。

凶案之后，冯校长卖掉了海棠区的房子，和女儿搬家去了别处。这件事，对他还是有不小的影响。夏冰刚逃走那几年，他还嚷着让警察对他进行特别保护。他的名声也被夏冰搞臭了。毕竟，搞人家老婆，被丈夫追杀，还差点搭上女儿，说什么也太过分了。教育局让冯校长提前退休。好在这人能量大，也会经营。他利用多年人脉，在麓城搞高考培训，居然做成麓城第一大培训品牌。

听说女儿冯露和他的关系不好。冯露的声带被割伤，声乐练不成，就改行学计算机，后来于麓城大学计算机系毕业，在麓城人民医院电脑机房工作。冯国良不当校长，还是和不三不四的女人没断了来往。冯露痛恨父亲，就搬出去住，也一直没有结婚。

我和吕鹏一起，听忐忑不安的冯校长讲述了事情经过。冯校长早晨在家门口的邮筒发现这封信。当时他吓了一跳，赶紧看四周，发现一个瘦高的男人，戴着墨镜和棒球帽，从院子前方走过，鬼鬼祟祟的，非常像夏冰。

夏冰这个龟儿子！冯校长有些愤怒，眼神又透着委屈，我搞过他老婆，但是苗苗自愿的。苗苗要嫁给我。说实话，我还不想答应这件事呢，我是被她赖上了。苗苗名声不好，有传言说她是出去卖的。她就在天鹅夜总会卖×，这早就是公开的秘密了。夏冰管不住自己的女人，还要杀我全家。如今他还想杀人。吕队长，要把这个疯子抓起来，判死刑！

冯校长挥舞着健壮有力的胳膊，我还是看到了他在颤抖。他是真害怕了。也是，被杀手惦记了十五年，搁在谁身上，都是挺崩溃的事。

他对苗苗的污蔑我可受不了，我刚想反唇相讥，吕鹏制止了，伸手按了按我，意思是别和这个人渣一般见识。

吕鹏又说，他们会安排人保护，小区录像也调出来查看。冯校长这才安心，还是嘟哝着说，他最近很忙，新高考季要开始了，他还要组织培训学校上京观摩，参加高考命题……

在“冯小肚子”自恋无比的唠叨中，我们离开他的豪宅。回望这个开满鲜花、绿树成荫、豪华气派的高档小区，我还真是感慨“天地不仁”。十五年了，冯露被毁容，苗苗化为青烟，夏冰在逃亡之路，夏雨成了傻子，夏家和韩家全毁了，我背负心灵巨创的忧郁症。而引发案件的罪人，无耻的“冯大肚子”，变成“冯小肚子”，活得有滋有味。看得出他连点内疚感都没有。这种人如何成为一个城市最优秀的教育精英？他在课堂上给孩子们讲什么？他的心理素质怎么这样好？还是说，这个时代是无耻者的时代，也是一个生无惩罚、死无报应的时代？我的内心绞痛。

不值得。这一切，为了一个这样的人，都太不值得。

吕鹏说干就干，马上找了小区保安。画面调出，根本不是夏冰，只是一个平时爱晨练的业主，平时开着一家4S店，手中有几个闲钱。吕鹏火速派人找到那个男人，仔细调查了一番。男人听说自己和杀手关联在一起，差点吓瘫了。他嗫嚅着说，常看见这家早上有不同美女出入，他很好奇，跑步时就张望了一番。

没事在人家门口瞎转悠啥！喜欢跑步就算了，还戴墨镜，你是想摔死呀！吕鹏怒斥作死拉风的“跑步男”，但还是走了程序，登记，拍照，打指纹，将“跑步男”放走，继续寻找线索。这时有人提醒，是不是去找冯露。毕竟当年她也是受害人，也有可能与犯罪嫌疑人产生联系。

吕鹏又马不停蹄地带我去找冯露。人民医院说，今天冯露休息，要去她家找。冯露的家，在霓虹小区。这算是麓城的中档楼盘。我们按了门铃，一个沙哑的女性声音回应，问找谁。吕鹏说，警察，请开门合作。那边懒懒地“唔”了一声，打开了楼下防盗门。我们上了三楼，一个女人打开了房门。我见到她，竟然愣住了。

她竟然是“爱唱歌的小兔子”！

怎么是你？我有点结巴，人生也太他妈戏剧性了，还是我们很有缘分？回家这些天，忙着各种事，我都忘约她了。本来是想，约出来到酒吧坐坐，看看有没有发展的可能性。

我之所以这么快认出她，是因为，她居然在家里还戴着那个蓝色口罩。这显得有些诡异了。那女人看到是我，也有些小惊愣，迟疑了一下，还是大方地伸出手，说，萌大叔，真是你呀。

你怎么和警察一起来了？我看她这么说，当着吕鹏的面，有些不好意思了。

吕鹏狐疑地看着我们，说，你们早认识？我掩饰说，麓城大巴上认识的，留了微信，回来没联系过。我的暧昧，引起了吕鹏的兴趣，他说，见了一次，就认出来啦，你真是好记性。

吕鹏介绍说，这是省报葛春风记者，我们请来协助调查的。

你就是葛春风叔叔？冯露问。我一听，都喊上叔叔了，可见我真是“油腻大叔”的节奏了。我点头说，我是葛春风，你从前见过我？

冯露说，大巴车偶遇，是第一次见到您。但听夏老师提过您多次，说您是他最好的朋友。

吕鹏说，你是冯露吧，咱们多年前见过，你那时才十六七岁。你怎么戴口罩？生病了吗？

冯露默默摘下口罩，一条触目惊心的伤疤，划在下颏的位置。挺好看的一个姑娘，身材也好，可惜了。她很快又把口罩戴起来。这样还好，保持一点神秘美感。

我倒吸了口凉气，得亏没和她再接触，还真是“见光死”。不用说，这道伤疤，就是夏冰留下的。夏冰虽然没要她的命，但毁了她的容貌、她的嗓子，也毁了她的音乐梦想，让她的一生都生活在梦魇之中。说起来，夏冰也真是罪孽深重。

吕鹏仔细地讯问着，旁边有人做着笔录，无非是问最近看没看到可疑的陌生人，有没有人和她接触之类的问题。冯露是一问三不知。夏冰跑回来的事，她听她父亲冯校长说了，但也并不在意。她说，夏老师当年就没杀我，我想不出，他这次回来，为啥还要下手。

这个说不好，吕鹏挺沉重地说，犯罪嫌疑人不能用常理推测，冯校长就受到了威胁。

冯露不经意地点点头，似乎对父亲的安危并不在意。

你不恨夏冰？吕鹏挺奇怪。

有什么好恨，有因有果，冯露淡淡地说，我父亲如果不招惹那个“狐狸精”，一切都不会发生。凭夏老师的才华，他就是开音乐学校，照样能过上体面生活。我也会在大学音乐系深造，现在搞不好在某个高校当音乐系教授，或者某乐团钢琴家……

她的语气渐渐哽咽，及至完全低沉到听不清楚。看来完全不怨愤，也不合常情。她更恨她拈花惹草的爸爸，恨苗苗掺和她的家庭。她对夏冰倒是不怨恨。我依稀听薛畅讲过，这个冯露，少女时代跟着夏冰学过一年多钢琴。她有几分暗恋夏冰。这也有情可原。天才的钢琴少女，喜欢忧郁而不得志的钢琴教师。这才符合人间常见的套路。

吕鹏他们在调查，我四下打量冯露的房间。那是一套平常的三居室，素净的窗帘，白色瓷砖铺地，乳黄色家具，处处透着淡雅，但对于三十岁左右未婚女人来说，总感觉过于冷漠，缺少热情。最惹人注目的，还是客厅角落里摆着的一架日本产的黑色卡瓦依钢琴。

你现在还弹钢琴？我问。

冯露抬起头，眼圈又红了，说，不弹了，只是纪念，偶尔听听磁带就行了。

我摸了摸钢琴盖，上面很干净，看来是经常擦拭，不像是常年无人问津的样子。钢琴盖上，摆着一本歌剧的曲谱本，正好翻到一页，有一首被用红线重重地标了出来：

> 你们可知道，什么是爱情？/你们可理解我的心情？/我想把一切讲给你们听，新奇的感觉我也说不清。/只感到心中翻腾不定/我有时兴奋，有时消沉，/我心中充满火样热情，/一瞬间又感到寒冷如冰。/幸福在远方向我召唤，/转眼间它又无踪无影，/不知道为什么终日叹息/一天天一夜夜不得安宁/不知道为什么胆战心惊，/但我却情愿受此苦刑。/你们可知道，什么是爱情？/你们可理解我的心情？

这是《你们可知道什么是爱情（凯鲁比诺的咏叹调）》，著名的抒情女高音咏叹调，由女生扮演男仆来演唱的，抒情、哀怨、凄婉。我猜想，这一定是冯露熟悉并喜欢的曲子。昔日的恩师，杀人潜逃犯，也是深深伤害过自己的人，如今又回来了，冯露的内心究竟会作何想？

阳光透过窗棂静静地倾泻在这架钢琴上。我的思绪纷飞，仿佛又回到十五年前。我好似看到一个年轻英俊的钢琴教师，在柔和阳光下，轻柔地弹奏着这首曲子。一个青涩美丽的少女，正站在他身后，崇拜地望着。随着老师的手指上下起伏，琴键跳跃着，好似无数黑白相间的石子坠落在静谧湖水。少女的眼亮得仿佛天上的星……

三

1995年，我大学毕业，分配到东风化工厂苯胺车间。我在弥漫着毒气的车间，每天干十个小时重体力活。防毒面具效果很差，防护服也不太管用。每天晚上，拖着疲惫的身体，我回到宿舍，就看到同宿舍四个临时工兄弟在赤身裸体地冲洗。必须冲洗，否则第二天，毒素会烧皮肤，红肿，厉害时还会溃烂。库房会发一些止痒消毒的软膏，让我们经常涂抹。那间昏暗狭窄的宿舍，充满了汗臭、硫黄味、屁味和软膏的味道。

我躺在床上，有时困乏得衣服都来不及脱就昏睡过去。第二天，身上痒得厉害。我也只能学那些工友，赤身裸体地冲洗。想想都觉得不可思议。半年前，我还是麓城大学高才生，在晚会舞台上表演节目，如今我却和一群野人般的工友，赤身露体，苦苦地挣扎在肮脏的水流之中。我将一盆盆的水倾倒在身上，嗷嗷地号叫着，工友们以为我是在笑，也就跟着哈哈大笑。他们都是坚韧乐观的家伙，最喜欢干完活，冲凉水澡，讲荤段子，互相掐掐生殖器。

工人堆里，不单要精通活计，还要狠才成。不狠，大家都把你当成笑料，总拿你开玩笑。我原本胆子不大，在这样的环境，也被逼着粗放了。诗不写了，改成唱改编黄色歌曲，原本温文尔雅，如今也满嘴粗话。更重要的是，我不再认㞞，勇敢好斗。我们车间的大老李，是一个膀大腰圆的家伙，最看不起知识分子，经常难为我。他让我到原料库房干最重最脏的活儿，还对我骂骂咧咧，嫌弃我干活儿慢。我扑上去和他厮打。大老李长得像奥尼尔，我肯定不是对手，但我满脸是血，还斗志昂扬、誓不罢休的样子，还是得到了大家包括大老李的认可。工人们认为，这个葛春风是个屌壮货，真汉子，不愧是烈士后代。“7·14”化工厂大爆炸，大老李被炸成了一小截肉桩。我去救火，看到他斜斜地躺在水泥地上，小半截身体颤抖着。他看到是我，嘴唇动了动，想说些什么。我看懂了那嘴型，猜出意思是让他的老婆和女儿好好活着……

我最期待睡觉。只有睡着了，才能不去想那令人绝望的现实。梦中，我又见到了苗苗和夏冰。他们在欢快地唱歌、跳舞，对我不理不睬。我在梦中哭泣，又常在梦中哭醒，这是多么可怕的感受。在黑暗中醒来，还是无边的黑暗，只有工友们此起彼伏的鼾声，还有床下的老鼠在“咯吱、咯吱”地咬着床脚，好似蹩脚的小提琴伴奏。一次，一只老鼠咬开了我的蚊帐，钻了进去，爬到了我的胸膛上，轻轻地啃噬着。我感觉发痒，有点疼，随手抓到了什么毛绒绒、臭烘烘的东西。我惊醒，发疯地尖叫，工友们打开灯。我和老鼠在蚊帐里一起打转。昏黄灯光下，我和老鼠的目光都充满了悲伤。大老李粗声说，怕啥，那是美事。也不知是公还是母。如果是个母的，能变成漂亮的女人，钻到我的蚊帐里，我一定把它奸了！大家哈哈大笑。

我爱上了爬树。只有在那棵高高的老杨树上，微风吹拂着我，空气才能清新一些。我才能稍微脱离于地面，脱离于那种地狱般的生活环境。我遥遥地望着远方，远方也是黑沉沉的。但我晓得，正北方向，就是启明中学，夏冰和苗苗在那里当老师。

处分下来后，我就不再见夏冰和苗苗。尽管，苗苗找过我很多次。我对她避而不见。我已经配不上她了。她在宿舍门口骂我，把给我买的零食和西瓜摔在宿舍的门上。周围很多同学围观，苗苗毫不在意。我躲在里面，装睡。等她走后，我才慢慢走出。宿舍白色铁门沾满了红色西瓜汁残液，地上满都是零食。我将它们仔细地回收起，倒进垃圾箱。还好，我留下了一小块西瓜皮，用小刀雕刻成一个胖墩墩的女孩形象，就摆在我的床头，陪伴我度过最后的麓大岁月。薛畅和吕鹏，都看到了这个玩意儿。薛畅直叹气，吕鹏则哈哈大笑，说，野猫，你们文人太穷酸了。我终于晓得“林黛玉葬花”是啥子事了。我送你一副对联吧。

我没好气地说，你还会写对联？你不要把对联耍成大刀就好。

吕鹏没理会我的讽刺，清清嗓子说，上联：古有黛玉葬花；下联：今看春风雕瓜；横批：千古穷酸……

吕鹏说得对，我这个人，最大的毛病，就是不能勇敢洒脱地面对世界。当然，我本就不该出现在她和夏冰的世界。我是一个“多余”的人。这个多余的人，如今还前途黯淡。夏冰好歹还是受人尊重的中学音乐老师，我呢，一个背着留校察看处分、差点连毕业证都没领到的大学生，一个车间底层工人，每月三百元工资，都不能按时领到手。

毕业不久，我偶然听说，夏冰要和苗苗结婚了。我凑了些钱，还管薛畅和吕鹏借了些，给苗苗和夏冰买了两块卡西欧情侣表，准备送给他们当礼物。那天晚上，我在车间工作了一整天，浑身恶臭地回到宿舍，又灌了一肚子酒，鬼使神差地跑到化工厂外的电话亭，给苗苗家打电话。

听得出，电话那边正准备喜事，非常热闹。苗苗接到我的电话，默默地啜泣，许久，才说，都这时候了，你还打电话干什么？

我说，就想听你说话，看你现在好不好。

好得不得了，苗苗的声音又变得冷硬，你这个懦夫！

我再也受不了，“哇”地吐在电话亭。我几乎哽咽地说，苗苗，你不要嫁给夏冰……

我昏昏沉沉地，一边说，一边哭，哭得喘不上气，说得不成句，就停一停，捋捋喉咙，比比画画，继续哭，继续说。我迷迷糊糊地听到，苗苗也在哭，说要赶来看我。电话亭外面冷风一吹，我才慢慢清醒，再听电话，苗苗已不在了，是苗苗父亲的声音。他叹了口气，说，春风，你是好孩子，就当苗苗这辈子欠你的，下辈子还吧，你不要再联系她了……

我像行尸走肉，浑浑噩噩般地度日。每天只是拼命干活，回到宿舍，就冲澡。洗完澡，就呼呼大睡。工友猜我给女人甩了，张罗着给我介绍女友。我一概不理。那天休息，我一个人骑着自行车，又来到我们去过的郊区的不语山。我坐在山下很久。不语山，还是不言不语，翡翠湖也还是那么静谧优美，和前年来过时一样。我静静地听着水鸟快乐鸣叫，看云飞走又飞回，晚霞染红了云，闪着金子般光亮。可那对唱着《费加罗的婚礼》的男女，却再也不会来此了。

我轻轻撩动湖水，看水光和时光一同流泻在手掌。我那时真傻，我甚至想，是不是要让自己所有的血，都流入不语山下的翡翠湖。如此这般，我可以告诉苗苗，我爱过她了，不后悔，不抱怨，心甘情愿，我已爱尽了身上的每一滴血液……

但是，缘分是多么奇妙的东西。我和苗苗再次相遇在全市会演。

我演了一出话剧，讲的是父亲挺身而出，在化工事故中以身殉职的故事。父亲去世时，我还很小，依稀记得，那也是一个夏天。我正在家里做暑假作业，就听到化工厂方向爆炸声连连。当时我以为发生战争了，非常兴奋。可很快，家里就来了一群人，都来慰问我们。还有大领导过来，和母亲握手。母亲非常坚强，和那些人应酬，始终没有流泪。领导说，葛思平同志经过全力抢救，医治无效，希望您节哀。母亲大声说，医治无效，就是人没了吧？领导点头，又说，葛工是为了阻止化工原料的二次爆炸，跳入原料池，关闭闸门，才英勇牺牲的。说着，他们递给了母亲一顶黑色的软呢便帽，说是父亲的遗物。母亲看着这顶帽子，才最终昏倒在地。那顶帽子，我一直保存着，父亲去世时，由于尸体状态过于惨烈，他们没让我们看到。我对父亲最后的回忆，就是那顶帽子。那天演出，我特意戴上了那顶帽子，我仿佛回到了父亲最后的时刻，演得非常投入，最后自己都流下了眼泪。就在台上，我发现了苗苗。我想，也许，这就是冥冥之中，我的宿命。父亲指引着我，让我在黑暗之中，再次遇到了心爱的女人。

那天化工厂发生了“7·14”大爆炸，死了几十人。当时场面非常乱，会演大厅也是一片狼藉。大家开始都以为发生地震了，四散奔逃。我从台上跳下，抓住苗苗的手说，苗苗，我在这里。苗苗笑了，她也攥住我的手，还拉着夏冰的手。我们三个人，就这样从容地走出会演大厅，没有受一点伤。夏冰也对我和善地笑着。他抢在苗苗之前，一把抱住我说，好兄弟，这几年，你都到哪里去了？都过去了，别管那些俗人，咱们这个“铁三角组合”，没人能分开我们。

四

那段日子我过得快乐而充实。我和苗苗、夏冰好像又回到了大学时代的快乐时光。每个周末，我都要去苗苗那里。下班后，我骑上半个小时自行车，来到那间简陋的公寓楼。苗苗家被当地很多青年称为“苗苗的客厅”，到了周末，就会有很多人过来聚餐。夏冰就要做上一大桌饭。我早早过去，给他帮忙，让他腾出时间，准备晚上的节目。苗苗则负责照看夏雨。我们配合得非常默契。苗苗不时过来，捏捏我的脸，拍拍我的肩膀，又笑着跑开。

夏冰也开始耍宝搞怪。他跳一段踢踏舞，将面粉涂在我的脸上。我则还以颜色，给他的鼻子抹上墨汁。我们嘻嘻哈哈，不一会儿，就弄好了饭菜，似乎也感染到了夏雨。他也凑热闹般地在摇篮里“哇哇”地大哭，弄得我们又是一阵子手忙脚乱。说来也怪，夏雨这孩子，特别和我亲，只要我把他抱起，来个“嘟嘟飞”的宝宝滑翔，保准不哭，笑得非常开心。苗苗就说，夏雨和你有缘，你要当孩子的干爹，先给五百元认亲费。麓城有这个传统，男孩子通常要认个干爹。这个干爹可不白当，孩子上学，干爹都要帮着出学费。我说，那敢情好，认亲费先欠着，下个月补发工资了再给。我就喜欢这孩子。

晚上七点，各路英豪开始聚集“苗苗的客厅”。那间客厅不大，但我们在布置上下了很大功夫。我认识了启明中学的青年教师石小军。他为人幽默，人长得丑了点，但丑得可爱。他精通各类电脑知识，擅长游戏通关，也能找到各类小黄片资源，是受到大家欢迎的人物。大家买电脑、装修机器，基本都是他包办了，我那点电脑知识，特别是硬件维修能力，都是石小军教会的。这小子特别神奇的是，他还写小说！都是科幻一路，如果他坚持到今天，说不好又是一个“刘慈欣”。市文化馆的业余画家穆陶，客厅的墙画，很多都是他画的。他痴迷于后现代意味的人物裸体画，是一个神经质傻笑的画家，只有美酒和美人才能让他兴奋。他要求为苗苗画裸体素描，苗苗答应了，却迟迟未能落实。机械厂的孟冬，是浙江大学的高才生，冷面冷心，高傲得像雄狮，人也长得高大帅气，据说他能用厂里的设备很短时间做出把手枪，绝对不比正牌货差。我们和他开玩笑说，哪天他要是失业了，可以专门做黑枪，保准发大财。

还有玩摇滚的“姜氏兄弟”。这哥俩是双胞胎，姜大宝和姜小宝。他们都是一样的皮衣皮裤，长头发，一样的大墨镜遮着半边脸，经常让人认错。俩人都是学黑豹乐队的范儿，因为个子矮，又干瘦，乐队组合叫“黑乌鸦”。这对“黑乌鸦”是麓城地下摇滚先锋，自从一次演唱会见过黑豹乐队，就疯狂地迷恋上摇滚。他们经常找夏冰做些新曲，也制作电子音乐，就是不给费用，还经常过来蹭吃蹭喝。夏冰逃亡后，他们继续活跃在麓城的大小酒吧。2016年，我曾看到他们在麓城某个小酒吧演唱，不过早已变成啤酒桶肚子和秃顶的大叔，有些黑狗的猥琐意味了，丝毫不像黑乌鸦。酒客稀疏，掌声更是寥落，我默默地送上一百元。他们点头致谢，也没有认出是我。

参加沙龙的大部分是男人，只有极少数女人，比如，苗苗的闺蜜小敏。小敏是幼儿园的老师，是个随遇而安、乐观开朗的女孩。她在聚会上和孟冬擦出火花，俩人在三年后结婚。她无私地扮演着苗苗的粉丝角色。没办法，苗苗气场太大。没有女人能忍受苗苗夺走所有男人的目光，除非这个女人也是苗苗的崇拜者。小敏心地善良，善于倾听，特别适合当苗苗这样的女人的闺蜜。谁也没想到，她也有着超级沟通能力，能将我们这伙人中最靠谱的孟冬给“钓”走了。

苗苗光芒万丈，让每个男人魂不守舍。夏冰对此，只是淡然笑笑，从不置一词。

很多年后，我一直怀念那段“苗苗的客厅”的生活。快乐，梦幻，也有几分不真实，仿佛那些在苗苗家里端着碟子点心、走来走去的青年，那些纵情高歌、大碗饮酒的兄弟姐妹，都是从黑暗梦境中走出的鬼魂。我们原本说好了是AA制，但夏冰和苗苗懒得和我们算这些账，我们也懒得算计，经常是买点酒或者下酒菜带过去。那时大家都穷，也没啥钱，有时带点猪头肉、凉拌菜，有时也带上瓶劣质的红酒。但我们都喜欢装×，喜欢搞点情调，苗苗是一定要搞点红酒的，各式的小点心也要雅致。好在苗苗有个当厨师的老爹，点心自然不是问题。如果苗苗活到今天，一定是一个住在陋室也要摆出各种品位的POSE，天天发朋友圈的女主。

我模糊地记得，那时的沙龙，每一期都有一个主题，对我和夏冰来说，好像是大学时“神仙侃”的继续。大家都有不同的生活领域和爱好，关注的话题也不一样，我们每一期选出一个主讲人，讲一个他熟悉的东西。我听石小军讲过“人工智能与计算机的未来”“游戏产业发展的预测”，我听孟冬讲过“枪械制造原理”，我听穆陶讲过“行为艺术”，我听小敏讲过“特殊幼儿教育”，也听姜氏兄弟讲过“魔岩三杰”的故事……当然，我自己也讲过“王小波的小说与异端传统”。我们的讲述，各有千秋，但凭借获得掌声的多少，来判断是否成功。

今天看来，我们这个所谓“文艺沙龙”，也充满了矫情、虚荣，小城市拙劣COSPLAY的激情。但是，不可否认，我在这个沙龙，也打开了眼界，了解了很多有趣的知识。我不能忘记那间布置上充满情调的、灯火辉煌的小客厅。他们中的很多人，我考上研究生后再也没有见过，这并不妨碍他们在我心里留下深刻印象。他们是我的青春记忆。他们谈论国家大事，也谈美女帅哥，有时壮怀激烈，有时又伤感无比。他们有很多野心，很多梦想，总停留在口头说说，像我这样，最后考研究生，离开麓城的，寥寥无几。他们大多在麓城成家立业，慢慢融入麓城的生活，慢慢地变得平庸，甚至变成了当年自己痛恨的模样。

这些年来，我远离家乡，也与那些有关苗苗的记忆越来越远了。只有在梦中，我还能模糊地回到那些有关沙龙的记忆里。然而，有时那却是一些“恐怖”的梦。那间小公寓，苗苗和夏冰出事后，就被夏家卖给别的老师了，后来，启明中学被合并，那些教师公寓的住户也都搬迁出来，房子也就废弃了。在我的梦中，常常出现这一幕：苗苗的客厅已经结满了蜘蛛网，墙上的壁画也已变成暗红色与灰暗的颜色。一群人，有的站立，有的舞蹈，有的在沙发上喝酒，然而，他们的身上，血肉已经干枯，眼窝深陷，头发上布满了灰尘，爬满了蟑螂。他们显然已经死去很多年了，他们还保持着多年前的最愉悦的神态……

晚宴高潮和保留曲目，一定是夏冰和苗苗的琴伴舞或对唱。他们家里没有钢琴，就是一架雅马哈电子琴，还花费了不少钱。他们一支接着一支曲子地跳着，唱着，伴随着阵阵掌声和口哨声，直到深夜，直到邻居忍无可忍为止。

客人们走后，我帮着收拾东西。盛宴过后，总是杯盘狼藉，鸡腿骨和猪骨头共舞，剩菜和剩汤齐飞，桌子上还流淌着白酒、红酒和啤酒的汁液。苗苗不肯干这项工作。

她情绪低沉，闷声坐着，拍打着孩子入睡，忧伤地对我说，春风，为什么快乐时光总是那么短暂，我受不了曲终人散的冷清。我笑着说，你也不能老这么闹，邻居快疯了。我帮忙夏冰收拾完一切，也就到了深夜。苗苗就不让我走，睡在她家的沙发上。

那是充满了甜蜜与苦恼的诱惑。记得那次，我白天在工厂加班，晚上又与大家喝酒聊天，收拾完桌子后，就体力不支，倒头在沙发上睡去。月上中天，我被一阵亲密的热吻弄醒。我感觉就睡在一片软软的雪地。雪不冷，还有着清香的味道，就飘飘地洒在身上。我很惬意，那些雪花像羽毛，又像月光，挠在脸上痒痒的。我忍不住张开嘴，接住那些雪，雪却变得越来越热，直至融化在我的口中……

我迷迷糊糊地感到，苗苗正依偎在身边，忘情地吻着我。我不敢动，生怕这是梦，又生怕这梦太早醒来。她柔软的身体，在我的怀里扭来扭去，仿佛要化了的米糖。她修长的大腿，紧紧地贴着我的私处，让我无路可逃。我深深地呼吸一下，挪动一下，她的腿就又贴了过来，真是太要命了。更不好意思的，我还很不要脸地兴奋了。

她柔软的手指，轻轻抚摸着我的耳朵。她滑腻的脸，滚烫得让我无法呼吸。

我不好意思再装睡，悄悄地说，苗苗，这样不好。

苗苗顽皮地眨眨眼，说，你又不是第一次和我……

我低低地打断她，说，那时你没结婚，也没孩子。现在你和老夏在一起。我不能这样。

苗苗停止动作，她笔直地看着我，眼睛似乎能喷出火。她认真地说，春风，这是老夏同意的。我和他讲过，我不能没有你，也不能没有他。我们三个一起，快乐地生活，不好吗？

我不能直视她的眼。我相信，苗苗是真心的，也相信夏冰会同意这么“荒唐”的想法。他们本就不同于流俗。苗苗是一个真诚的人，敢爱敢恨。她就是一团熊熊燃烧的火。她会燃尽自己，也会烧化夏冰这块“夏天的冰”。

苗苗不知从哪里拿出块手表，不由分说，戴在我的手上。借着月光，我看到，是一块卡西欧。我想起，我曾送给苗苗和夏冰两块情侣表。这款卡西欧有点大，但也是我喜欢的款式。

苗苗说，戴好啦，我们就是这三块表，永远不分开。

苗苗脱下睡衣。她裸露的身体，月光下仿佛牛乳凝结而成的雕像。她依偎着我，在等待着我的热情回应。我迟疑，僵硬地卧着，一动不动，那一刻好似一万年那么长，又像一瞬间那么短暂。她继续等，直到火热的身体变凉，眼泪扑簌簌地洒满脸。我狠狠地抱住她，咬了下嘴唇。瞬间，鲜血流出，染红我的下颌。我将这染着血的唇，印在苗苗满是泪的脸颊。我叹息着说，苗苗，我说过，拿我的血，还你的泪。这辈子无怨无悔……

夏冰轻轻翻身，好像依然在熟睡。我屏住呼吸，分明听到他长长的、低沉的叹息……

这么多年，这一幕总在不经意时刻闯进梦境，又无限次循环播放。我们那时真年轻，年轻到将欲望都化为了一片痴痴念想。我天真地以为，这世界上只有这爱的念想，才是真正天长地久的东西。我无数次问自己，葛春风，你后悔了吗？你装什么纯情？还是想要独占苗苗？你这些年做的荒唐事还少？

这些年我接触过很多女人，与女同事约炮，找各种妓女，在网上与染着绿头发的、十六七岁的小女孩搞一夜情。我现在已经是一个“烂透”的老混蛋了。但我始终无法忘记那一幕。这是我人生最隐秘的，也是最后的神圣之地。

苗苗送我的那块卡西欧，我一直戴在腕上，十多年了，无论我在凉皮摊上看着它杀时间，还是在省里的会议现场把握会议节奏，我从没有丢弃过。哪怕睡觉，我也不会将它摘下，只有在洗澡的时候，我才小心翼翼地将它收拾起来。我总觉得，那块表在，那“嘀嘀嗒嗒”的声音还在，苗苗就住在我的心里……

苗苗死了，我的心也死了多大半。身体是她的，她愿意给谁就给谁。她的灵魂，却永远自由不羁。无论她把身体给过多少男人，无论她是否为了钱，无论她后来走怎样的人生道路，她还是那样光芒万丈。苗苗就是一个你无法拒绝，也无法“不原谅”的女人。上帝造出这样的女人，就是让她挥霍爱情，燃烧欲望，为人世间制造传奇。只有两件事，我至死不渝。苗苗是我这辈子唯一爱过的女人，夏冰是我愿意用一生去坚守的好兄弟……

夏冰，你究竟躲在哪里？

你不是“夏天的冰”了，你现在是“吃人之鹿”。你如果真回到麓城，就来见我。我要你当面告诉我，为什么，为什么你要杀死苗苗？

第六章　忿怒莲师

如是恶缘，厉鬼邪魔纷扰世间，或因不善共业，众生遭受癫狂、暴毙、自杀等等不吉祥、不顺遂等果报。莲师以威猛金刚之像，惩罚复仇世上恶人，愿狼口蛇心者地狱永不超生……

一

抓不到夏冰，会成为我终生的耻辱。

局长下了死命令，限期让这个在逃多年的犯罪嫌疑人归案。十五年前，因为夏冰的失踪，刑警队的领导换了一茬，我因祸得福，得以在公安系统内部调整中升任刑侦大队的副大队长。十五年后，夏冰再次出现，如果我不能抓捕他，也将会步前几任领导的后尘，终生蒙受撤职的羞辱。我清晰记得，当时刑警大队的大队长高洪波曾郑重地对我说，吕鹏，根据现有证据，这个案子不简单，有可能是一个“案中案”。或许，还有很多我们不知晓的内情。

我同意这个判断。上面催得太紧太急，也只能在“追逃”上下功夫。我一直怀疑，葛春风和这个案件有关。很多事情太过巧合。比如，案件发生后，他刚考上研究生，就匆匆离开麓城。这么多年，他对苗苗的儿子夏雨不管不问，完全不是“生死之交”的状态。他出现的时机，也太过诡异，竟与夏冰返回麓城的时间基本吻合。虽然，有不在场证据证明春风在“12·22”案发当天没有出现在凶案现场，但夏冰谋杀苗苗和冯校长一家显得过于突兀，动机不足。夏冰早就知道苗苗和冯校长的关系，他们也因此正在协议离婚。是什么刺激了夏冰，让他做出了“激情杀人”举动？还是有人故意诱导，甚至胁迫他这样做？夏冰、韩苗苗和葛春风之间的关系非常复杂。有传言，三人有过一段同居历史。也有人说，葛春风与韩苗苗之间，早就有苟且关系，而夏冰根本不知情。葛春风在这场杀人案中，到底扮演了什么角色？他是否是夏冰的帮凶？他是否也是因为冯校长的出现，妒火中烧，欲除之而后快？

“12·22”案件之后，这十几年，我陆陆续续查到不少东西。没有确凿证据之前，还不方便给领导看，太过惊世骇俗，牵扯到方方面面的人也太多。我曾经向卸任的高洪波大队长透露过一些。高大队长也有些悄悄藏起来的证据。他沉默许久，说，一切等找到夏冰再说。生要见人，死要见尸。夏冰没有归案之前，这些东西，坚决不能给其他人看。小吕，我这是保护你。

我非常感激高大队长，也对他的过分谨慎感到意外。

高队，太小心了，咱们是警察，怕个屌！我忍不住飙出句脏话。

你以为，我被撤职，只是办案不力？高大队长戏谑地说，言语中又透着苍凉，你还年轻，等你再多点火候，就明白了。

对于夏冰的出逃，我和专案组的同志也曾一再推演，对很多关键细节仍百思不得其解。首先有嫌疑的，还是夏冰的母亲，麓城二中退休教师段观音。段观音这人颇有些神秘色彩。她本是大理的白族后裔，因信奉白族密宗，本名“段观音护”，“文革”初期改为“段卫红”，后又改为“段观音”。段观音70年代初期，来到麓城。当时云南师范学校为支持麓城工业开发，与麓城进行两地教育人员互派交流，段观音才分配来此。她担任美术教师。几年后，嫁给麓城二中汉族音乐教师夏宗翰，也就是夏冰的父亲。夏冰十三岁，夏宗翰去世，段观音艰辛地将夏冰抚养成人。

夏冰和韩苗苗的婚事，段观音非常反对。

她看不上韩苗苗举止轻浮，并认为此女为不祥之人，会给夏家带来灾祸。韩苗苗性格独立，我行我素，对未来的婆婆也不买账。俩人经常针锋相对。夏冰无奈，只能很早就搬出去，单独立门户。段观音和韩苗苗的父母，也一直关系紧张。她鄙视韩苗苗的父母，说他们都是小市民。这一切，到夏雨的出生，才得到了某种程度的缓解。段观音喜欢孙子，也就对韩苗苗不再挑剔，睁一眼闭一眼算了。然而，有关韩苗苗的风言风语也总未停止。有的说，苗苗、夏冰和一个叫葛春风的人，三个人在一起同居，还有的说，苗苗在外面傍大款，私生活糜烂到令人发指。

段观音多次要求夏冰解释，夏冰总是说，这是无中生有。

段观音不相信。她跟踪过韩苗苗，发现她和振华中学的冯校长有染。婆媳之间发生了激烈的争吵。段观音甚至跑到韩苗苗的娘家，和苗苗的父母大吵了一架，影响非常不好。韩苗苗的父亲得了尿毒症，每天透析化疗，需要大笔经费。韩家非常困难。这场冲突，让苗苗的父亲雪上加霜。苗苗去世后不久，她父亲也病情恶化而死。段观音回家后，把夏冰找来臭骂，逼着他和苗苗离婚。她不知道的是，夏冰早就和苗苗准备协议离婚了。夏冰不愿和母亲谈这些事。按照事情发展的逻辑，夏冰杀死苗苗，极有可能是母亲怂恿，甚至逼迫的。

事实证明，“12·22”特大凶案当天，夏冰正是与母亲谈过话之后，才去的冯校长家。

案发后，我也曾传唤过段观音。但她拒绝讲出夏冰的下落。十五年过去了，我至今仍然记得，我与段观音见面时的场景。那是一个非常干净整洁的老妇。她穿着素净的白色大衣，围着一条淡蓝色羊绒围巾。她佩戴有纯银的、非常别致的耳环以及造型独特的玉佛，都在彰显着她的少数民族身份。夏冰长得帅，看上去遗传了不少母亲的血统。尽管摊上如此大事，面色苍白，摇摇欲坠，她依然保持着冷静。

很难想象，这样的一个女人，会为了儿子，跑去跟亲家大闹一场。但我观察到，她的手，在不停地挠着木凳的边沿。按照心理学说，她应该是一个非常神经质的女人，但巧于克制。段观音说，夏冰中午回家吃饭，她又数落韩苗苗，说这样的贱女人不配当她的儿媳，死了活该。夏冰一言不发，摔掉碗，扬长而去。晚上，段观音才在书橱中发现了一个白色信封，信上写着：

妈，对不起你的养育之恩，此去我闯下弥天大祸。我要走了，你保重，照顾好夏雨。

从此，夏冰就再也没有出现过……

我们传讯过段观音很多次。这些年间，她一直是这套说辞。那封信鉴定科的研究过，是夏冰的笔迹，上面也有他的指纹。这也是我们确定夏冰是杀人凶手和畏罪潜逃的重要证据。

我们监听过她的电话，甚至有段时间，派人专门监视，可依然没有夏冰的消息。

我决心再去找段观音。夏冰如果回到麓城，不会不和母亲联系。夏家就住在麓城二中职工家属区。那里属于城南老城区，条件比较差，都传着说要拆迁。我和警队的同事过去，正是下午，麓城春天的雾霾很大，下午才稍稍地散去了。我们停好车，发现小区门口的墙壁上，画着一个白色的圈，上面写着大大的“拆”字。老小区改造，终于提上日程。但是，目前还只是拆除麓城二中家属区北面，南面暂时未动，越发让整个小区显出衰败的凄惶。

小区黑乎乎的，还是下午，楼道却阴暗得看不清楚楼梯了。我们顺着窄窄的楼梯上到二楼，终于到了夏家。我和夏冰也曾是朋友，尽管关系不是非常密切，但因为春风的缘故，勉强也算是不错的哥们。照顾夏冰的儿子夏雨，我也每年帮着凑钱。但在我的记忆里，我从来未去过夏冰家。还没等敲门，就听到里面传来幽幽的声音，说，你们是警察吧，找我的？

真邪门，她怎么知道是警察？我们推门，看到一个老太太，端坐于客厅中央的藤椅，怀中抱着一只硕大白猫。十五年过去了，段观音好像还停留在我第一次见到她时的样子，不过服饰发生些许变化，眼角多了皱纹，但纯银耳环、造型怪异的玉佛在提醒着我，她就是夏冰的母亲。

你是小冰的朋友，吕警官吧。段观音说。

我答应着，说，阿姨，这么多年了，您还记得这么清楚。

忘不了……段观音呢喃着。

屋里暗，点着灯，我们一点点地适应了光亮。夏家非常寒碜，没什么像样家具，基本还是90年代的摆设。2003年那场凶杀案，让这位白族女教师的时间彻底停止了，甚至让她停止了衰老。这位杀人犯的母亲，苦苦熬着，对抗着岁月，也许，只为了再见夏冰这混蛋一眼？

我们在沙发坐下，正看到，客厅墙上挂着两幅鬼气森森的手绘唐卡，色彩浓重，也不知画的是什么神。听说段观音的宗教造像画得不错，当年也是麓城二中很有名气的美术教师，这两张画像，应该是出自她的手笔。画像下边摆着香案，点着粗粗的密香。光线更暗了，密香的味道浓郁，桌子上的一个红色的破旧录音机传出低低的梵唱，声音诡异，听着像《大悲咒》。同去的刑警队员高远方摆摆手，说，吕队，不是《大悲咒》，是《无垢净光大陀罗尼经》，消灾驱邪，除罪垢，为短命者延寿。

你懂得怪多的，业务知识也没见你这么上心。我说。

小高不好意思地说，吕队，我媳妇信这个，我听多了，就略微了解点。

那佛造像是哪两位尊神？我又问。

我不知道，小高仔细看了看，这你要问段观音。

我们还发现，香案旁有一个四重褐色泥塔，也发出重重香气。泥塔左侧，应该是一张夏冰和苗苗的结婚照。夏冰穿着结婚礼服，笑得深沉含蓄，旁边韩苗苗的部分，则被剪刀剪掉了，只剩下半只手，搭在夏冰的肩膀上，显得格外刺目恐怖。

小冰回来了？段观音放下猫，说道。

我有些莫名其妙，说，段老师，你怎么问我们？他和您联系过吗？

我的小冰再也回不来了。

她迟疑了半晌，摇头，又断断续续地说，十五年了，我只在梦中见过小冰。灌顶上师也托梦给我，说你母子终生不得再见了，果然，前几天，我又梦到小冰。他就站在我的床边哭，眼里流出的都是井泥……

段观音的语气缥缈，阴森，我们不禁为她的精神状态担心。高远方小声说，吕队，估计问不出啥，看样子，他们也没联系。我们盯住了就成。

也只能这样。电话再监听上，楼下再放一个人，这段时间绷着点。

我们要告辞，突然段观音大声说，吕队长，对不起，我说谎了。

什么？我当时就警觉了，浑身的汗毛都发奓，真有夏冰的线索？

段观音继续说，十五年前，我骗你们了。冬至那天，晚上下着冷雨，小冰八点多回来，也不上楼，就用石头打家里的后窗。那是他的坏习惯。老夏去世后，这孩子性格也越来越怪僻。他上中学时，就经常跑出去玩，有时失踪好几天，事后我才知道他去参加演出，或在茶室给人弹琴。他就是这样，不声不响，后来他为了不让我担心，就在后窗玻璃上丢块土或小石子。我听到了，打开窗，看他一眼，他就冲我笑笑，摆摆手，说，我走了……

那天他回来时有何异常？高远方着急地打断她，催问着。我有点生气，说，小高，别打断段老师，让她的思路接下去。

高远方有点讪讪的，我本没有责备他的意思。大家都是破案心切。可段观音本来就有些糊涂了，这时就是要有耐心，才能发现更多的信息和有价值的线索。

段观音思索了半天，说，他没说话，冲我挥挥手，点头，我以为他还像小时那样闹脾气，要躲出去几天。他生气我不中意韩苗苗，可那个狐狸精，就是个灾星哇，我怎么能不生气？我就没理会他……

段观音讲着，又陷入了追忆的沉思，她眼神迷茫，使劲挠着头皮，露出了褐色的老年斑。

他也没有暗示要去哪里？我看她静了好一会儿，就问。

没有，段观音说，真的没有。

我们正有点失望，段观音突然激动起来，拍着手说，对了，他不是一个人！

不是一个人？我的眼珠子都要瞪出来了，夏冰在楼下和您告别，还有别人？

那天的雨不小，小冰没带雨具，路灯昏黄，我也看不清，只是看着小冰对我笑，他身边，有个男人，穿着雨衣，戴着口罩，就站在他的旁边。段观音思索着，越发认真了。

您确定？不会是什么不相干的人？我又问。

没错！段观音肯定地说，他还拍了拍小冰呢。我刚想说，你拿把雨伞哇，他们就走得无影无踪了……我又想，那是不是阎罗王的勾魂使者，走路一颠一颠的……他要带走小冰……小冰来和我最后告别……

说着，段观音开始哭。她的眼泪像干涸的蚯蚓，缓缓地爬出眼睑，凝固在她的腮上。我突然发现，她的确是老了。哪里有什么对抗时间？都是我们一厢情愿的幻觉吧。十五年，足够摧毁一个老人所有坚强的等待。

段观音哭个不停，我们只能道谢后离开夏家。录音机的梵唱还在继续，那只肥硕的白猫，绿色的眼，冷冷地盯着我们，动也不动，仿佛它就是地狱寄托生人灵魂的鬼怪。

段观音突然喊道："害我们家小冰的人，不得好死！我诅咒你们，我要请禁咒师、持沙明门等诸阿吒力，愿狼口蛇心者地狱永不超生……"

接着就是一串咒语，不断重复，依稀听去，像是"嗡达烈都达烈都烈玛尼阿尤尔……"

我们都感到脊背发凉。小高告诉我，这白密特别重视仪轨、咒语，搞不好段观音每天都在念这些咒语经文，既给儿子祈福，又诅咒对头。段观音最恨谁？大家认为应该就是"冯小肚子"，这个无耻快乐的罪恶源头。天天被一个这么邪门的宗教信仰者诅咒，被一个绝望疯狂的母亲痛恨，真是要折寿的。看来冯校长的好运不会太长了。

段观音的话可信吗？刑警队的同志们商量了，都觉得不可信。这极有可能就是一个老太太疯狂的幻想。再说，为了儿子的安全，她撒谎，欲盖弥彰，也是很有可能。她之前可是咬定那晚再也没见到夏冰。如果她见到的，就是夏冰，那么，和他在一起的男人是谁？他们又为什么在一起？夏冰到底逃到了哪里？还是说，夏冰已被人暗害了，更有可能是被他的同伙所害。尸体就在某个我们不知的地方。段观音所说，如果不是真的，那这个十五年后冒出的夏冰又是谁？是欲盖弥彰，还是另有所图？

我想来想去，觉得有个男人非常可疑，很有可能就是我的好朋友，葛春风。这也没什么证据，我会慢慢地观察试验他。这个诡异的段观音，搞得我头疼死了。

段观音的那两张手绘的唐卡，我偷偷地用手机拍了，向麓城大学历史系的一个教授朋友请教。他仔细看了看，严肃地说，左边那个是密教常见的“大黑天神”，三眼六臂，分持叉戟、剑、铁索、鼓、血杯、念珠，造型凶悍。右边那个更邪门，是密教的忿怒莲师，又称“红黑凶暴上师”。此尊一面二臂，肤红色，面相忿怒，三目圆睁，獠牙锋利，右手高举金刚杵，左手持铁蝎，以威武姿势立于熊熊火焰。“忿怒莲师”专为惩治恶人而生：“末法时代，人心险恶，累犯戒律，如是恶缘，造成厉鬼邪魔纷扰世间，或因不善共业，众生遭受癫狂、暴毙、自杀等等不吉祥、不顺遂等果报。莲师以威猛金刚之像，惩罚复仇世上恶人。”

谁会成为复仇的“忿怒莲师”呢？段观音还是夏冰？

二

我曾无数次为夏冰设计过凶案过后的出逃路线，试图在模拟真实情况下，尽最大限度地接近夏冰的心态，从中找出蛛丝马迹。在我的设想之中，案情应该是这样：十五年前的那个冬至夜，因为嫉妒冯校长与韩苗苗的奸情，葛春风怂恿夏冰，去“教训一下”韩苗苗和冯校长。很有可能，这两个爱情中的失败的男人，对此已讨论过很多次了。韩苗苗和夏冰，在2000年左右，经常组织一帮青年在他们家里聚会，有人举报说有淫乱活动，我也去监视过。后虽查无实据，但韩苗苗、夏冰与葛春风，经常三人同居，则是一个不容忽视的事实。可惜，苗苗这么好的女人，为啥要喜欢春风，他有什么好？就会写点歪诗、小散文罢了，我真搞不懂。

情易生恨。这三人的混乱生活，还能基本平衡，但夏冰转岗，去清洁队打扫卫生，葛春风也下岗去卖凉皮。韩苗苗不能忍受二人的无能，才决心离开他们，投入冯校长的怀抱。这就引起他们的嫉恨。春风当时正要复习考研，再说也不是苗苗正儿八经的丈夫，就怂恿夏冰去打人。没想到，夏冰现场情绪失控，杀死了苗苗，并割伤了冯露。夏冰给我打电话，是晚上十点。

根据冯露的口供，命案发生应在晚上八点左右。这中间的两个小时，应该是夏冰火速联系了春风。春风给他提供衣服和钱财，带着他见了段观音最后一面，就匆匆连夜打车离开了麓城。那张字条和钱，应该并不是夏冰离开时，给了段观音。而是他杀人后，去见段观音时留下的。这一点，段观音绝对是说谎了。

对于夏冰的出逃路径，我开始排除了火车。麓城有一个小火车站，每天的班次很少，晚上九点之后，就没有火车了。汽车站最晚一班，大概在七点。因此，出租车的可能性最大。我们曾经调查过麓城的出租车司机。在冬至夜八点之后，离开麓城的出租车一共有三十辆，最可疑的，是十点左右驰出麓城的一辆桑塔纳型出租车。司机姓胡，是个退伍兵，胆子大。他说，那客人是一个高个子男子，穿着件灰色羽绒服，戴着大口罩，背着一个大旅行箱，也看不清长相，但听口音是麓城人。客人刚出现时，在市区的钟楼附近。他转悠着，找司机出长途，说是有生意上的急事，要出麓城，连夜赶到威州。天晚了，很多司机看是男客人，不太愿意出长途，胡司机当过兵，看客人给的钱多，就爽快地答应了。

车跑了两个多小时，到达威州时已经十二点多了。威州比麓城稍微大些，但是靠近江苏，是京沪线和陇海线的必经之地，人烟稠密，交通发达，非常利于潜逃。2003年治安条件和警务技术下，只要他能逃出第一拨交通封锁和盘查，成功可能性就很大。我们和交通局联系后，在十一点左右，在麓城出口几条省级公路和高速路，都设置了盘查路障，现在看来，还是晚了一步。夏冰给我们打电话后，多半马上就找到了出租车。钟楼出麓城市，不过半个小时。他还真会精心算计。夏冰的电话，是一部老式银灰色翻盖三星手机，当时我们的技术，还不能准确定位跟踪信息源。夏冰给我打的电话，是从市区一个电话亭打出的。我再打电话，就联系不上了。夏冰的手机，这之后，更是无法联系，多半被夏冰抠去了芯片。

我问过司机，客人有什么特殊之处？胡师傅想了想说，没啥特殊，就是开出麓城时，客人小声哭了会儿，挺伤心。他问客人咋回事，客人说，老母身体不好，冬至跑出去忙生意，不孝。胡师傅还挺感慨，感觉客人是大孝子。我又问，还有啥特殊的？胡师傅冥思苦想了半天，又说，我闻着客人身上有血腥味。全身都有吗？我有些激动，胡师傅摇头，说，那倒没有，客人说，天气太干燥，鼻子破了，把口罩染红了。客人到达威州，就朝着火车站方向走了。胡师傅还有些奇怪，不是说来威州办事，但看着像是赶路。

我几乎百分之百确定，奇怪的高个子客人就是夏冰。无论身高、体态和穿着，都非常像夏冰。我们也拿夏冰照片，叫胡师傅辨认。胡师傅说，看着也很像，不能确定是不是。就是声音不对。夏冰是搞音乐的，不仅会弹琴，歌也唱得好。他有一副迷人的、有磁性的好嗓子。胡师傅说客人是个哑嗓。但是，经过杀人的剧烈刺激，嗓音一时“倒仓”，也是非常有可能。

我试图想象，夏冰在麓城的这最后一个夜晚。冬至夜，麓城的街头冷清，大家都在家吃饺子，庆祝又一个冬季重要节日的降临。夏冰回望麓城，内心后悔过吗？他肯定是后悔了，但时间无法倒流，他回不去了。他再也不能抱着小夏雨，听艾瑞莎·弗兰克林的灵魂音乐了。他们的小家，我去过几次。记得有一次，晚上七点多，韩苗苗不在，小夏雨哭个不停。夏冰轻轻地将他抱起，一边摇晃着，一边打开录音机，里面传来轻松随意的旋律，一个中年女人略显悲伤沧桑的嗓音，在房间里回荡着。夏冰抱着孩子，跟随着歌曲的节奏，脚步也轻轻滑动，身体缓缓扭动。说也奇怪，孩子不再哭闹，在摇晃中乖乖地睡熟了。我问这是什么歌。夏冰淡淡地说,《小祈祷》,灵魂音乐,美国的艾瑞莎唱的。我说,这首歌当催眠曲不错。夏冰放下孩子,有些忧郁地说,苗苗的布鲁斯跳得比我好,小雨想妈妈了。

也是那时起,我才发现,夏冰和韩苗苗这对“金童玉女”之间,除了葛春风之外,想必是又出了其他问题。夏冰逃离麓城,当他在出租车回望麓城黯黑夜色,是否想到此去可能再也回不来了?他是否会挂记儿子和母亲?他看到划过天际的流星,是否会想起那首灵魂音乐,想起韩苗苗曼妙的舞蹈……

我接触过不少杀人犯。杀人犯和其他犯人不同。他们的眼睛都藏着点“生”,也就是说,他们杀人过后,发现这世界不同了。一个活生生的、活蹦乱跳的人,就因为他的残杀,离开了世界,而他也变成了一个杀人犯,等待着法律制裁。也就是说,对方咽气的那一刻,你的额头就被打上了“罪”的痕迹。你不再相信世界表面性的游戏,你窥见了深藏于其中的暗黑本质,你抓住过死神的镰刀,感受过刀锋的凶残,闻到过刺鼻的血腥气。

夏冰不再是钢琴王子,也不是一个从音乐教师转岗的清洁工人。他是一个“杀人犯”。这将是他最后的身份标记。

威州火车站,只是夏冰逃亡的第一站,他不能停息,必须迅速买票,搭上从威州到昆明的长途火车。为了省几个钱,也为了不引人注目,他肯定会买普通硬座,大约二十七个小时左右,2003年,那趟车的硬座大概要八十几块。我们辛苦地做了出租车排查、路卡排查,等到我们根据出租车司机的提示,迅速发出了要求威州铁路刑警队协查的通告时，那已经是第三天了。如果我的判断没有错误，夏冰大概是乘坐的凌晨四点那趟车。当铁路刑警开始启动，夏冰已经幸运地下车了。冥冥之中，也许死神都感觉这个“钢琴王子”命运太衰——空有满腹才华，却被转岗，成了小区清洁工，妻子水性杨花，不断出轨，还要闹离婚。

也许，他本不该死，不该成为杀人犯，可苗苗就该死？水性杨花就该死？

这世界没啥道理可讲，和这个世界讲道理，不是疯了，就是傻子。

2003年的威州火车站，一派破败混乱。天上凌乱地冒着几颗星，冷冷的，凉凉的，正乏着，几排脏兮兮的绿色路灯，好似一群有秩序的光头小乞丐，悲惨地蹲在坑坑洼洼的路上，瞧着凌晨的车站。车站挤满了各色奇怪的人，乞丐、小偷、妓女、等火车舍不得去小旅店的民工。车站前的马路也很脏，贴满黑枪、召妓、办假证、治疗性病等各类小广告，斑斑点点，像人身上的疥疮。如果你打电话过去，十有八九都是骗子。

但是，很多假证贩子的水平还不错，从大学毕业证到营业许可证，他们都可以弄，如果多花些钱，第一代身份证也能仿造得差不多。那时的身份证都没有与公安户籍联网，也没有如今的人脸和指纹识别信息，如果不是太高调，一般查不出来。那时大点的城市，假证贩子都很多，夏冰完全可能在昆明重新制造一个假身份证。

从威州到昆明的火车，将是夏冰最提心吊胆的旅程。刚从麓城逃出，人还麻木着，等莫名其妙地踏上了逃亡之路，才会真切地体会凄凉与惶恐。不敢与陌生人讲话，听到警笛就心惊肉跳，看到穿制服的人就满头冒汗，脸色发白。他蜷缩在冰冷的硬座车厢，迷迷糊糊地睡去，又在警觉中醒来。他死死地盯着那节车厢的入口，那里坐着几个没座位的民工，就横卧在地上的大包袱上，打着响亮的鼾声。他最害怕乘警的临检。如果这个乘警接到电话通知，要检查他的身份证，他就完蛋了。他的神经绷得像钢丝，眼睛瞪得大大的，似乎要飞出眼眶。整个车厢好似一节巨大的坟墓，各色人等，夜晚都在这里死去，第二天清晨再醒来。昏黄的车厢侧灯亮着，似是来自地狱的光亮，人们摆着各种姿势沉睡，仿佛是亡灵被定格的死亡姿态。这些亡灵之中，是否就有满身是刀口、嘴里流着血的韩苗苗？

夏冰必定整夜无眠。他从来不是一个凶暴坚毅的人，相反，他多愁善感，自视清高，心胸又不够开阔。当然，他最大的缺点和吃亏的地方，还在于太讲感情。他太爱妻子，也把春风当作人生知己，为此他甘愿忍受妻子与春风在一起。也是因为重视感情，他无法正视一个事实，那就是夏冰还是夏冰，韩苗苗已不是当初的韩苗苗了。或者说，韩苗苗本性就有这样的东西，只不过当时的大环境，让她身上的那种放荡的气质更加凸显了。韩苗苗需要钱。她的父亲得了尿毒症，花光了家里所有的钱，还欠了一屁股债。她喜欢享乐，吃好的，喝好的，穿好的，要住大房子，要开好车，要享受浪漫的人生。可惜的是，学生时代的浪漫，不过是一首舞曲、几首歌，而要将这浪漫进行到底，贯彻到人生，那就需要大量的钱。夏冰没钱，春风也不过是个卖凉皮的小贩，他们拿什么供养韩苗苗的浪漫？

浪漫是要人“供养”的。我们这些小人物，玩不起这些高级的玩意儿。

当踏上了昆明的土地，站在人潮汹涌的昆明火车站，夏冰也许才算认真地舒了第一口气。他下面要做的，就是先去保山，拜见自己的娘舅。保山那里有白族聚集区。段观音和那一块很多白族老百姓一样，信奉白密。她的弟弟，叫段阿保，也是当地有名的“香童”。这是一种半职业化的神职，类似东北的神汉。虽然地位比不上白密的禁咒师、灌顶师和上师阿吒力，但在当地肯定是人脉广、有威望的男人。如果顺利的话，夏冰会在第三天上午，坐公交车，再坐拖拉机，来到保山当地的白族山寨。

2004年元旦过后，为了追查夏冰的下落，麓城警方曾去过一次保山的山寨，也见到了这位段阿保。我们基本按照我推测的夏冰行走路线去的。段阿保见到我们，大吃一惊，他肯定没想到，北方汉人的警察来得这么快。我们谈了半天，段阿保一口咬定，根本就没有看到外甥，并说自己和姐姐也已经多年不联系了。这明显说谎。因为在段观音的家中，我们还发现了一张照片，是他们姐弟在云南的合影，照片下方的时间显示为2001年5月。

我们与云南当地警方也进行了交流。他们认为，逃犯如果还在云南的话，极有可能已经到了临沧，并通过临沧口岸去了缅甸。临沧与瑞丽都是靠近缅甸的边城，但临沧到缅甸的口岸更多，有孟定清水河、南伞、永和。临沧的镇康、耿马、沧源三县，都与缅甸的果敢和佤邦交界，经过清水河、萨尔温江，过了滚弄大桥，就是果敢等地了。中缅交界地，有很多三不管少数民族小山寨，地域归属也比较混乱。战乱、绑架时常发生，枪支管理也松懈。有意思的是，当地信佛的人多，打仗一般是在周一到周四，周末不能杀生。太阳落山后不要出门，不得不出门千万别带包；人在不在屋里都要锁好门窗，最好随身备把弩；不要随便跟陌生人说话，认识浅的不要聊太深；给你递烟必须接但不能抽；不要在外面吃东西，如果实在要吃，最好用自己的碗筷。因为当地赌博、娼妓业发达，艾滋病也很多，毒品交易也广泛，当地熬汤炒菜经常放大烟壳……

我们听当地警方讲了一通中缅边界的情况，都感觉事情很难办。根据他们的讲述，很多内地有案底的人，除了跑新疆的南疆之外，就是往这边的边界跑。有些偏僻荒凉的小山寨，毗邻缅甸，外人很少到，当地人甚至没啥边界的概念，早上就偷偷溜过去，做生意、赌博，干各种事，到了晚上再溜回来。由于边防和武警、治安警的力量都有限，漫长的边界，实在是防不胜防。而边界两方，由于文化融合，人民币和汉语也都通用，很多人都是沾亲带故，很难说清楚，哪些人是中国人，哪些是缅甸人。

整个逃亡的旅程，如果顺利的话，可能到缅甸边境就结束了。这并不包含那些意外。比如说，夏冰有可能在火车站被那些专门“倒卖黑窑工”的人贩子盯上。2005年，我们曾在麓城火车站抓过几个家伙。他们都是在全国的火车站流动作案，专门挑流浪汉、智障人或者单身的男旅客下手。我抓住那些人贩子审问时，特别提到了夏冰的情况，可惜也没有消息。夏冰到达云南，也有可能成为短命鬼。缅甸太乱，气候也多有湿瘴，在北方长大的夏冰，是一个清高矜持、充满艺术气质的人，他并不谙世事，也不适应那里的气候。

当然，夏冰更有可能通过舅舅的担保，从而落户在某个偏僻的小山寨。他有一半白族血统，人长得又帅，穿上民族服装，再改个少数民族的姓名，完全可能伪造一个全新身份。他的性格并不张扬，如果他在那里娶妻生子，凭借着他的能力，完全可以在那里安顿下来，只要不遭遇战乱，汉族人夏冰，就有可能变成佤族的阿伧冰或白族的段阿水，在某个山寨当个上门女婿，或者默默地给当地的孩子教授汉语。我想象过这样的画面：天黑下去，夏冰呆呆地坐在门槛上，头发上是粉笔灰，一个矮个子的佤族女人给他端来碗辣椒饭，两个孩子在门前的红土上爬着，玩着游戏。他看着太阳一点点落下，月亮一点点升起，不知不觉，又过了一天……

2005年后，公安部门开始更换二代身份证，加大身份信息征集和芯片指纹存储力度，而云南这样的边境地区，全部更换完成要等到2010年左右。如果夏冰经过一番运作，比如，以从前的

“黑户”身份重新报户口，就极有可能彻底洗白身份。当然，他也有可能逃亡入缅甸，在那些比较乱的地方重新入籍。

十五年过去了，如果夏冰没有死于战乱、疾病，他就极有可能在某个山寨逍遥自在地回忆着遥远的北方麓城的生活。他会变得黑瘦、沉默，再加上换了少数民族服装，如果走在大街上，我们也可能不再认出他。麓城的一切，爱情、亲情、友谊，都已经烟消云散，犹如一场春梦。他逃脱了法律的制裁，孤独地面对着最后的审判，那就是死亡。只有最后的死亡，才能让他的心灵彻底安息，才能平息苗苗的鬼魂在地狱里的喊叫……

可是，夏冰为什么要回来呢？难道，仅仅是为了报仇？还是眷恋亲人？

我布置警力，重点盯查酒店、火车站等流动人口多的地方，就查来自云南的少数民族人员，四十多岁的、高瘦的中年男子。如今科技发达，就算他的容貌发生了很大改变，只要我们能锁定他的手机以及身份证的信息，他就跑不了。我已经向上面提出了监控计划，相信抓住他只是时间问题。

这段日子，夜深人静，我又恢复了从前的习惯，在卧室观察星星。我一边抽烟，一边静静地看着天空的星星。老婆孩子不懂我的想法，但看到我这个样子，也知道我心里烦，就不再打扰我。那些我见过的、死去的朋友呵，你们的亡灵化作了星星，都在对我笑着、疯着，直到那斜斜地刺出的车灯雪亮的光捅破天空，漫天的星星化作了悲伤的雨……

第七章　牧人王

伟大的时刻，都是由血与火组成的。

一

清冷的阳光洒满阳台，像一片片金黄色的薄荷叶，清爽，但不冷，透着点淡淡的暖意。阳台上的绿萝和吊兰，熬过了初春的寒潮冷雪，如今显得那么翠绿可爱。母亲裹着毛毯，坐在轮椅上，打着瞌睡。她花白的头发整齐地梳拢着，在阳光下闪烁着水晶般的光。母亲睡得香甜，不时微笑，想来又是一个美梦。

妹妹眼睛湿润地对我说，哥，妈都梦到了什么？

我说，听医生朋友说，人的生命衰老后，很多记忆反而会变得清晰，特别是从前的记忆。妈这些年的事都记不得了，但80年代、90年代的事儿都记得清楚。

妹妹点头说，你就多陪陪她吧，天气好了，就推着她转转。

我答应着，张罗着给母亲穿上外套，推着她走出居民楼。我们碰到了很多邻居，不少都是看着我长大的。他们看到我们母子，都打着招呼，说，出来晒太阳哇。对着外人，母亲的精气神很足，很矜持地对每个人介绍，春风，我的儿子，在省报当记者。

大家都恭维她，我的脸很红。这么多年了，我都忘了脸红的滋味。

我们慢慢地走着，路上行人不多，太阳还是那么好，轻柔的暖意涂满了我们母子的身上。雪化得差不多了，土地是酒酿泡过似的松软，白雪扣在青翠的冬青头顶，旁边是裸露出来的黑土。这条路通往化工厂。我仿佛回到了三十年前，我还是一个中学生，就在这路上奔跑着，母亲在我身后喊。我回头，母亲递过一份土豆排骨米饭，用毛巾包着，还是热的，就暖暖地塞在我的书包深处。我高兴地欢呼，继续快乐地奔跑。一份土豆排骨米饭，就是一份单纯的快乐。可惜，时光再也不能倒流了。那时的东风化工厂，有高大气派的、涂满绿漆的铁大门，两旁还有两个高大威猛的值班保安，不知道的，还以为是什么要害部门。大门上方，是从毛体字中挑出来的“东风化工厂”几个字，烫金，看着霸气。走进厂门，迎面是一个高大的毛主席大理石雕像。老人家穿着长风衣，目光如炬，左手挥动着，深沉地望着远方，仿佛在检阅千军万马。上班和下班，化工厂都会放音乐，上班是《大海航行靠舵手》，下班是《我们走在大路上》。亲切的音乐声中，大门口的工人熙熙攘攘，后来，歌曲变成《年轻的朋友来相会》《难忘今宵》……

这就只能是我记忆中的化工厂了。如今这个曾有上千人、固定资产几亿的国有大厂，已经沦落为三四百工人的小厂，还在为生存苦苦挣扎。厂区大烟囱多少年都冒着刺激气味，如今也因环保不达标，被勒令整改。几次改制，下岗分流，卖地还债，工厂规模越来越小，越来越艰难。“7·14”化工厂大爆炸，领袖雕像被削掉了一条胳膊，后来化工厂翻建过，也不复有当年气派。很多墙体边缘还能露出黑黢黢的、烧过的痕迹。

雪化了很多，化工厂石头柱上、领袖雕像上，还咬着不少，那几个大大的红字“东风化工厂”也沾着雪，染着白，夹夹杂杂，看起来似一块裹着白糖的里脊肉。我推着母亲，站在化工厂的门口，百感交集。二十年前，我在化工厂车间拼体力，也曾在这个门口当过保安，守卫工厂的安全。我转过脸，冲着天喊了声：“兄弟们，我来了哇！”这仿佛是喊给那些死去的工友听的，也好像喊给我自己。我模糊地看到，大门口的雪地上，他们的鬼魂站在一起，傻傻地真诚地对我笑。明亮的阳光泻下，钻入我的眼。空旷天空，把我喑哑的呼唤吸干了，像幽深的井，把所有飘落的雪花都吞掉了。

母亲呆呆看着化工厂，突然说，春风，我难受，咱们回家啦……

我的思绪，仿佛又回到了“7·14”大爆炸的那个下午。

天空飘荡着刺鼻气息，我的内心却充满异样情感。就在那天，我与苗苗、夏冰重逢了。我非常喜悦，但满街奔跑的人也在提醒我，化工厂的爆炸有多么可怕。我犹豫着对苗苗说，我要回厂看看。苗苗自告奋勇，要与我同去。夏冰则回去照看孩子。

离着老远，我就看到了化工厂冒出的各种烟，有黑烟，有白烟，也有褐红色的烟。那是明火、锅炉爆炸和化学物质着火的缘故，整个化工厂被浓烟包围了，好似太上老君的炼丹炉。那些烟都是直的，我从没见过那么可怕的烟。它们从化工厂冒出来，风都吹不散，就像一条条狰狞的黑蛇，从窗户向天空直直地爬。

消防队正在扑灭火源，很多群众围在厂外，都遮掩着口鼻，或戴着口罩，气氛凝重。厂门口大铁门都被熏黑了，门口正中主席大理石雕像，被炸飞的铁皮削掉了一只手臂。厂区所有厂房玻璃都震碎了，人走过去，地面都感觉发烫，还有点颤巍巍，这都是爆炸余震效果。我让苗苗在厂区外待着，我抓了防护服就去救火。浓烟渐渐散去，还有零星火苗从厂区工房跳跃到成品包装区，再蹦蹦跳跳，在办公楼附近的车棚舞蹈。还好，原料总库保住了，否则，就不是这么简单了，恐怕整个厂区周围都会化为瓦砾。穿着红色消防服和白色医生服的人影，不断在我的眼前晃动，一个个血肉模糊的工友被抬了出来，受伤重的已奄奄一息，受伤轻的躺在担架上破口大骂。

我继续向前行进，废酸处理车间发生了泄漏，刺激的气味简直要把人熏晕过去。我小心绕过去，继续前行，快摸到我们苯胺车间了。一个消防员揪住我，大声吼道，找死哇！赶紧撤出去！我回应说，我是这个车间的，熟悉情况，还有几处堆放废料的起火点，我带你们过去。几个消防员听了，就跟在我身后，向厂区后面找。

我一个趔趄，脚下湿滑，差点摔倒，仔细看看，车间地板上到处都是碎肉和血浆、残肢。我甚至看到了车间工友大老李。他只剩下小半截身体。技术员小周也被炸断了双腿，昏了过去。还有一个消防员，趴在一段倒塌的墙体下面，生死不知，我仔细看去，他的安全消防帽全碎了，耳朵只剩下一层皮，挂在那里，白色骨头茬都露出来了。他的面罩也碎了，有一部分还贴在脸上，也扎到了肉里。我按捺住心神，赶紧呼叫后面跟上来的消防员。他们连忙组织营救。

车间还有险情吗？一个消防员大声问我。

我想了想，硝基苯储罐和纯苯储罐都彻底报废了，但我们车间隔壁的硝基苯精制车间、硝化车间，还有些易燃物堆放在二号仓库。他们车间主任，人还算精细，从来都是蒙上三重隔离布，现在看，还没烧起来。还有就是，必须关闭硝基苯精制车间的原料阀门，截断化工物料流向燃烧区。我赶紧带着消防员奔那里去了……

我是和一群消防员最后撤出的。当我踏出厂区的那一刻，浑身松懈下来，差点瘫软在地上。很多年前，父亲抢救化工厂的场景又出现在我眼前。也是在那一刻，我才真正佩服父亲的壮举。

英雄还真不是每个人都能当的。

厂区外一片狼藉，消防、医院、公安等各路人马，都聚集在此，乱成一团。化工厂职工家属们围在厂区周围，找寻着亲人，不时听到哭声、咒骂声和悲哀的召唤。医生正在小心翼翼地将破碎的面罩，从一个刚被救出的消防员脸上摘出来。我亲眼看到，那个消防员胸部起伏，仿佛呼吸很困难的样子。他猛烈地呼吸着空气，张大着嘴，长长地舒了一口气，血就往外喷，面罩里喷得到处都是。有人过来，就喊他的名字，怕他睡过去。消防员张张嘴，想回答，一说话，血就继续喷涌，有的就流进了鼻腔，跟着就是咳嗽，再喷血……厂区旁的空地，停了满满好几排担架，没法救活的，就蒙上块白布，放在那里等着抬走。满眼都是白布，到处都是停尸的担架，好似一片片招魂幡。

苗苗跑过来，帮我擦掉了身上的污物，眼神中满满的都是敬佩。我自告奋勇，代表工人到市政府反映情况。苗苗也非要陪着我一起去。厂长王大庆早已躲了起来，不敢面对大家。我和市委赵主任交涉了好久，总算讨到了分管工业的陈副市长的郑重承诺，一是彻查化工厂事故的责任人，二是安抚好死伤职工，三是调查王大庆的不法恶迹。

我慢慢地向家走去，感到浑身的力气都被抽干了。我脸上化装的油彩还在，此刻也变成了一团烂污式的东西，东一块、西一块地粘在脸上。父亲的大号中山装穿在身上，看着也有些滑稽可笑。苗苗扶着我，一句话也没说，她的演出服也没来得及换。我们俩人走在街上，不断引起别人的关注。化工厂的爆炸和火灾平息了，大家也慢慢恢复了平静。我没想到，母亲在家门口等着我。父亲去世后，我对母亲的印象一直是沉默寡言、神志恍惚。可当时母亲神态自若，走到我面前，“啪”地甩了我一个耳光，说，你爸把血肉抛撒在了化工厂，现在化工厂的每一寸土地，都有着他炸成的粉末！化工这一行，事故难免。这一行就这样！

母亲接着说，咱是工人阶级！咱们是社会主义的企业，要相信政府！

我当时很委屈，脸火辣辣的。小时候母亲常打我。她的手厚实有力，但当着外人，母亲又非常护犊，从来不肯说我的短处。

我扶着母亲进屋，苗苗也要跟过来。她紧紧抓着我的袖子，心疼地摸着我的脸，说，疼不疼？又对母亲翻翻白眼，说，阿姨，春风没错，您不该打他。母亲看着苗苗，说，我不认识你。我教训儿子，还轮不到你插嘴。你这个女人，长得狐媚，我儿子还是离你远点好。我不是打他，是在救他。你不懂。

母亲把目光从苗苗头顶漫过去，忧郁地飞向仍在冒着黑烟的工厂。

若干年后，我们都要死。但1998年的夏天，我做了一件终生无悔的事儿。我这辈子，活了四十多年，两次为人出头，当了两次傻×，一次是为夏冰和苗苗，一次是为死难的工友。为这两次冲动，我几乎付出了一生的代价。在省报当记者的这些年，我堕落了，写有偿新闻，接受各方面的红包，找企业报销各类乱七八糟的发票。我也习惯于对上送礼拍马屁，对下狐假虎威。这些年，虽然孤身一人，其实日子还算滋润，不缺钱，也不缺女人。我曾一次次地回想，问自己，假如当时我没那么冲动，没有在学校捅人，没有为了工人出头，我的生活又会是什么样子？我也会占据一个有资源、有油水的岗位，然后和吕鹏、薛畅把酒言欢？如此说来，麓城和省城，又有什么分别？我的冲动与出走，又有何意义？

混乱的气息之中，我的心是平静的，因为苗苗的手，始终紧紧地攥着我的手，从来没有松开。她的眼亮着，她身上有着好闻的苹果味，她后来告诉我说，那是她为了舞台演出准备的香水的味道。但这味道让我感到安心。苗苗说，春风，你听过歌剧《牧人王》吗？你就是那个卑微的英雄。你平时是平凡的，但当灾难来临，你的额头闪烁着星星的光芒……

二

大爆炸过后，吕鹏和薛畅都来找我。吕鹏当时在维持秩序，薛畅跟着赵主任，躲在领导屁股后面，话都不敢说一句。他们都来劝我，说小胳膊拧不过大腿。夏冰和苗苗却支持我，认为我做得对。我也不好骂吕鹏与薛畅，毕竟是多年的兄弟。

这次我当了“出头鸟”，代价也不小。王大庆虽说灰溜溜的，但还是化工厂的厂长，市里的处理意见也迟迟不见动静。我和工人们气不过，经常聚在一起喝酒，咒骂王大庆。不料，晚上我们在车间聚会，等来的却是警察。警察说我们非法集会，破坏麓城稳定大局，把我们传唤到了派出所，拘押了好几天，还是母亲把我保了出来。

我一直想知道，到底是谁出卖了我们。

过了一阵子，我又被人举报，说是在大学就有处分，不适合待在宣传科，于是，我就被“顺理成章”地退回苯胺精制车间，又成了一名光荣的工人。这样也好，省得看王大庆的脸色。我回到车间，大家伙敲锣打鼓，给我办了一个场面风光的接风宴。大家都喝醉了，原来一起干活打屁的兄弟们，有的被炸死了、被烧死了，还有的在医院挣扎哀号。想到这里，大家都掉了眼泪，也表示我回车间肯定不能让我吃亏，还要指望着我带着大家继续和王扒皮周旋。我在车间干最轻的活儿，就管着打扫车间，没事就在车间办公室猫着喝茶，看小说。我过意不去，也抢着干活儿，但大家总是不让。

也有明白人劝我。车间技术员小周被削断了双腿，在医院没撑过多久，死了，我们又从原料总库调来一个大学生小马。小马毕业于东北师范大学，本来的专业是历史。小马家是鲁西农村的，父亲是乡村教师。按照专业，他应该去中学教书，但他特别讨厌当孩子头，就来了化工厂。原以为是国有大企业，也不错。没想到，这里效益这么差，工资都发不起了。他就谋划着走。小马是精细人，从来不显山露水。他不爱讲话，也不和人交往，只是偷偷摸摸地看书。一次下班后，他很认真地找我说，春风，我看你是好人，忍不住要和你讲讲。

我说，兄弟，有啥你就说。

小马说，有啥打算没有？不死不活地混下去？

我说，这也没啥不好。大家在一起，都挺开心。

小马说，也不是办法呀，你一个大学生，当一辈子工人？这厂子，我瞅着熬不过去了，即使活下去，也就是半死不活地拖着吧。咱们还年轻，耗不起。

我说，那有什么办法？我不比你。我是本地人，还有老母要赡养，不能拍拍屁股就走。我原来想去广东闯闯，就被家里骂了个臭头。

小马狡黠地笑了，说，春风兄，你真是实在。你可以考研究生。研究生正在扩招，这可是咱们90年代改革的二次红利。学历高了，就业选择就宽了。你看看报纸，研究生还是很抢手。最不济，也能换个环境。

小马还真把我说动了心。我和小马要了不少资料，也偷偷地复习。小马想考北大考古系，我还想考中文的研究生。我们把什么《研究生英语词汇》之类的书，都包上书皮，对外就说是武侠小说。还别说，真是小马给我指了一条明路。如果没有了这条路，我说不准现在还在市场卖凉皮，要不就跑到外地大城市当“京漂”“海漂”啥的。

秘密的学习岁月，刺激又心酸。怀揣着一个秘密，就好像揣着一只淘气的兔子，看着安静平和，时不时地就要扭动扭动，蹦跶蹦跶。工人师傅们看我不再和他们喝酒骂娘了，对我这种脱离群众、热爱学习的状态展开了批评。我和小马走得更近了，还把他介绍到“苗苗的客厅”。那时考研都要有单位介绍信，化工厂的组织科死活不让小马考研，说是怕人才流失。我帮小马找了薛畅，让他找了其他单位帮忙偷偷盖了章，才算过了这一关。小马不负众望，春天结束后，传来了喜讯，说是他考上了南开大学历史系，也算改变了命运。听到这个消息，大家都为小马庆祝，化工厂组织科又按着档案不放，说是违反规定考研。我们又想了很多办法，找人请客送礼，化工厂无可奈何，最终还是放了小马的档案。

王大庆终于在大家的咒骂声中被免职，调任国香食用油厂继续当厂长。他的本行是厨师，到食用油厂任职倒也是回归本职。工人们得了不少赔偿金，拖欠的工资也补发了大部分。但是，换了新厂长，企业依然不景气，很多人就思谋着离开厂子。除了像小马这样考研走的大学生，还有不少自谋职业的职工。走的人多了，企业就越发凋敝了。我们也越来越焦虑，都在传说，市里正在研究“减员增效”措施，要让我们买断工龄，“从头再来”。苗苗和夏冰所在的启明中学，据说也要有一大批教师转岗分流。人心惶惶，大家都找后路。“苗苗的客厅”的聚会也更频繁了。

那些聚会因为冬天的来临，变得似乎更为感伤。我们安静了。窗外飘着点小雪花，夏冰的黑色大音箱低低播放着《TEXAS FLOOD》《LAYLA》这样沧桑的布鲁斯音乐。老黑人的嗓音，喑哑，破碎，又如梦似幻，似乎在讲述着无穷的人生悲惨故事。我们小口地啜饮着白酒，随意吃着可口的小点心。小点心是夏冰烘烤的。他跟苗苗的父亲学习，做出了受到大家好评的布丁、松糕和蛋挞。石小军带来萨拉米黑香肠和金华火腿。孟冬和小敏也贡献出了煮好的什锦饺子，我在家里拿了花生米和一大桶高度的高粱烧，只有姜氏兄弟和穆陶每次都是蹭吃蹭喝，从不带东西。我们彼此交流着各自单位的消息。都是些坏消息，都令人沮丧。

孟冬的机械厂，说是要民主投票，投到谁下，谁就下。孟冬叹了口气说，现在大家都在乱拉票，拉帮结派，我是外地人，总共在这里不到三年，和厂长这样的领导也说不上话，认识的人也很有限，肯定拼不过本地人。他计划着，如果真下岗了，就和小敏去开家汽车修理店。石小军自恃计算机技术过硬，和校领导关系不好，还顶过几次嘴，那段时间也很紧张，生怕领导找他的麻烦。他狠狠地说，大不了辞职，去开个网吧，到时兄弟们可以免费去玩。姜氏兄弟在肉联厂上班，他们早就在酒吧打工，单位本来就不大去了，肉联厂也就给他们发个基本工资。他们对下岗这事儿，基本比较麻木。画家穆陶的想法比较怪异，他想去麓城北郊成济寺出家，一边修行，一边作画。我们对穆陶的想法表示鄙视。孟冬笑着说，穆画家，你就别祸害和尚们了，你可是画裸体的，你别是想把和尚们都给搅得待不住，你好一个人霸占寺院……

大家半真半假地开着玩笑，只有夏冰对此毫不在意。他对工作也只是敷衍，几乎将所有的热情都放在了做美食、听音乐、研究艺术、写曲子上了。他似乎在自己的小圈子里怡然自乐，并不在意外界的暴风骤雨。尽管，在很多朋友的劝说下，他收了振华中学冯校长的女儿冯露当学生，教她弹钢琴。但他对此也并不上心。他的酒量也越来越大，经常闷不作声地喝光一大碗酒，然后醉眼蒙眬地对着每个人傻笑。

我对夏冰说，你也要有打算，毕竟你们现在有了孩子，苗苗的父亲身体也不好，你们如果有一个没工作，这个家就没法办了。

夏冰打着酒嗝，说，你不是说过吗？每个人都如一叶浮萍，漂到哪里就算哪里吧。

我有些责备地说，你是苗苗的丈夫，小雨的父亲，你不能和我这光棍一样。你要振作。

夏冰似乎是自嘲地说，我不成了，不是还有你嘛，正好给你腾地方。

我非常尴尬，只能起身去倒酒，小声说，老夏，说什么混账话？你要这样，我再也不来了。夏冰目光一冷，盯着我说，可不是我请你来的，你要走自便。

苗苗发现了这边的小情况，急忙过来拉开我们。夏冰粗暴地推开她的手，说，春风，今晚就咱们哥俩，好好喝一场，人生如梦，难得知己一醉。我也来了小脾气，二话没说，就和夏冰对着喝了起来。我其实一直克制着对苗苗的情感，就把她当作知心的好朋友。夏冰看样子还是不高兴。这也怪我，一开始就和他们搅和不清楚。我想想当下的处境，也觉得凄苦。我也二十三岁了，也还孑然一身，在车间里干着卑微的苦力，还要被好朋友误解。苗苗看到我们拼酒，也抢着我们的酒喝。我晓得她是怕我们喝醉了。但醉了有什么不好？最起码可以暂时忘却这个冰冷残酷的世界。我们三个手牵着手，你喝一杯，我就喝一杯，彼此也不再多言，只是将酒灌到嘴里，仿佛这也是一种默契。我们哭一阵子，再喝酒，喝得难受，就停下，再哭一会儿。

孟冬他们大概了解一点我们之间的事，也不相劝，只是默默地陪着我们喝。姜氏兄弟找来吉他，弹唱着柯本最忧伤的情歌 *Where Did You Sleep Last Night*。我们三个就趴在那张铺着蓝底碎花布的方桌前，喝光了所有的酒。夏冰喝醉了，不再和我较劲，只是搂着我的脖子，流着泪说，对不起，兄弟，我欠你一辈子。如果你不是为了我，现在肯定在教委机关或某家报社，有一个令人羡慕的工作，也不用在车间受苦，如今还要担心下岗。我害了你。

我说，屁话！你们都不欠我的，咱们从来谁都不欠谁。我认了，我认下你们两个生死之交，别的都是狗屁。苗苗狠狠地掐着我们的胳膊，把我和夏冰都掐得青紫，她边哭边说，你们俩都是混蛋。我不管。我赖上你们了，你们哪一个也别想甩开我。春风，你考研究生也没用，你走得再远，只要我在这里，你就要回来，你逃不掉的……

画家穆陶不知何时，找出一张A3的打印纸，抿着嘴，飞速地画着素描。不一会儿，他就画好了一张画，画上是客厅里我们三个人握着手喝酒的场景。素描画得狰狞，却非常好地表现了我们挣扎痛苦的情感。穆陶摇晃着大脑袋，说，题目就叫，“相爱的酒徒”，你们觉得如何？

小敏紧紧地拉着孟冬的衣服，眼圈红红地说，他们三个怎么办呵，都那么重感情。孟冬说，的确麻烦，这个心结，只有他们自己能解开。

多年以后，我一直想着那间简陋却温馨的“苗苗的客厅”。我依稀记得，我们有一张咖啡色长沙发、墨绿色茶几、长条柏木餐桌，还有一台咖啡机。苗苗喜欢收集各种稀奇古怪的咖啡杯，印着各类风格的图案，有卡通版的、淡雅的、浓丽的，也有暗黑系的。她的一大乐趣，就是看着我们用她的那些杯子喝东西。整个房间，苗苗都把它布置成温馨的淡绿色，墙体上挂了不少音乐家照片、演唱会现场图片，还有我们每一个朋友的生活照。她央求穆陶画了很多树木、小草、野花和各种小动物，有麋鹿、猴子、天鹅，也有成群的鸽子。吊顶的灯，她请孟冬帮忙设计了一款特别有型的灯，能变换六种亮度和色彩。最显眼的，还是夏冰花了不少钱买来的一套索尼的黑色低音炮。它就盘踞在房间的中心位置，好似骄傲的艺术大师。当那柔和的音乐响起，变幻莫测的灯光不断摇曳，我们喝着酒或咖啡，恍惚置身于一座美丽的大森林……

三

屋漏偏逢连夜雨。没有背景的年轻人，大风大浪面前，不就是一叶浮萍吗？

我在车间过了半年悠闲日子，上面的调令又来了，说是要岗位清理。没有岗位的人，就调至别处。我原来在车间打扫卫生，就被调到保卫科下属的门卫室。也就是说，我成了一名光荣的“大学生保安”。穿上灰色保安服，拿上黑不溜秋的警棍，我笔直地站在门口，像检阅千军万马的大将军。我身高1米75，身材瘦削敏捷，再穿上合身的制服，还真有几分帅气风采。可惜的是，我这个英俊的“制服男”，充满艺术气息的“野猫”，不过是一条“看门狗”。保卫科要求我们见到领导后，要主动开车门，要有微笑服务意识。我们要有猎犬的忠诚和灵敏度，能够根据出入大门的各色人等的神态和穿着，准确判断他们的目的和身份，既做好上传下达，又要发现潜在的破坏分子，对小偷小摸和违法犯罪分子，要坚决地予以斗争。

我们就是一条看门狗，看家护院，把好化工厂的第一关。保安队的李队长给我们谈话的时候，总要这样说。他还总是特意提到我，春风，你是大学生，更要做好榜样。我就笑着说，领导，可别提我上大学的事，我就是个屁，现在就是您手下的大头兵。

保安队伍出现了大学生，这的确是一件令人兴奋又不安的事儿。要知道，保卫科二十名保安，大部分都是临时工。李队长现在最长脸面的事儿，就是当着很多人的面训斥我。也没有什么特别过失，就是一点小事，他就能训上半个小时。他对别人说，这叫“恩威并施”，大学生都是刺头，不好好地拾掇，哪还像个样子。他说的“恩”，就是去酒场带上我，既让我帮他挡酒，也可以给其他保安界同人炫耀一番——老子手下有大学生，书读得好，有屁用！还不是让老子整治得服服帖帖？我这时最应该做的，就是凑过去，一拍大腿说，对哇，我就服我们英明伟大的李队长！

我们一班岗，大约六个小时，值夜班，晚上就不能睡觉。麓城风沙大，雾霾多，春天的柳絮还特别多，一天下来，我的鼻孔都是柳絮，耳朵眼里都有沙子，浑身脏得不行了。当好看门狗，还要做好挨骂的准备。我们站在门口，白天也不断有车辆出入，开门慢了，领导要骂；开门不及时，运货的司机师傅要骂；早上开门迟了，工人们也要骂。站了一天，乏累了，偷偷打个盹，李队长又要骂。天天被骂，我也就慢慢习惯了，古人讲，唾面自干，就当是锻炼忍耐力了。

自从我当了“看门狗”，工人师傅也渐渐看不起我了。原以为，我是大学生，前途无量，现在看起来，就是个傻×，是真的“前途无亮”。每天上工，就有人在我的背后指指点点，说，这就是葛工的儿子？听说还是大学生，还不如咱们，咱们还是光荣的工人阶级呢，他算啥，一条看门狗。有的也说，不能这么说，毕竟有条大学毕业的看门狗，也挺场面，你打听打听，麓城哪家企业用大学生看大门？这也就是咱们东风化工厂，国营大单位，才有这样的气派。也有比较厚道的工人，就劝解说，春风小伙子，人不错，还帮过咱们，就是有点傻里傻气，要是我，就到厂部闹去，反正是职工子女，他爸还是烈士，让人家孩儿干这个，领导真黑心！

我对这些议论大多一笑了之。一犬吠影，百犬吠声，顾不上这许多了。为了表现我的大学生身份，李队长安排我在厂区正门服务。他恨不得在我的胸口缝上一个大大的标签，写上“麓城大学毕业生 最优秀门卫”的字样，心理才得到满足。每当有上级领导和兄弟单位领导过来视察巡视，他总是第一时间，将我介绍给大家，还不忘补充上一句，东风化工厂保安队伍人员素质非常高，在麓城企业界也是独一份。领导们赞赏的眼光中，我挺直胸脯，努力扮演好一个优秀保安形象，化工厂领导也觉得，让我看大门是一个非常英明的决定。这下好了，皆大欢喜。

正门门卫室，由我和老刘头两个人看守。老刘头是刘副厂长的远房亲戚。他自觉是“皇亲国戚”，对我这样的落魄小青年，当然是高高在上。他平时自己做饭，让我和他搭伙，多承担一份菜钱，我不愿和他纠缠，没有答应。老刘头就安排我看监控，每天两次巡逻，给出入车辆开门。自从我来了之后，老刘头就升格为门卫室领导了。我对老家伙没啥好感。有一次，他又整治我，让我半夜去巡查库房。我回来后，趁着他睡熟了，蒙着被子，把他痛揍了一顿。

他被打得哭爹喊娘，找我质问，我只说去库房巡查，监控我已经关了，他明知是我，也查不出，只能哑巴吞黄连。我冷冷地看他说，老刘，老子就是暂时在这里。老子是大学生，再落魄，档案身份也是干部，你再牛逼，也只是一个临时工。老子早晚会离开，就是不调走，老子到大城市应聘，也能混上仨瓜俩枣，你还要继续看大门。咱们客客气气，井水不犯河水，你惹毛了我，弄你个半死，你也没有办法。

当我面色狰狞地摔碎一个大水杯，老刘头终于认屃，不敢在我面前冒充领导。我也过上比较安生的日子。苦是苦点，内心反而更加安宁了。我更加如饥似渴地学习，只有学习，才能让我忘记外界讨厌的人和事。我主动要求加夜班，夜班补贴高，事情也少，我借着门卫室昏黄的灯光，背单词，搞听力，做各种复习题。还好门岗有一台破旧DVD，老刘头有不少小黄片，实在苦闷，就看看这些东西解闷。长夜漫漫，多少夜晚，我就靠着学习和看黄片打发日子。李队长不知道这些，他还以为我工作认真，专门夸奖说，春风真不错，晚上值夜班，从来没见他睡觉。

吕鹏和薛畅也来看过我。看到我如此境遇，他们也都唏嘘感慨。吕鹏提出，他们市局正要成立经济警察巡查大队，他可以帮我找人，我以借调的身份过去，等干上一阵，再找关系，将档案转过去。薛畅则提议我，干脆辞职在家，专心复习功课，不受这个窝囊气。我感谢他们的好心。母亲身体不好，妹妹还在读高中，家里也需要钱，我现在辞职，就是坐吃山空，反正有时间复习功课就行了，这点小挫折就当是磨炼心志了。别看我说得云淡风轻，其实压力也很大，不过，我不想让朋友为我担心，更不想依靠别人，让人看不起。

日子一天天地过，我还上了一把电视，成了名人。

那天早上，我还和往常一样，早早地站在门岗，给上班的工人们放行，提醒他们注意收听广播室的重要通知，并查看今天的出库车辆安排表。李队长喜滋滋地跑过来，拍拍我说，春风哇，你小子风光啦，要上电视了。我问是咋回事。李队长说，市电视台听说你转岗当保安的事迹，要采访你。我没好气地说，这算屁好事？李队长说，厂领导觉得这是一件宣传我厂转岗分流工作扎实有效的最好说明。你好好准备，弄好了，我和领导说说，多发你奖金。

李队长对我还有点小嫉妒，说，娘的，读书多，还管点屁用，看个大门，都有人采访。老子给化工厂看家护院二十年，也不见有人采访。我赶紧说，我有今天，还不是李队长栽培的结果，您放心，我肯定在电视上多表扬您。听到我这样说，他才转怒为喜。

几个扛着机器、举着话筒的人跑到门卫室，一进门就嫌地上脏。我说，我们是每天打扫的，但化工厂就这样，每天出库入库，车辆扬起的粉尘多，我们的头发里都是硫黄的味道，电视台领导们多担待些吧。几个人这才回头看我，一个小胖子叫道，师兄，真是你！我仔细看，原来是我在麓城大学的师弟，比我低一个年级，当年大家都在麓大文宣部，他那时就喜欢跟着我。如今师兄弟在这样的情况下见面，我也不知该说些什么。师弟红着脸说，春风师兄，台里说要来采访一个转岗的大学生保安，没想到是你。你在麓大，可是我们的大才子……我笑着说，现在不也挺好吗？都是为人民做贡献。

师弟瞅着我，叹息着，就让同行的女记者采访我。那个女孩拿着话筒，郑重地对我说，葛春风同志，您发扬螺丝钉的精神，不怕苦不怕累，爱岗敬业，主动要求来门卫室，为企业分流分忧，为国家踏踏实实地做贡献，您当时是怎么想的？

我笑着说，我就是普通工人，大学生还不是工人阶级的一员吗？您刚才总结得挺好，都替我说了。我就是小小螺丝钉，国家把我放在哪里，我就在哪里发光发亮！

女记者问，化工厂现有多少大学生？占工人比例多少？

我想了想说，大概五十多人吧，我们总共一千多职工，比例你自己算吧。

女记者说，您转岗到门卫，感到委屈吗？

我挺着胸脯说，委屈啥，好着呢，我们的领导，护卫队李队长，身先士卒，率先垂范，对我很关心，我感到浑身都是干劲！……

李队长在旁边听我提到他，幸福而羞涩地冲我比了个剪刀手。我不停说着，最后自己说的什么都记不清楚了。我似乎回到了麓城大学舞台中央，雪亮追光下，是我一个人的诗歌朗诵。台下是喧哗的百人、千人，我都看不清楚。风暴式的掌声中，我仰起脸，闭上眼，倾听着浑厚的朗诵声回荡在偌大的报告厅……

小胖子师弟看着我在镜头下侃侃而谈，眼圈都红了。临走时，死活给我放下了一条三五香烟，说是化工厂领导塞给他的，孝敬师兄了，让我有困难找他。我感谢他，还想着我这个落魄的师兄。送走他，我转手就把烟给了李队长。李队长美滋滋地说，行，你小子会办事。我说，队长大人，我也不求啥奖金，有机会，多放我几天假就行。我妈身体不好，我想多陪陪她。李队长是一个仗义的好人，后来果真多放了我好几天假，我都闷在家里刻苦复习功课了。

后来，电视采访播出后，引起了不小争议。有人说，社会转型期，要狠抓青年知识分子思想教育，葛春风就是一个浪子回头，扎根基层的典型。他如今洗心革面，成了一名优秀门卫，这就是我们的企业改制不同于西方资本主义的地方。也有人说，让大学生看大门，是人才资源的浪费，国家花了那么多年培养人才，不是去看大门的。当然，前一种意见在领导层是主流，但有了争议，总归是观念不统一，我这个典型也就被搁置起来，没有被进一步发展下去。本来，我还听说，市里要提拔我当全市的转岗工人典型，也只能作罢。

我到了门卫室，倒是方便了姜氏兄弟。他们俩一直没找到合适排练摇滚的场地。我们保安队有一个空库房，挺宽敞，也隐蔽，姜大宝和姜小宝把架子鼓、电贝斯都拉过来，晚上，就在我们库房排练摇滚乐，至少不担心别人投诉。有人陪我说话，我自然欢迎。苗苗也跟着他们来看过我。她看到我穿着保安制服灰头土脸的样子，心疼得不得了，不管姜氏兄弟在场，也不管我身上多么脏，就紧紧地抱着我。我拍了拍她，说，没事，都是红尘历劫，老天爷考验我呢。

四

那段时间，我发现苗苗变了。

她经常穿名贵的衣服，用很贵的包。一次，我去“苗苗的客厅”，苗苗却不在，夏冰告诉我，苗苗最近经常出去，很晚才回来，也不管孩子。我在那里等到很晚，才看到她浑身酒味地回来了。多年之后，我想起她的变化，还是感到心痛，一个好女孩，怎么会和冯国良这样的人混在一起？尽管，她一开始解释说，她在迪厅领舞，只是为了启明学校合并的事儿联系了冯校长，后来，跟着冯校长参加了一些应酬活动。我想，我是忽视了苗苗身上原本就有的虚荣心。女人越漂亮，虚荣心就越强。从前因为爱情，我们忽视了，或者说，不敢正视苗苗身上的这些东西。还有，苗苗胆子大，喜欢尝试新的、刺激的东西，不喜欢按部就班的平稳日子。

有次我实在憋不住，就质问苗苗，你现在怎么堕落了？

苗苗愕然，委屈，又有点愤怒，梗着脖子说，我堕落是我的事，你管得着吗？

我说，不想看你糟践自己，有啥事你说。

苗苗说，你好好复习，准备考研，一个看大门的保安能解决啥？

我语塞，也明白管了也是白搭，但就是不忍心。我也了解些，苗苗和冯校长应酬，多半还是为了学校合并时保住她和夏冰的工作。苗苗的父亲在干休所当厨师，母亲是肉联厂工人，原来日子过得紧巴，但也还算顺风顺水。苗苗的父亲，后来查出尿毒症，可害苦了全家人。她父亲是一个慈眉善目、沉默寡言的男人。苗苗的母亲很强势，平时喋喋不休。大学毕业前，苗苗家我去过不少次。苗苗和夏冰结婚后，我就再也没去过。苗苗父亲患了尿毒症，需要定期透析，他时常昏睡着，皮肤苍白、灰暗，消瘦地躺在床上，无声无息，像阴影里躲着的兽物。即使他清醒了，也目光呆滞，对别人的问候不管不顾。在睡梦中，这位老年厨师不断发出梦呓，有时还有抽搐和惊厥。他都梦到了什么？满桌子香喷喷的饭菜？还是死神冷酷的微笑？

苗苗的母亲、苗苗和夏冰他们轮流来陪他，有时我也去看他，就默默坐在他的床前，看着他暗红色的血和透析液流入空心纤维型的透析器，形成一个清洗回路。他不愿吃东西，好像一辈子做美食，终于报应在了食物上。我劝他，他只是流泪，说，早该死了，活着就是累赘。

他张嘴说话，我闻到了臊臭的死亡气息，熏得人想吐。医生说，那都是尿，尿毒症这病邪行，肾坏了，没法排毒，嘴里都泛尿味。

我强忍着，戴上了口罩，继续照顾这个嘴里满是尿味的老厨师。我帮他翻身子，倒水，天太热，也帮他擦擦背。我看到他干瘪的屁股突然红肿起来，像是某种刺激性过敏，类似我们化工厂的苯中毒。我找来医生，医生撇撇嘴，又说，没啥大惊小怪，还是尿。尿素排不出，就在汗腺外结成尿素霜。我细看，果然有些臭臭的白色结晶体。

老头醒了，也戴上口罩和我聊天，怕熏到我。他生病不折腾，也不爱支使人。我喂给他药，他难受时也发脾气不吃，打在地上。但很快，他就央求我捡起，向我道歉。他倔强艰难地把药咽下，药“咕咚”一声坠落到嗓子里，好似深深的井口掉进去了一块铁器，连回声都是闷闷的。他在医院第一次见到我，就叹气说，春风，你这个孩子真不听话，不是说不要联系苗苗了嘛。你这是给自己找麻烦。

我说，啥麻烦，我乐意。叔叔安心养病，早日康复。

老厨师没啥爱好，就喜欢读菜谱。我就买了几本菜谱给他读。从川菜、粤菜、鲁菜、湘菜一直读到了淮扬菜，读得老厨师的眼睛直冒光，嘴里啧啧有声。他说，我这辈子就是做鲁菜，咸齁齁，黏糊糊，黑乎乎，想想，太没艺术品位了。好在干休所的老干部也不挑剔，我做梦都想变成一个淮扬菜大厨，就做文思豆腐这样清淡的江南菜。

要是我一直吃得清淡，是不是不会得这样的绝症？他看着我，平和地说。

我无言以对。人都怕死，都有侥幸心理。

韩老头给我讲了很多厨房的故事，比如怎样将鸡蛋煎得好吃又不油腻，如何偷吃不被客人发现，厨娘为何喜欢大厨……这类好玩的东西。他还暗示我，之所以选夏冰当女婿，是因为他会做饭，而且有稳定工作，不像化工厂，工资都发不下。我不怨他。我突然发现，这个沉默寡言的老头，其实挺能聊，也很想找人交流。大概普通人都是这样吧。在孤独中生活，习惯了孤独，也害怕与人交流，等到死神把镰刀架上脖子，才发现，有好多话要说，却不知向谁去说，谁要听。

他又问我，你爱苗苗吗？

不知为何，老头嘴里跑出这样的词，总感觉怪怪的。我戴着口罩，看不出脸红，但用力点点头，说，您放心，我不介入夏冰和苗苗。我是夏雨的干爹，我不能让孩子没了家。

韩老头调皮地眨眨眼，戏谑地笑道，你可真傻，现在你这么傻的小子可不多见了。

我说，这都是命，苗苗让我上刀山，下火海，都成。

韩老头又叹气，说，都是孽障。你们这些年轻人，不让爹妈省心。我怼了他说，我爸早被炸成粉末啦。您就别操这份心了，先养好病吧。我本来想讽刺下老头，但转念一想，一位善良乐观的老厨师，如今变成浑身散发尿味，等待死亡来临的病号，也够惨了，就没再说什么。

韩老头伸出手，在我的胳膊上轻轻地点了下，郑重地说，小葛，有件事拜托你。我看他搞得隆重，也不好再玩笑，就说，您尽管说。他的目光避开我，转向医院房间那面灰黄的墙顶，吐出一口“尿气”，艰难地说，你要照顾苗苗。她是我的女儿，毛病我都晓得。你们男女在一起，爱得要死，不清楚各自毛病，要结婚生子后，很多年才慢慢露出来。苗苗太爱热闹，胆子大，做事没章法，太随心意，我担心她跟上坏人，被人家坑了，你要规劝她。

我说，叔，都啥年代了，你们都管不了，我更别说了。再说还有夏冰。

韩老头摇着脑袋，说，你一定要答应。夏冰挺好，但也是没主意的，他更管不了苗苗。

我想也是，就连苗苗拉我合住这样的荒唐决定，夏冰都默许了，他真是太宠苗苗了。苗苗的家庭负担也真是重。苗苗和夏冰在启明中学本来就不受领导待见，没评上职称，工资不高。苗苗母亲的肉联厂，效益就比化工厂稍微好点，有些福利，也不过如此。夏冰家也不富裕。夏冰在外面带了几个学生，学费都不高。苗苗白天去教学，晚上就去天鹅夜总会的迪厅领舞，也给一家舞蹈学校当兼职教师，全家人都还指望她的业余收入了。

90年代的迪厅和夜总会都很火爆。天鹅夜总会也是麓城最大娱乐场所，每天都涌动着很多有钱人去寻欢作乐，喝多了酒，就学着老外的样子，往苗苗大腿的丝袜里塞人民币，顺便摸摸抠抠。有次我看到苗苗的腿都被人掐青了。我心疼极了，就骂夏冰，你这个老公咋当的？老婆被人欺负，你就装没看见？夏冰涨红了脸，咬着牙，说，我不想解释。苗苗却不以为意，说，又不掉块肉，没啥大不了。

她经常为我讲述如何与各类色鬼周旋的事儿，一面不屑地讲，一面拍着手“咯咯”直笑，真是个疯丫头，胆太肥，也不晓得怕。好在夜总会保安很厉害，夜总会总经理“红姐”也是有名的女强人，那些人也不敢太过分，就是常留条子，求包养、一夜情，反正都不怀好意。苗苗一概置之不理，逼急了她，也甩脸子打人。我几次劝说她，不要去那种地方兼职，但那份收入的确可观，苗苗干半个月，就顶上我和夏冰几个月工资。苗苗父亲每月高额的透析费、营养费，也都靠这钱维持着。

我和夏冰商量了一下，平时夏冰晚上接苗苗从夜总会下班，孩子由保姆看；我休班时，就是我去护送苗苗回家，夏冰在家看孩子。苗苗不让，说别耽误了我考研。我说，考研重要，但你的安全更重要。如果你出了事儿，我就是考上北大清华，也不会去读。那段时间，由于我们的保护，苗苗安全多了，直到冯校长的出现……

我说谎了。我违背了誓言。苗苗死后，我还是去读了研究生，并留在了省城。回麓城的这段时间，我去看了苗苗的母亲、夏雨，也见到了冯校长和冯露。但是，夏冰一直没有露面。吕鹏对我说，现在天网识别系统非常发达，只要夏冰出现，肯定会被抓获。我不明白，千辛万苦跑出去，为啥还要回来？我仔细想了想，除了他母亲段观音那里、夏雨的小卖部，夏冰一定会去苗苗的墓地。

苗苗的墓地，就在麓城南部山区的不语山下。苗苗的父亲也埋在那里。她与父亲做伴，长眠在山清水秀的不语山，也算是有了一个好的归宿。

星期天，我去不语山扫祭。妹夫有台破旧的吉利，我借过来，按照导航，找到了墓园。麓城东南的不语山，据说因为风水好，建起了墓园，再往北十公里，就是麓城殡仪馆。天气逐渐暖和，春天气息更浓了，不语山下野花竞相开放，金黄的金盏菊、淡紫色的紫花地丁、乳白色的十字花碎米荠，还有些说不上名字的花草，一片片，一丛丛，一簇簇，好似五颜六色的火焰。果树林的黝黑枝条也泛出青色，桃枝、梨枝和杏树枝都拱出了嫩嫩的芽儿。

空气愈发湿润，恰巧刚下过雨，连冻了一个冬天的土地都变得暄软，有股泥土淡淡的熏香。我从市里买了几束百合、丁香，顺着西南角进入墓园，找了半天，才找到“新二区”位置。左边第二排，就是苗苗和她的厨师老爸了。墓园是2003年建起来的。苗苗是第一批长眠于此的逝者。当年，苗苗下葬，我曾来过一次。苗苗的母亲不让我来，说看着我难受。我只能远远地看着苗苗，被葬在了这块青山绿水之间的墓园。

墓碑前，长满杂草，我拔了许久，把墓碑周围清理干净了。

苗苗的墓碑，是一块白色大理石，简洁、朴素，墓碑右角，嵌刻着一只振翅欲飞的美丽天鹅。墓碑中间，是苗苗的小像，下书“爱女 韩苗苗之墓”，旁边是一行青色小字：在天上，她永远是最灿烂的舞者。

苗苗，野猫来看你啦。

我强忍着泪，思绪仿佛又回到十五年前的冬至夜。苗苗的时间，停止在那个夜晚。我最好的朋友，杀死了我最喜欢的女人。记忆是残忍的。它好似一台发了疯的录音机，只将那些最美和最丑的时刻不断回放，无限循环，直到将我彻底烧断，崩溃。我的灵魂，也早在十五年前那个冬至夜，随着苗苗去了。我之所以苟延残喘地活着，就是为了等到夏冰，等他亲口告诉我，为什么要杀苗苗。我要看着我曾经最好的朋友认罪伏法。

我轻轻地抚摸光滑的墓碑，好似那就是她洁白莹润的手。我想象着苗苗睡在这里承受的十五年的寂寞孤独，风吹日晒，回想起我们上大学时，在这不语山下翡翠湖边，放声歌唱的场景。依稀之中，我仿佛又听到那悦耳的“天鹅”与“麋鹿”的绝美合唱：“忘掉那情切切甜蜜接吻，忘掉那软绵绵良辰美景，从今后得不到她的亲近，好朋友，美少年纳西塞斯……”

阳光在云层边缘闪烁，风声如咽，果林深处哗哗作响，好像回应内心的呼唤。我拍拍墓碑，说，苗苗，我不躲了，就算躲到省城，躲到天边，最放心不下的，还是这里。等我不行了，就躺在这里永远陪你。我说过，用我的血，还你的泪。我把自己那捧骨灰也给你……

“韩老伯，您也说过，让苗苗下辈子嫁给我。”我扭头，对旁边苗苗父亲的墓碑说。老厨师再也不用忍受尿毒症的痛苦了。此刻，他正在墓碑上笑眯眯地看着我，好像我还是那个去他家里蹭吃蹭喝的少年。

迷迷糊糊地想着，我突然发现墓碑左侧，影影绰绰，好像有个男人的身影。我擦擦眼，又仔细看去，没错，是一个男人，穿着深黑色羽绒服，套着帽子，戴着白口罩。他身形高瘦匀称，就在几十米外的果树林，斜倚着树干，冷冷地盯着我。距离有点远，看不太真切，但身体没来由地发抖，我喊了声，他扭头，向后疾走。我边喊边追过去，那男人退得极快，等我追去，他已跑远了。我只看到他的背影，跑起来一颠一颠的，非常像夏冰。非常像。

真是夏冰？他什么时候跟踪我的？

我离开墓园，开车顺原路返回，心怦怦直跳，总觉得有什么不好的事要发生。这时吕鹏的手机打了过来，我接通，那边传来吕鹏低沉的声音，野猫，冯校长死了。

第八章 血天鹅

一

人生本若浮萍，奈何风吹雨打。

财政局工作了几年，我尝试考注册会计师，也生吞活剥地读了很多经济学的书。1998年，我有幸跟随财政局的陈局长，调入市委办公室，这是我人生的一个转折点。陈局长变成了分管麓城经济的陈副市长，我也跟着更多接触了经济层面的东西。我的本科论文，是研究明清山东荒政，也算与经济制度沾边。90年代流行哈耶克、弗里德曼的新自由主义理论，科斯、布坎南的制度与产权学派也挺时髦。科斯挺对我的胃口，尽管他的“科斯定理”我基本没啥感觉，但科斯和亚当·斯密、霍布斯等人类似，总能说出些冷酷但真实的真理。比如，他说，“任何人在任何情况下都追求利益最大化”。他又嘲讽我们这个时代是“上帝与魔鬼同样追求私利”的时代。

“人生本若浮萍”，就是说的我们这些没背景、没后台的小人物，想要活得好点，就要追求利益最大化，才能熬过“风吹雨打”。

陈副市长是我的“贵人”。我刚到财政局，因为是文科出身的非财经专业，被分配在秘书科。秘书科楚科长，是技工学校毕业，后来提干转身份，四十多岁了，才熬到科长。他把我看作眼中钉、肉中刺，常找我麻烦。一个小讲话稿，让我反复修改。我改了三十遍，还是不能过关。楚科长跑到局长那里告状，说我不行，要将我退回。我恐惧极了，向朋友借钱，过元旦给他送了两条中华烟和两瓶茅台，他的脸色才好看了点。虽然不再说退回，但还是不断贬低打压我。

我咬牙，忍耐，争取更好。我在被窝委屈得哭醒，不敢声音太大，让母亲听到担心。

我慢慢熟悉了业务。陈副市长当时在财政局口碑非常好，也喜欢提拔年轻人。他白白净净，举止儒雅，待人亲切，业务能力非常强。最令我佩服的，是他的城府。他喜怒不形于色，我亲眼看到有下属为了退休补贴，拍着桌子，骂陈副市长的娘。陈副市长也只是温和地笑笑，耐心地聆听，最后成功解决了危机。这才是干大事业的人。年终总结报告，我写了一部分，受到了他的好评。他当时在会议上说，薛畅这个年轻人不错，沉稳，细致，有前途。

“有前途”这三个字，让我欣喜万分，让同事们对我刮目相看，也加剧了楚科长对我的猜忌。他给我安排了一份财政检测报告，因为我错了一个数据，他让我在全科内部会议上检讨。我低沉着声音，反复说着，对不起，我粗心大意，我改正……

大声点！说清楚！你嘴里含了个屌吗？楚科长骂道。

我惊呆了，堂堂市财政局楚科长，怎么如此粗俗卑鄙？我浑身都是怒火。我攥紧拳头，很想砸扁楚科长那个难看的红鼻头。或者，我可以拿出裁纸刀，割开他的喉咙，让那肮脏的鲜血喷溅到整个办公室，像盛开的金盏菊……

“哈哈哈”……

我听到同事们的窃窃私语。他们都在掩着嘴笑，一个有几分姿色的女同事，竟然憋不住笑出声，脸也憋得通红。她是我们科的打字员，和楚科长关系暧昧，一直希望顶替我写材料的位置，苦于没有机会。我的眼泪在眼圈打转。没有一个人帮我说话。没人。

办公室回荡着楚科长嘶哑得意的咆哮声。

我几乎忘记自己如何逃出了办公室。我躲在厕所隔间，关上门，压抑地抽泣着。我的指甲都掐进了肉里。如果有一天，我能飞黄腾达，一定让姓楚的付出代价。但现在，我必须冷静理性。我必须像卑微的野草，深深地在这里扎下根。

过了很久，我止住哭泣，走出隔间，在梳洗台洗脸，恰好陈局长也在。他吓了我一跳。我连声说您好，他冲我点点头，微笑。

过了段时间，局里传出陈要调任麓城市副市长的小道消息。他特意把我找到办公室谈心，我有点忐忑。他静静地说，小薛，我观察你一段时间了。你有才华，工作能力强，细致。但你有一个最大的优点，这也是我欣赏你的地方。你知道吗？

我摇头。他继续说，你能忍辱，为了达到目标，坚韧不拔，百折不挠，又不心浮气躁，你这个岁数的年轻人，像你这样的，真不多见。

他盯着我看了会儿，眯起眼说，你可能也听到些风声，我要调到市政府。我想带着你过去。你先在市委办公室当秘书吧，就是不知你愿不愿意？

我的泪再也忍不住了。这就是人生机会！士为知己者死。我几乎幸福得要眩晕了。陈副市长又点点头，说，你很像当年的我。人生本若浮萍，奈何风吹雨打。你要珍惜机会。

我从他的办公室出来很久都不敢相信，这个消息是真的。我的高升，在财政局引发轰动，我也成了炙手可热的人物。很多同事巴结我，包括那个耻笑我的女同事，也过来抛媚眼，并暗示可以和我约会。我一概淡然处之。国企机关的女职员们，大部分都是一些依附性生物。我还不想给自己找麻烦。楚科长害怕我报复他，请我吃饭。我不去。我看到了他眼中卑微的东西。那就是对权力的恐惧吧。我肯定不会在这时候报复他。相反，我只会感谢他的栽培。

我在市委办公室工作了几年，提升为经工办科长，只要财政局的材料，经楚科长之手写的，我一概退回。楚科长惊慌失措，我置之不理。财政局所有领导，都知道他当年如何对待我的，也都晓得“含着东西”的段子。楚科长得罪了市委办公室前途远大的薛秘书，就是得罪了麓城市位高权重的陈副市长。楚科长被迫调到其他科室，担任调研员。

后来，财政局精简机构，我和财政局新领导说了一下，楚科长就被分流到麓城市下属国营钟表厂担任工会主席。楚科长只是副科级干部，调任工会主席，是正科级，算是升职，他也无话可说。钟表厂效益很差，工会主席也要卖表，才能领到全额工资。“楚主席”不会卖表，他只会写材料、骂人、当官。我听人说过，“楚主席”带着钟表样品，奔走了十几家企业，被人拒之门外的悲惨故事。他每年只能领到半年工资。“楚主席”一气之下，把一桶屎泼在钟表厂厂长办公室。这并不能改变什么。钟表厂改制，“楚主席”买断下岗，飘零江湖，不知所终。

这就是“天道好还”吧。人世间因果相继，生生不绝。楚科长和我一样，都不过是“浮萍”，但他没有“当浮萍”的觉悟。他以为自己是根基深厚的树。风暴袭来，光环破裂，“浮萍”万劫不复。当然，我要感谢楚科长。他也是我的“人生导师”。如果没有他的压迫，就没有陈副市长的赏识，就没有我的今天。

这也算是“浮萍辩证法”？

可惜的是，春风、苗苗和夏冰，他们全然不懂这些。或者说，他们不屑于这些。他们看不起我的谨小慎微，步步为营。他们是“骄傲的天鹅”“桀骜的野猫”“高贵的麋鹿”。他们似乎一生都停留在大学时代。但是，在我看来，那也不过是虚假的“幻梦”罢了，麓城大学同样黑幕重重。侯博这个艺术系辅导员，就懂得利用手中权力，骚扰女生，听说他睡了最少二十个女学生。就是这样的人，居然被提拔为麓城大学团委书记。他专门去我办公室找我办事。看着他那张发福的、光明正大的脸，我有想吐的冲动。

现在是“上帝和魔鬼一样追求私利”的时代，不驯服的动物，注定没什么出路。我亲眼见证“麓大中文系第一才子”、我的好朋友葛春风，如何从前途光明的大学生，堕落到车间工人、门卫、摆凉皮摊下岗工人。我看到过他被化工产品灼伤的身体，看到他爬上大树，痛哭流涕地唱歌。我在逼仄阴暗的门卫室，目睹他和几个玩摇滚的傻 × 青年自得其乐。我在人声嘈杂的菜市场的角落，默默地盯着他，见到他卖一会儿凉皮，就打开辅导书，嘟嘟囔囔地背诵着英文单词。

如果我不是分配到财政局，而是分到企业，如果不是陈副市长提拔赏识，我的人生道路会和春风一样吗？也许，我还不如春风。我也去过那个传说中的“苗苗的客厅”，都是一些怀揣着不切实际梦想的年轻人。他们牢骚满腹，却不知如何实现。他们有很多梦想，都无法落实。他们不明白这世界的残酷真相。

启明中学被合并，夏冰也下岗了，在麓城社区管理中心搞小区清洁，最后成为杀人逃犯。春风还不错，在省报混到主任记者，但孑然一身，有严重抑郁症。孟冬到现在，不过是机械厂的一个车间副主任，而机械厂面临破产。姜氏兄弟在麓城大小酒吧跑码头，至今没出过唱片。画家穆陶在麓城北郊成济寺出家，因为勾引女信徒，被赶出寺院，不知流落何处。还有就是石小军，启明中学才华横溢的“前计算机教师”。下岗后，他现在卖猪肉，与别人合伙，弄了个小型生态养猪场，每天在微信晒“最新猪下货”的消息：“猪大肠，刚煮好，散养本地猪，无公害！”我在街上遇到他，他浑身都是猪屎味，谄媚地笑着，央求我买他的货。

他们是被“上帝和魔鬼”一起压榨的青年。他们也是“浮萍”，但已“被风暴摧毁”。

春风坚持一条路走到黑。这也是我佩服他的地方。他喜欢韩苗苗，甘愿夹在她和夏冰之间，无怨无悔地付出。如此热烈纯洁的爱情，我一生从未拥有。我的妻子，是麓城人民医院后勤科的工作人员，也是陈副市长的堂妹。陈副市长漫不经心地对我说，要关心我的婚姻大事，就把堂妹介绍给了我。我妻子是一个矮胖的女人，高中毕业，有癫痫症，喜欢买衣服、旅行，还有就是打麻将。她能在牌桌上奋战三天三夜。我们至今没有孩子。有时我也想，为什么不能找一个更好的女人？陈副市长拍着我大笑，说，女人都差不多，小薛，不要天真，只要你发展好了，什么样的女人没有？只不过，不要离婚哟。

我明白他的意思。他希望我能成为他这样的人。他塑造我，成为最得力助手。我也冲着这个方向努力。只不过，人越努力得到什么，就越不情愿地舍掉什么。我这辈子，做过很多“见不得光”的事，有的帮陈副市长，有的为自己。我不后悔，不惭愧。这就是我的人生选择。如果说，我内心有忏悔的对象，那只有春风。

春风是我的好朋友。他在我家最困难时刻，无私地帮助我。我却出卖了他。苗苗的很多事，我也都没有告诉他。我也间接害死了苗苗。这都是我藏于内心深处的秘密。

我也应该下地狱吧。

二

大爆炸那天，我本来在看文艺会演。事故发生后，我跟着市委办公室赵主任去做安抚工作。

春风又被推出，给大家顶雷。我在他身后，几次拉住他，劝说他，但春风就是不听。陈副市长当时就在办公楼里。他端着茶杯，冷冷地看着下面。陈副市长后来找我谈话，说，小薛，你和那个化工厂的人，很熟悉嘛。

我赶紧说，他是我的大学同学，人有点傻，这件事，属于被人利用。

赵主任说，那人的父亲，是化工厂老工程师，80年代，为了挽救事故，被炸身亡。

陈副市长“哦”了一声，说，那个学生，现在在化工厂干什么?

赵主任说，好像是宣传科干事。

那就让他回车间干活儿吧，这样热爱工人的大学生，也不多见了。正好成全他。

我嗫嚅着，还想说什么，赵主任以眼神示意，让我出去。他专门找我说这件事。赵主任是军转干部，在办公室工作了十几年，经验非常丰富。他让我和春风划清界限。他关切地对我说，小薛，你不晓得化工厂是陈副市长的定点联系单位?他和王大庆也是老乡。那个什么诸葛春风，你要和他划清界限，别影响了前途。

我明白他的意思。可春风是我的好朋友。我怎能“划清界限”?春风重回车间受苦，我也无能为力，我还不能点破这件事，得罪领导。我只能在深夜默默叹息。

1999年，大爆炸过去接近一年，化工厂厂长王大庆的处理决定迟迟不能出台，春风和工人们酝酿着继续搞事。我在春风那里，听到了消息。我的心情非常矛盾。置之不理，春风很可能被处理，结局会很惨；好心劝阻，恐怕春风和工人们不会买我的账；主动告发，虽可阻止事态恶化，但却成了告密的小人。我到底该怎么办?

任何人，在任何情况下，都会追求利益的最大化。

我必须阻止春风。这对春风也是好事。对我而言，也许这也是一次机会，可以让陈副市长再次确认我的工作能力与组织原则性。我咬咬牙，就向陈副市长汇报了此事。他非常重视，马上联系了公安局。春风和工人们晚上集会商议事情，被事先侦查到情况的公安民警一锅端。春风被关了几天，放出来后，就又被安排转岗，去化工厂当门卫。

陈副市长对我非常满意。他说，做大事的人，要有决断。

但我还是无法决断。春风倒霉运，我心里很难受。我经常找他去喝酒，安慰他，试图让他振作。考研也是不错的出路，最起码比现在的情况好。我动用关系，让化工厂同意他报名，帮他联系了辅导班，甚至给他买了不少参考书。可春风还是和苗苗、夏冰纠缠不清。这是最让我担心的。2001年左右，春风甚至担当了苗苗的保镖，负责晚上接她回家。我不让他去，他还和我吵架，说那不如让他去死。我说，你要真有种，就干脆点，把苗苗抢过来当老婆。可你现在养得起她？还是养得起她的孩子？你连自己都养不起！

春风生着闷气，又不得不承认我说得有道理。

我决定和春风去天鹅夜总会，看看苗苗到底干什么。苗苗这样的女人，太疯，根本不适合春风。那是2000年冬天，苗苗平时不让春风去夜总会，晚上只是在门口接她。春风门卫当久了，越来越土鳖，从没去过这种纸醉金迷的地方。我还好，这些年，跟着陈副市长，去了不少地方，在澳门、拉斯维加斯，也见识了富豪一掷千金的派头。春风没钱，还是我请客。我们进门时，春风还被门口保安拦下了，盘问半天，说怎么看也不像出来玩的，倒像同行。我哈哈大笑，给了那人点小费，才放我们进去。春风愤愤地说，看门狗，看不起人。

我说，瞧不起同行哇，下次出来玩，别穿着你那身“保安灰”了。

春风怏怏地说，我和人家没法比，他们还有小费。我不挨骂就好啦。

迪厅人声嘈杂，灯光昏暗，我们很快找了个角落，点了啤酒、花生，等待演出。春风好奇地说，这比我们学校舞厅大多了，设施也好。麓城大学也有舞厅，每周都有人跳舞。那里主要以交谊舞为主，都是老教师们去玩，学生也去跳跳什么“北京平四”“水兵舞”。真正社会上的迪厅，那种狂放张扬的地方，学生大部分不熟悉。

光线渐渐变幻，时而刺激，时而舒缓，迪厅左侧大音箱发出“砰砰”强烈节奏，世界在颤抖，男男女女冲向舞池，尖叫声、口哨声响成一片。那些举在半空的手臂，如钢铁丛林的刺戟，不断摇摆，晃动。舞台前侧的DJ，戴着大耳机、墨镜，不断摩擦打碟，又引起阵阵欢呼。

我和春风也下了舞池，七扭八拐地舞动着。正high着，音乐突然一停，人群静默分开，好似海浪被分成了两半，几个穿着比基尼的女孩，鱼贯而入，走入了舞池上方的小型方舞台。大家都伸着脖子向上看，仿佛被捏住了喉结的群鸭。

一个身材高挑性感的女孩，站在舞台中央，戴着天鹅面具，缓步开始舞蹈。她左摇右摆，跳高，劈叉，旋转，扭胯，游鱼般扭动身体。她的头发飞舞，仿佛燃烧的火把。人群心驰神动，也跟着疯狂舞动。尽管戴着面具，我们还是认出，那是苗苗。她为舞蹈而生。她是森林天鹅精灵，无论什么样的舞曲，古典的，现代的，只要有了音乐，苗苗就化身为天鹅，在声光色影中狂舞。只不过，我看到那天鹅的面具上，仿佛流满了血液……

我承认，只要是正常男人，都会对苗苗着迷。

有个醉醺醺的、胖大的秃头男人，试图冲上舞台。他嗷嗷地叫着，将一张张百元大钞忙不迭地夹在苗苗丝袜上，趁机向苗苗的大腿内侧摸。苗苗转身，他也跟着转，继续摸。

春风受不了，冲过去，把男人揪下。秃头男人咒骂着，俩人扭打在一起。音乐停下，人们都怪叫着叫好。几个膀大腰圆的壮汉，穿着军大衣，横冲直撞过来，分开他俩，扭着膀子弄到后台。我和苗苗来不及阻止，只能跟着去。

后台乱七八糟，堆着各种杂物，一个面无表情的长发女人，化着浓妆，冷冷地抽着烟，看着我们。她眉眼长得魅，身材也好，可惜的是，一条长长伤疤，从右眼眉角，一直延伸到下巴，好似条猩红蜈蚣，狰狞可怖。大汉们抓着人，肃立在旁。春风鼻子破了，苗苗心疼地给他擦擦，对那女人鞠躬说，红姐，给你惹麻烦了。

那个被叫作红姐的女人，鼻子“哼”了一声，没理会，却对那秃头男说，老冯，你上去玩多好，底下乱，你也是有身份的人，有什么闪失，不好看。

“秃头男”悻悻地说，鄙人就喜欢这里，热闹，你放心，不给你添堵。

红姐挥挥手，对大汉说，送他出去。大汉应着，把秃头男带走。春风嚷着说，这老流氓，你们也不问，就让他走了？

红姐看了看春风，突然笑了，说，小哥什么指教？你是苗苗的老公？

苗苗红着脸，说，是同学。

红姐瞅瞅他俩的亲密劲儿，叹了口气，说，女人太漂亮，男人就跟狼似的，老的少的都有。话说回来了，我们这个场子，都靠苗苗来拢人气。

苗苗说，红姐，放了我同学吧，他啥都不懂。

红姐走过去，摸了下春风的脸，春风恼怒地甩开。红姐说，小白脸，谁都喜欢。苗苗，今天给你面子。这小子不追究了，弄坏的东西也不用赔，你让这小子别来了。这地方，不是这样的傻小子来的。他天天看着你在这里扭，还不难受死。

红姐算是麓城地下娱乐世界女王，传说和黑白两道都有交集。我走过来，丢下三百元，在她耳边提了几个人。红姐脸色变了，与我热情握手寒暄。我没理她，只让她放人。红姐让大汉们松开春风，亲自将我们送到门口，不但没收我的钱，还给了我们几张门票券。

春风和苗苗都很奇怪，问我是不是认识红姐。我笑而不语。

有些秘密，好朋友也不能分享。我没告诉他们，那个秃头男，就是麓城振华中学的校长冯国良。苗苗后来和冯校长混到一起，我也有责任。这也像一种宿命纠缠。比如春风和苗苗。苗苗这样的女人，就是要把她身边的男人都烧成灰烬才罢休。

三

2001—2002年，是麓城最混乱的时期。麓城是北方城市，说小不是很小，说大又不大，政策传达到这里，总要慢上半拍。陈副市长分管工业，那段时间，由于“抓大放小、减员增效、关停并转、股份合作”等措施，市里几家大企业都在轰轰烈烈地搞改革。很多企业发不下工资，工人不断聚集，活不下去的工人也向南方跑，甚至有些精神脆弱的，走上绝路。那些夫妻都在企业、负担重的家庭，格外艰难。社会也乱，东北来的卖淫小姐和黑社会分子特别多，盗窃团伙层出不穷。强奸杀人、入室抢劫等重案频频发作。吕鹏整天忙得脚打屁股帘，不得安歇。

一次，吕鹏郁闷地给我打电话，说，你们市委制定政策，能不能多考虑点小老百姓？人家也要活路。我问，咋了，你家有人下来了？吕鹏说，没有，前些天，抓了几个偷窃犯，都是钟表厂职工，半年不开工资了，在隔壁养殖场偷猪饲料。到家里一看，穷掉腚，犯人说，饲料蒸熟，味道不错，就是吃多了，人发胖，干活一点劲使不上，不晓得是不是有激素。

这叫什么事？吕鹏气咻咻地说，人怎么能吃猪饲料？

我也难受，但没啥法子，我不是救世主，不是圣人。吕鹏又问我，化工厂近期要搞减员？我说是。他说，你要保证春风的岗位。化工厂工资虽然发得不及时，但有最低保障。春风复习考研究生，妹妹又读高中，家里负担不轻，你帮他熬过这段时间，考上学就好了。

这件事的确棘手。化工厂是麓城最大的国企，有着辉煌历史，也是陈副市长的定点联系单位，减员增效，肯定势在必行。听陈副市长的意思，肯定是要投票，民主公平。春风虽然此前有一定威信，但牵扯到各人的饭碗，这还真不好说。

秋风凉了，陈副市长派我跟着赵主任下去监督化工厂。减员完了还有改制，说是要弄股份制。化工厂闹过事，领导也是担心，就调了警察，帮着维持秩序。吕鹏本来在刑警队，可人手不够，也只能被抽过来顶缸。

我们过去，大约在下午两点。化工厂我来了很多次，但这次气氛异常。大爆炸的痕迹被清理过，化工厂像被炸掉了魂，再也没有从前蓬勃的喧闹状态了。大门长出铁锈，领袖雕像被炸掉了半只手臂，没钱修补，就露着白乎乎碴口，看着瘆人。办公楼后面的空地，原本是篮球场，给职工休闲娱乐，后来改为技术大比武场地，原料库卡车入库也都停在这里排号，水泥场地被卡车轧得坑坑洼洼。篮球架还在，筐没了，只剩下一个生着红锈的大铁圈。卡车都被开到四周，篮球场，蹲了黑压压的上千人，似一大块被轧扁的黑糖。

全场鸦雀无声。我从没想过，工人们开会，如此沉默。还有的没挤进去，就爬到卡车棚子上，巴巴地伸长着脖子，眼珠瞪得溜圆。警察分散四周，齐刷刷地站好。所有生产车间也都停了，又高又长的烟囱也不再冒出腥臭难闻的气体。一切都停下了。

天地仿佛是一坛搅过血的胶水，都凝滞住了。

我就站在操场外围，和吕鹏一起，默默地注视着工人们。化工厂领导讲完了买断减员的重要意义，又扯了几句国内国际形势，就开始投票。投票按照拆分比例算，化工厂下属十三个三级小单位，每单位下岗比例为10%，由本单位人员，根据“德能勤绩”选出减员人选，再汇总到总厂进行综合评定，进行全厂投票。投票箱是十三个黑木箱，工人们按照三级小单位，分别投票，再由麓城市公证处进行统计核实。吕鹏阴沉着脸，对我说，春风有点悬，他在保安队，平时也不巴结领导，还有闹事的前科，如果被裁撤了，这可咋整?

我安慰他说，我打过招呼了，再说这班不上也罢，不如在家安心复习考研。

我们远远地看到了春风。他穿着灰色保安服，戴着可笑的保安帽，坐在一张小椅子上，勾着头，脚还在不停地搓地。

怎么看，都是倒霉的屃样。很难想象，几年前，他还在麓城大学舞台上意气风发地表演。

化工厂也邪行，投票箱都搞成黑色，是不是暗示说有黑幕?

吕鹏又说。

没掀桌就算好了，我叹息着说，那场大爆炸，化工厂工人的魂都炸没了。麓城这么多家企业搞减员增效，化工厂最老实，屁都没人放。

没到时候，一会儿评完了，保准炸窝。吕鹏说。

我们远远地望着，那块被轧扁的黑糖，一会儿裂开，一会儿又合上，无数黑乎乎的人头聚合到投票箱前，又蚂蚁般散去，成为一片片不断扭曲变形的曲线和点面组合……

投票结果当场公布。有人就骂娘，几个上年纪的老工人，坐在水泥地上哭，鼻涕一把，泪一把，还有几个身强力壮的冲过去，要砸投票箱。吕鹏向我示意，警察火速围拢上去，该驱散的驱散，该挡住的挡住。我拿着那名单，仔细看了看，葛春风的大名，赫然排在第一位！

还是那句名言：“任何人，在任何情况下，都会追求利益最大化。”只有春风这样的文学才子傻得冒泡。春风真应该好好读读科斯、亚当·斯密、霍布斯。他对人性的理解，还很肤浅。春风还真像他死去的父亲。浪漫过了头，就是愚蠢。群众需要有人为他们顶缸，热血大学生就被推出来，群众要搞下岗，自然也是把他们再推出来。我问过化工厂那几个因为春风仗义执言获得很多工伤补助款的化工厂职工，你们咋想的，人家冒着蹲大狱的危险帮你们，你们咋投票让他下岗？几个家伙理直气壮地说，葛春风是大学生，他比我们出路多。我们这么大岁数，上有老下有小，下来就是天塌地陷！

这话听着没毛病。人不为己天诛地灭。春风最惨的也不只这些。按照规定，春风要买断工龄还有每年二千元买断费，他有五年工龄，算起来有一万元，也够他支撑一阵子。最起码，母亲的医疗费、妹妹的学费，也能帮衬点。可谁承想，麓城企改办，又出台新政策，说为了防止人才流失，大学生一律不得买断。化工厂领导陷入两难，不让春风离岗，就要让其他职工下，职工不答应；让春风走人，就违反市里的政策，政府不答应。

来回扯皮，结果是让大学生先偷偷下来，市里假装不知道，有关买断费，再行补发。

有了大学生身份，反倒成了累赘，比一般工人还不如。这也许是“麓城特色”下岗吧。

春风脸色惨白，摇摇晃晃，我和吕鹏搀扶着他去了那间脏兮兮的宿舍。他脱了保安服，洗了洗脸，泪水滴滴答答地落在水盆。他肯定不是为了丢了工作而悲伤，而是为被化工厂职工抛弃悲伤。我等他平静了一下，对他说，春风，我也给你打招呼了，但这是公开投票，用处不大。我听说，其他职工听到风声，早就谋划拉票，有个工人，为了拉票送礼，买中华烟就花了一万块。你那点“为民请命”的香火情，早就过期啦。

春风咬着嘴唇，拳头攥得紧紧的。吕鹏说，你就别刺激他了。

我说，看清楚就行了，抓紧复习考研最重要。如果经济紧张，我和吕鹏先给你凑点。

不用！春风大声说，我能活下去，人家咋活，我也能活，我要靠自己，把研究生考上！

春风拒绝了我和吕鹏的帮助，把我们推出宿舍门。我们怎么敲门，他都不开。我听到他在门后，压抑的、低低的哭声。宿舍前，一片秋风扫过，哭声穿出门缝，在天空炸裂，仿佛碎玻璃，散在地上，扎人。这是真的心痛。

这年头，多少人死于心碎？不晓得。巨船沉沦，每个人都想着自救，谁还去管别人？后来春风在报社混得不错，说明他终于活明白了。

倒霉的人也不只是春风。我没想到，夏冰也转岗了。

本来轮不到夏冰。夏冰所在的启明中学与振华中学合并，这是好事。振华中学是省重点，全国名校，加入振华中学，对启明中学的老师来说，自然是好事。但是，振华中学提出条件，学生要重新考核接收，教师只能接收三分之二。也就是说，启明中学有三分之一教师要买断工龄，或转岗去干其他工作。虽然夏冰和启明中学校长关系不太好，但他的业务能力有目共睹。他多次获奖，作词作曲的歌上了很多大型晚会。他带的音乐生，在全省比赛也屡次获奖。说什么也轮不到他下岗。更何况，夏冰还在苗苗劝说下，免费给冯校长的女儿冯露辅导钢琴。夏冰还给惊慌失措的同事们做辅导——如何应对转岗，没想到，自己却栽了。

还有一条，我不好意思讲，苗苗和冯校长的暧昧关系，早不是什么新闻了。

可夏冰还是“下来了”。多年以后，我还记得那个秋天的傍晚，我开车回家，在建设路肯德基店，看到夏冰蹲在店门口。我挺奇怪的，一个成年人，就那么蹲着，像堆潮湿的沙子。人们在他身边走来走去，他视若无睹。

我停好车，走到他身边，问怎么回事。夏冰好半天没反应过来，等看清楚是我，先是羡慕地问，薛秘书，啥时候买的车？你可真厉害。我不经意地说，就是一个帕萨特，小几十万，不值啥的。我又关心地问他，他就苦笑着说，没事，不舒服，蹲会儿。我问是否要去医院，他摇头，眼神直勾勾的，有点吓人。我扶起他，闻到了浓浓的酒味。我说，还没到饭点，老夏，你这酒是越来越厉害了。夏冰用袖子擦擦鼻子，从怀里牵出只牛栏山二锅头的蓝酒瓶，“咕咚”大喝一口，抿着嘴巴，说，心里太苦，酒就是甜的啦，暂时舒服点。

我拍拍他，说，回家吧，夏老师，你要为人师表，蹲在这里，别人看见不好。夏冰咧开嘴，呵呵地笑着，像哭，说，别开玩笑，我不是老师了，我是清洁工。我吃了一惊，赶紧问原委。原来启明与振华的合并工作两周前结束了。夏冰被安排转岗，去麓城社区中心清洁队工作。具体点说，他负责小区环卫和住户清洁维修。

夏冰伸出手，我这才发现，那双曾经修长莹润、极富有艺术气质的手，如今枯槁粗大，沾满了黑色污垢，指甲缝隙还散发着阵阵气味。我掏出纸巾，给他擦拭。他自嘲地说，擦不净啦，早臭了，琴是没法再弹了。

我也惋惜，说，这样的工，不做罢了，干点别的不行？比如开音乐培训学校？夏冰说：“也想过，但孩子小，苗苗家庭负担重，我还有老母赡养，等到明年再说吧。”十几年过去了，我们现在有理由责备，夏冰胆子小，不敢迈出闯社会的步伐。但我理解，不是每个人都适合闯市场。夏冰天生喜欢沉浸在自己的世界，不善与人打交道。北方三线城市的人，思想都保守，辞去正式工完全当“社会人”，到现在很多家庭还不认可。

我想清楚了，不能再搞音乐了。我废了，今后可以修修钢琴。夏冰突然大声说。

我永远记着那些细节。夏冰也给我上了一堂人生绝好的教育课——他和楚科长一样，都是我的导师——那就是在中国，人生关键时刻，一定要有掌权者为你说话。否则，任何风吹雨打，你还是逃不脱“浮萍”的命运。夏冰举起手，秋风夕阳下，肯德基店的油炸香气阵阵传了过来，那双手，涂满了红色霞光，仿佛火海中舞蹈的鱼。

夏冰告诉我，今天他之所以那么沮丧，不是因为打扫卫生。他已在社区环卫处干了几周了。他今天碰到了“熟人”。下午，有人报社区维修，说家里坐便器堵了，让他们去通。社区给他派了单。他去了才发现，开门的是自己教过钢琴的女学生。女学生清纯可爱，发现是从前老师，装着不认识。夏冰也觉得尴尬，戴上口罩，也假装不认识。

厕所坐便器的屎尿真多。夏冰说，他没想到，这么清瘦脱俗的女生，会积攒这么多排泄物，黄黄绿绿的，有的沉沦淤积，有的漂浮着，发出闷闷的恶臭。他用手摇疏通管道器鼓捣了半天，又倒了疏通剂，还是不行，只是钩起一块带着血的粉红色卫生巾。

夏冰说，他听到女生在背后呵斥，你不会用手掏？你们这些清洁工，干什么吃的？夏冰说，背上仿佛有根钢刺扎进，要刺到肺、心。他呼吸困难，被屎尿气味熏得要流泪。

你掏了吗？我问。

夏冰说，他掏了。他掏得仔细认真。他用那双弹着莫扎特、贝多芬的手，那双教女孩弹琴的手，一点点伸到满是屎尿的"黑洞洞"。他要对得起学生。那是一名勤奋好学、非常有天赋的好女生。她不仅漂亮，而且气质高雅，假以时日，她一定能考上中央音乐学院。

掏得干净吗？我又问。

非常干净，畅通，夏冰说，他干完工作，手都没洗，就逃了出来。临走，他还听到女生嘟囔着，真是傻×。夏冰说，他突然觉得，自己就是"傻×"。活了二十六年，当他为女学生掏厕所时，他终于发现了这个真相。他的手在粪池里，头脑中却响彻着庄严辉煌的音乐剧。他仿佛就伫立在麓城大学的报告厅、省晚会的演播大厅，甚至是维也纳的金色音乐厅，享受着来自台下山呼海啸般的欢呼……莫扎特、贝多芬、舒伯特，他对不起这些音乐大师。他再也不能用那双沾着屎尿的手，去亵渎大师们的作品。

学生叫啥名字？我又继续问。

夏冰回答道，冯露，振华中学冯国良校长的女儿。

我不了解冯露与夏冰的恩怨。我没想到的是，一个曾经崇拜甚至有些爱恋老师的女孩，一个气质高雅的钢琴女生，居然有如此“冷酷”的心。我曾目睹过这个女孩对夏冰的爱恋。但是，任何人，在任何情况下，都会追求利益最大化。女生发现，自己曾仰望的、才华横溢的夏老师，如今不过是掏下水道清洁工，她不过是做出符合利益的选择。她会拜地位更高的老师。所谓“夏老师”，不过是人生要赶紧抹去的“耻辱”罢了。如果将来中央音乐学院的教授，听说美丽的冯露居然拜一个掏屎的清洁工当老师，会瞧不起她，影响她的事业前途。她不过是用极端方式，来和夏冰做“人生切割”。她不过是太年轻，还没有做到圆滑、顺畅，不露痕迹。

这便是人生残忍的真相吧。

人类是最渴望真相，又不能直面真相的动物了。一只狮子，当它身受重伤或年老体衰，被狮群驱逐，它不会哀嚎，没出息地蹲在地上。它只会寻找一个寂静之处，孤独而有尊严地死去。看着夏冰颓废的样子，我暗暗发誓，如果将来，我也有落魄如斯的那一天，我一定会自杀。如此屈辱苟活，与死亡何异？

夏冰的屈辱远远不止这些，有些连他自己都不晓得。他甚至不知道，苗苗为什么要跟上那个“冯大肚子”校长。他杀死苗苗，成为逃犯，也并非太过出人意料。一个人的心里，积攒了太多愤怒与屈辱，迟早会变成复仇的熊熊大火……

第九章　连环套

一

这世界变化太快。

我当上刑警，转眼二十年了，好像一眨眼的事儿，鬓角就白了。人年纪大了，名利心也就淡了。自从夏冰再次出现，我晚上做梦，总梦到从前我们在一起的那些岁月。很多记忆和体验，说变就变，我们这辈人玩的东西，现在讲出来，年轻人都不晓得为啥是那个样子。十多年前，那时我们用诺基亚和三星，没有4G，也没有智能App。我喜欢一款简单手机游戏，叫“贪食蛇”，一条贪心大蛇，不停吃东西，越吃越长，最后咬掉自己的尾巴，游戏也宣告结束。

我们都是那条贪心的“大蛇”。

退休的冯校长，死在自己家中。我们接到报警，已是深夜。这不是冯校长家第一次出事了。十五年前的冬至夜，韩苗苗就被杀死在冯校长家里。本来我不用亲自出现场，可听说是冯家的事，肯定要来看看。冯家不久前我们刚来过，就在香榭丽舍高档小区的单栋别墅。冯校长躺在里屋的那张巨大“水床”上，嘴角有白色涎迹，已悄无声息。现场凌乱，杯盘狼藉，各种男女内衣丢得到处是，房间挂着很多情趣用品，墙角还摆着几个日本产的高档硅胶娃娃。

现场控制住二男三女，都蹲在地上，醉醺醺的，衣衫不整。一个三十岁左右的女人，是报案人。她叫胡凤华，振华中学语文教师。她面容姣好，身材苗条，身穿一件真丝睡衣，外面套着件大衣，正惊慌失措地介绍案发情况。她说，他们都是冯校长的朋友，晚上在他家聚会，喝了不少酒，她正和冯校长搞事，冯就突然不行了。

正搞着，还是搞完了？法医问胡老师。

不是我搞得他！他自己不行了。胡老师有点慌乱，说话都带了哭腔。

我和法医都戴上无菌帽、鞋套、尸检手套，仔细勘查了一番。冯校长脖子上还套着根豹纹颈环，身边放着棉绳、皮鞭、两副手铐。冯校长的下部特别显眼，一直挺着。我们还在床边发现了一个红酒的分酒器、几个红酒杯，还有些散落药片。

啥药？能看出来吗？我问。

吕队，考我哪，法医笑着说，枸橼酸西地那非——“伟哥”，干法医的，这都认不出，白混了。

根据尸斑和瞳孔情况，冯校长大约死于两个小时前。尸体无外伤，只背后和胸膛有轻微鞭挞痕迹，胡老师介绍，冯校长喜欢美女折腾他，他才兴奋。初步判断，应是冯校长和胡老师正在“做游戏”。冯校长吃了过量伟哥，导致心脏疾病猝死。当然，这还需要法医进一步检验。

你和冯校长熟悉吗？经常一起玩？我继续问胡老师。

胡老师开始支支吾吾，后来索性也就都讲出来了。他们是经常“聚会”的，但如果说，冯校长吃伟哥死的，她表示怀疑。冯校长身体好，会保养，平时对服用伟哥也很谨慎，一般都是50毫克，还分两次。他从没有因为吃药出过事。

结婚了吗？这么玩法，家里人知道？我又问。

胡老师脸红了，蹲在地上的一个男人站起，讪讪地说，警官，我是她老公，我们都是自愿的，就是玩玩，成人游戏……

我们这才了解，蹲在地上的几位，有两对是夫妇。看来冯校长玩得还真嗨。我们又细问，才晓得，他们平时在一起的夫妇，有五六对。冯校长这里算一个“点”。那个遛狗的男人，经常看到女人早上从冯家出来，也不是无缘无故。冯家就是一个“换妻俱乐部”。

我们详细盘查那些男女，发现有教师、公务员，还有国企高管、私营企业主。这些人太能享受了！跟我出现场的小孟发牢骚说，老子三十多，还是单身狗，这帮人，一个老婆，一个老公，还不够，还要换着尝鲜，还有天理吗？

大家哄笑。“牡丹花下死，做鬼也风流”，冯校长风流了一辈子，也算死得其所。不过，麓城这样的三线城市，居然有这么时髦的人群，真是刷新了我的三观。看起来，我们麓城和北上广也没多大差别。

这件事也不能说是我们失职。我们有两个警员在冯家附近，对他进行二十四小时监护，也说服他，要尽量低调，独处。冯校长就是耐不住寂寞的性格，老实了几天，就坐不住了，非要请人到他家吃饭，还把保护他的警员都撵走了。大概他以为，夏冰的事，是有人对他恶作剧。就算夏冰现在活着，也不敢回来，也不会这么嚣张地写信。这肯定是有人恶搞他。

这件事还是透着蹊跷。两周前，“疑似归来的夏冰”，向冯校长发出了死亡威胁。冯校长是自己服药过量，还是被人设计暗害？我们又仔细盘查，是否遇到什么可疑的人。他们都说没注意。对于红酒杯里的残留液体，我们也进行了检验，证明确实含有伟哥成分。这就奇怪了，冯校长经常吃药，懂得酒和伟哥不能混在一起喝，为什么还要把药放在酒中？我们查那瓶红酒，胡老师几个人都说，是冯校长家的，和他们无关。

法医拿了运尸袋，要把冯校长装走。命运让冯校长十五年前躲过了夏冰锋利的餐刀，却没有躲过十五年后疯狂的性爱游戏。

他还是死在了女人身上。

强烈的灯光下，冯校长的秃顶格外亮，仿佛荒野古刹中被岁月冲刷过后的木鱼。他青柠色的脸，透露着沉醉的酡红，嘴巴微微张开，每个毛孔似乎都喊着，快乐，快乐……我盯着冯校长那隆起的裤裆。那玩意儿非常滑稽，好似一条冻僵了的蛇，直挺挺的，死去的“贪食蛇”。几十年为人师表，兢兢业业地奋战在教育战线的冯国良校长，缠着那条贪心的蛇，以这样奇怪的姿势，永远离开我们，堕入地狱……

我们继续搜查，还是一无所获。

我还专门给冯国良的女儿冯露打了电话，询问他父亲近期有何异常。

冯露还是淡淡地说，不清楚，又说，父亲这些年，名声太臭，这也算是罪有应得。

女儿都这样评价他，冯国良还真是“遗臭万年”。

这件事惊动了市委。陈副市长大发雷霆，专门下文批示，要求从快从速，抓捕多年潜逃嫌犯夏某，该犯留书，就是挑战法律。这几年，陈副市长从分管工业口调任政法委书记，这次看样子动了真怒。他明年就要退休，案件如果不能侦破，会影响他的声誉。局长也汇报了冯校长的丑事，被骂了个狗血淋头。领导的意思是，人都死了，别管冯校长，重点追查夏冰的下落。

第二天是周日，我本该休息，也只能熬着黑眼圈，去警队和同事分析案情。警员大部分倾向于，冯校长纯属作死，应报意外死亡。也有不同意见，说冯校长活得这么小心的人，怎么可能服药过量，肯定是夏冰作怪。我们调取小区附近几个街口监控录像，冯校长家四周根本没发现什么可疑人物。冯校长的性爱PARTY人挺多，现场痕迹乱七八糟，也没什么有用信息。有的警员神秘兮兮地分析，有人利用夏冰这件事，设计杀死冯校长。那些客人最可疑，应该逐一调查取证，说不好是什么杀手组织卧底……这些侦探小说看多了的同行，大多是刚当警察的青年学警，好像不弄出个惊天大案，就对不起自己超级智慧的头脑。还有更奇葩的，小高信誓旦旦地说，冯校长肯定是被夏冰母亲的"忿怒莲师"诅咒而死……

案情分析会搞成了"扯淡会"。我头昏脑涨，跑去厕所洗把脸。刚回办公室，就发现气氛不对。小高紧张地说，吕队，有你的包裹。

我接过，沉甸甸的，有点硬，像本书，关键是封面，赫然贴着一张手绘的"忿怒莲师"！办公室的氛围立刻紧张了。我疏散了同事，找来防爆组闫警官。他看了半天，戴着手套，小心翼翼地拨开了包裹，却是一个绿锦缎面的厚本，有点年头了。我打开后，看了看，是本记录，夹着一张纸，纸上打印着一行字：冯国良罪恶录。纸上记得简单，比如，20091112，小凤，C与Z，天鹅；200834，阿洁，X，翰林苑。看得出，第一行数字，应该是时间，时间最早能推到2001年。有几笔，是特别用红笔勾勒出来的，比如，200286，苗苗，天鹅。苗苗和天鹅，这两个代码，出现频率很高，且集中在2001—2003年之间。

我的脑海中闪过无数念头。送笔记本的人，是希望引起我们的注意，进而追查点什么。"忿怒莲师"这个图案，一般人很少使用，在麓城，恐怕对这个自密的法神了解的人更少，除了夏冰的母亲，也有可能就是夏冰本人。

冯校长根本不是意外，而是有预谋的复仇。我仔细看了这件包裹。同城邮寄，发出的地点是城北邮局。按照上面的邮戳时间（昨天），我们调出了城北邮局昨天的视频监控，一帧一帧地对着画面，希望能找到可疑的人。

功夫不负有心人。昨天下午四时，一个邮寄包裹的人被我们锁定。这是一个少年，看着年龄不大。经过我们再确认，此人是城北市场摆摊卖花生的小贩，一个男人给了他二百元，让他寄那份包裹。我们询问此人长相，少年小贩只说是一个瘦高的男人，昨天下雨，那人穿着雨衣，还戴着口罩，但声音沙哑低沉，听上去是麓城口音，有些年纪了。

这人是谁呢？最大的可能性是夏冰。城北市场位置比较偏，没有摄像头，想来，寄包裹的人是经过精心勘察之后，找人投寄的包裹。那么，夏冰躲避在什么地方？他为什么要留给我们那个记录本？他下一个目标又是谁？负责盯防段观音的警员也传来消息，老太太最近外出活动非常少，也没看到有什么可疑的人接近她。段观音的电话也无异常。

对夏冰爆料、杀人的连环举措，我感觉依然不是十分清晰，但心中也有了些想法。那天案件分析会开完，已经下午六点多。我在附近川菜小馆请大家吃饭。大家都情绪不高，连酒也不敢喝，都推说吃完饭赶紧出任务，要赶在夏冰再犯事之前，把他绳之以法。小孟突然提出了一个问题，他说，吕队，我也说不好，但真有些疑问，对这个案子。

我示意他说。他说，如果真是报复杀人，夏冰直接杀就好了，干啥又写信，又寄笔记本的。这增加了报仇难度，找死嘛，没事找麻烦的节奏。

我表示赞同，小孟大着胆子说，夏冰的真正目的，可能不只是报复冯国良。无论冯国良是否真是他害的，他的目的，还在于引起我们注意冯国良，进而从他的身上引发对别人的关注，继而揭示某种真相。这有可能就是韩苗苗之死的真相。这可能真是一个“连环套”呢。

啥连环套？大家都问他。小孟神气地说，一个接一个地杀人，每人都彼此相关联。连环套，死结，谁也跑不了，直到最后一个该杀之人死亡为止，外国人也叫“死亡请柬”……

过了两天，我心情烦躁，打电话给薛畅和葛春风，希望能从他们那里得到线索。他们接到我的电话，也赶到了刑警队。春风告诉我，他去祭拜苗苗，看到了一个很像夏冰的人跟踪他。薛畅面色沉重地告诉了我一个更令我震惊的消息：他也收到了一封信。他拿出信，我们看到，信上赫然写着：“末日有期，必有报应！”

怎么会这样？夏冰为何要杀薛畅？或者说，那个疑似夏冰的人，为何要找薛畅？

薛畅也是脸色苍白，百思不得其解。自从他出任市委办公室主任，身体越发富态了，白胖的脸，头发却日渐稀少。他胖大的身躯，穿着质地良好的西装，的确有股“不怒自威”的官威。他再也不是二十多年前，那个怯生生地跟在春风屁股后面泡妞的“小胖子”了。他不再写书法送我。他位高权重，接触上层，影响着麓城的很多事。他变了，我们也都变了。

我看着他，他却欲言又止，很为难的表情。我看出来，这里肯定有事。我说，老薛，多年朋友了，你要信任我，想到什么，就说出来。

他转了几圈，还是没有说出什么，只是说他不信邪，也不怕夏冰。他工作很忙，没闲工夫去扯这个淡。

我说，老薛，如今你已涉案，不能说和你没瓜葛。我们也要安排对你的盯防。

用不着。薛畅冷冷地说，你们多用些心思在抓夏冰上吧。

别自欺欺人，非要我说点你这些年的烂事？我忍不住讽刺薛畅，薛大秘，晚上睡得着觉？

我对自己负责，也对党性负责。薛畅板起脸孔，满口官腔。

走着瞧，看看夏冰能否先找出你的毛病。我说。

公安局干什么吃的？薛畅爆发了，有点气急败坏，说，一个逃犯都抓不到，我找你们局长，你这个刑侦队长不要干了。

老子早不想干了！你和我们局长说，把我调到后勤吧，正想舒服几天。

春风看到我俩激烈争吵，有点不理解，过来劝架，被薛畅推到旁边。薛畅气咻咻地走了。薛主任这个人，平时最推崇喜怒不形于色，多年的政治磨炼，早已成了狐狸精。这次气急败坏，如此失态，想来是有重要隐情。

春风和我看着薛畅走远，办公室陷入死寂。我点上烟，也给春风甩了根。窗外，麓城的春天已透出更多躁动气息，只是早晨还有雾霾，中午便退却了。办公室玻璃是咖啡色的，窗外的柳树枝条，在风的吹拂下，“吧嗒吧嗒”地轻叩着窗玻璃，影影绰绰，好似什么人的长指甲在问讯着我们的心。

我拍着那个记录本，沉思了半晌，终于对春风说，兄弟，到了这一步，我违反纪律，和你透露些消息。这些东西，有的我已查实，有的只是推测，但目前还未呈报到局领导那里。我也只能告诉你一部分，你要保密，放在肚子里。可以吗？

春风见我如此郑重其事，沉声答应了。

我掐灭了烟，搓着手，考虑如何告诉他。这番话，如果符合我的推论，有些太过骇人听闻。但生活不就是这样嘛，充满了太多骇人听闻的东西。

2003年的“12·22”杀人案，是有疑点的。我怀疑，夏冰还有别的帮手。还有另外一种可能，韩苗苗并不是夏冰杀的。我一直怀疑，春风你就是那个帮手，现在看来，我有些偏颇。那么，另外一种可能性就更大了。

二

冬至，冷雨之夜，杀人之夜。

这么多年了，我再未遇到如此湿寒入骨的冬至夜。

“12·22”杀人案发生后，我和吴法医最早赶到现场勘验，刑警队大队长高洪波随后也赶过来，进行了更细致的二次勘验。我们一夜未睡。第二天早上，我们又分头给冯校长、醒来的冯露录口供，布置对夏冰的抓捕。高队亲自指挥布控，但还是晚了些时间，让夏冰从容逃脱。高大队长受到上面斥责，并没有过分沮丧，而是让我们加快调查死者的社会关系，做了大量走访工作，先后调查摸排百余人。案情有了新发现，上面却突然传下消息，说不让查了，指示把重点放在追逃上。

没过多久，高大队长因办案不力被撤职，岁数不到，就被调去当调研员。他丢了差事，也就没啥人登门了，但我还常去看他。高队是我的“伯乐”，我是他一手提拔的。人不能忘本。高队是作风严谨的人，典型老公安做派，平时不苟言笑，板着脸，滴酒不沾，警服从来都整洁干净。无论多热，警容风纪扣更是严丝合缝。我们私下开玩笑，高队的风纪扣，严肃得像处女的大腿。

“12·22”案件成了他的耻辱，也迅速打垮了他。高队长的头发花白了，腰弯了，眼神也不济了。他常常迟到早退，也没人管他。我有时路过他的办公室，看到他呆呆地坐在桌前，茶水热气袅袅，蒸腾起来，他的面容越发模糊了。又过了几年，高队提前内退了。他是老鳏夫，性格乖僻，唯一的女儿美国留学后，留在了那里，常年也不打一个电话。

我记得，他退下来后，我去他家，发现他养了很多花。别人养花，都养在阳台上，高队长的花，养得到处都是，客厅、卧室、卫生间，到处都有。进了他家，感觉就像进入花房，各种花香味熏得头晕。高队坐在一个板凳上，守着一盆兰花，拿着个锡皮小扁酒壶，喝口酒，看看花，满眼都是慈爱。

我和他开玩笑说，高队，这么多花枝招展的美女，小心身体透支。高队看是我，也挺高兴，说，小混蛋，来看我这老头的笑话啦。我有点心酸。高队退下来，也不过五十多，他从前不肯服老，我还是第一次听到他这样称呼自己。我问他，为啥到处养花，他叹着气说，当这捕头衙差几十年了，见多了杀人强奸、碎尸毁容、火场水淹，煞气太大。退下来，没了职业的挡箭牌，就要靠花花草草调节心智，否则，煞气反噬，不是抑郁症就是疯癫。

我说，您还懂这个，等我退下来，也和您学习养花。高队说，小吕，说吧，来我这里，到底有啥事？我磨磨蹭蹭地问他对“12·22”还有啥看法。

高队的眼光沉郁下来，说，早知道你会来问，有些东西，也只能和你说说了。他放下酒壶，去里屋拿了一个档案袋，说，这是一些相关材料，我违反纪律，偷偷复印了一份，原件都被销毁了。我赶紧拿过来，问他都是什么东西。

高队说，任何事情，都不能看表面，越是表面逻辑成立的东西，你越要提个问号，才能发现事情真相。不要以为，我们麓城这样的小地方，不会有太复杂的罪案。

人性有多复杂，罪案就有多复杂。

高队继续说，当时我做调查，就发现了一些奇怪的东西。现场痕迹提取，你们做得不细致。除了冯露和夏冰、韩苗苗的脚印，我在冯家的床脚还发现了两个湿泥脚印。冬至那天下雨，夏冰到冯家后，在门口红色垫布前蹭过脚，屋内客厅和厨房，都有夏冰的脚印。我提取垫布上的泥，经过分析对比，证明那就是夏冰的。但是，床前那两个脚印，明显尺寸不对，对比脚印花色与形状，肯定是男人的脚印，身高大约1米75左右，且左脚的鞋帮痕迹重，此人有可能左腿受过伤，或者是个跛子。而夏冰身高1米82，身体正常。

更奇怪的是，高队长沉声说，只有这两个床边脚印，我顺着痕迹，找遍整个屋子，却发现有刻意擦拭的痕迹。就是说，如果不是你们第一批警员把它们擦掉，那就是被凶手擦掉了。夏冰给你打电话，首先承认杀人，显然他不想否认罪行，那为何还要多此一举，擦掉脚印？

这说明了什么问题？我问。

高队说，可以推断，凶手杀人前，肯定蹲在冯家外面的墙根。冯家住在一楼，外面是一个花圃，我在花圃外也找到了杂乱脚印，那些泥的土质，恰恰和床前脚印上的泥相同。凶手是从窗户进来的。我发现冯家后窗虚掩，我在后窗上，也提取到两枚清晰的指纹。

凶手杀人后，急于离开，他显然是一个老练的凶手，清理从窗台到床前的痕迹，但百密一疏，他还是漏下了这两枚脚印。

我非常羞愧，好歹也干了多年刑警，竟然心那么粗，没有发现这些重要线索。

高队长看出我的情绪，安慰说，小吕，不用自责，我干了一辈子刑警，见得比你多点而已。还有，仅有脚印是不够的，这是孤证。还有别的疑点。

说着，高队长拿出了几张照片，问我，韩苗苗的尸检照片，你看过了吗？

我点头。高队指着尸体的心脏和颈部说，你们都看过尸检报告，致命伤就是这两刀。仔细分析，你们会发现，其他几刀都是浅伤，显然是凶手和受害者争执时发生的。刀痕浅，多属于割伤、浅划伤，对比冯露的伤口，我们也能看到这点。极有可能是，夏冰和韩苗苗之间，发生激烈争吵。夏冰情急动手，割伤了死者。如果说，夏冰动了杀心，要致韩苗苗于死地，那这两刀一定凶狠，很有可能切掉死者喉管，或捅穿死者心脏。也就是经常说的，捅个稀巴烂，这才符合一个狂怒的“杀妻丈夫”的表现。但是，看照片和法医报告，你不觉得，这两刀太“漂亮”了吗？

什么？我有点糊涂。

对不起，高队有点激动，他平抑了一下情绪，说，我不该用这个词，也就是说，对于一个从未杀过人，性格浪漫的音乐教师来说，这两刀太过诡异。这是我们俗称的“练家子”刀法。凶手肯定专门练过刀，或是武术爱好者、职业杀手、屠夫，或职业军人、警察，当时非常冷静，才能准确干净利落，两刀毙命，创面也才会如此完整光滑。

您的判断是什么？我又问。

肯定的是，当时房间内，除了夏冰、韩苗苗、冯露，还有第四个人的存在。而且，这第四人是男人，左腿有点小问题。可能是两种情况，一种是熟人作案，此人是夏冰的帮手，帮助夏冰杀人，并且帮助他逃走，但具体原因不明；第二种可能，此人才是真凶，夏冰只是伤了韩苗苗，而这个凶手才是真正杀死她的人。并且……

怎么样呢？ 我急切地说，您老就别藏着掖着了。

如果我的第二种判断是对的，高队长叹了口气，说，夏冰可能早已不在人世了。他应该被凶手灭口，埋在某个我们永远找不到的地方。

为什么？为什么会这样？

我的脑袋一片混乱，高大队长的判断过于离奇曲折。我不相信，这太过“电影化”。韩苗苗不是国际特工，夏冰也不是巨富权贵，他们一个是漂亮的女舞蹈教师，一个是前音乐教师、社区清洁工，家庭也都很普通，谁会这么处心积虑地对付他们？

当然有可能。高队长严肃地说。

高队长放下档案袋，说，这就需要你去调查，我让你们查死者社会关系和活动场所，就是为了这个。另外，冯露和她的父亲冯国良校长也非常可疑。冯露太冷静，包括她说的，让夏冰给医院打电话的细节，完全不像一个十七岁女学生面对狂暴凶杀的表现。她竟没有被杀死，又说动了凶手而被救，这太巧合了。冯国良的加班也太过巧合。我询问过几个当时和冯国良一起加班的振华中学教师。他们都感觉蹊跷，冯国良这个人，对工作不放在心上，但极会钻营拍马。如果真有急切检查任务，他大多是让属下加班，然后向他汇报，他第二天一早检查，不会像那天晚上，和同事在冬至夜加班到那么晚。要知道，过冬至节是麓城重要的风俗。很多老辈麓城人，甚至将冬至看得像春节那么重。一个五毒俱全的校长，怎可能勤勤恳恳地在冬至夜加班？还找来这么多同事，是刻意的不在场证明吗？有加班老师说，冯校长心神不宁，紧张万分，好几次都说错了话，这都非常可疑……

不要相信巧合，只有不信巧合，才能发现偶然背后那些蛛丝马迹。高队长的话很有道理。

您为什么不对上面说？我着急地说。

你以为我没说过？高大队长瞟了我一眼，苦笑着说，领导不想找麻烦，他们只是要破案，抓住凶手就好了，不想牵扯那么多。

这案子现在被“冻住”了，算“死案”。高大队长幽幽地说。

他说，如果有一天，夏冰出现了，或者有了别的转机，案件就可能大白于天下。我恐怕看不到那一天了。有人给我寄了带有匕首图样的信，让我闭嘴，否则我远在美国的女儿也要遭殃。我做了这么些年刑警大队长，得罪了很多人。但我接到信，马上判断，是为了这个案子。我晓得，你和夏冰、韩苗苗是好朋友，我看你对那个苗苗也有好感，案子拜托你了。将来有破案的那天，如果我还活着，用得着我，我万死不辞。如果我不在了，逮住那个凶手，就在我的坟头烧点纸，告诉我，真正的凶手是谁，你们怎么把他揪出来的……

高大队长讲着，泪流满面。他哽咽着说，我养了这么多花，夜深人静，那些花都活过来了，它们都是我碰过的冤魂。有的已伸冤，有的还沉冤未雪，我这些天，常常看到那个漂亮的女孩韩苗苗，她多像那盆美丽的兰花。她浑身是血，就站在我的床头，向我作揖，眼里流出的，都是黑黑的胶水似的污泥……

2014年秋天，高洪波大队长死于肝癌。

临死前，他瘦成了一把骨头，含着泪，抓着我的手，想要说些什么，但始终没有说出口，只是使劲地摁了摁我的手。

我明白他的心愿。我会查明真相的。

除非，我也死了。

三

不知何时，雨水偷袭了麓城，大街小巷，略带着寒气的水滴越下越密越急，最后拧成了一道水鞭子，“噼噼啪啪”地抽打在屋檐上，擦出一串串的水花，潮湿的水汽从窗户缝隙里钻进来，粘在我们的身上，似乎窒息了一般。

刑警队办公室，冷冷清清，只能听到墙上的挂钟“咔咔”地响动。

我艰难地讲完这番话，春风震惊得久久没有言语。他的脸色，悲哀、激怒、自责，种种情绪不断变换。让他一下子接受这么多东西，的确需要时间。

他嘶吼着，捂着脑袋蹲下，继而喃喃地说，怎么会这样？

我静静地等着，等春风平静了点，我给他端了杯热水。

我讲了高大队长的分析，也要讲讲我的理解。

我愿意相信，夏冰还活着。

我曾设想过他的逃亡路线，也曾设想过他如何躲过重重追逃，在中缅边境过着隐姓埋名的日子。但我得承认，所有的设想，都是建立在“巧合”的侥幸基础上。但谁又能否认他的幸运？谁又看到了他的尸体？高洪波大队长告诉我，不要相信巧合。但我就是不愿让自己相信，夏冰已经死了。我更倾向于相信，是夏冰回来了，展开了他血腥的复仇。

因此，我一直怀疑春风是夏冰的帮凶。葛春风的身高体重，都符合脚印的特征。他在大学，跟着体育系八卦刀传人高老师专门练习过刀法，虽说和专业人士没法比，但出刀颇有力道。这也让我怀疑，那致命的两刀，来自春风的手段。那些天，恰巧春风扭伤了脚，我去找春风录口供，发现了这只伤脚，这更加剧了我的怀疑。我怀疑春风和夏冰一起犯案，他掩护夏冰出逃。更主要的是，我不愿相信夏冰已经死了。这样的话，事情也就不至于变得如此复杂，牵扯如此之深，薛畅也不会牵扯到里面。然而，当那个笔记本出现，意味着，那个若隐若现的“夏冰”，可能并不简单是来找冯校长复仇，而是要揭开真相。

我是帮凶？春风对我的怀疑嗤之以鼻，说，吕鹏，你还是刑警大队长，什么判断力？我为啥要杀苗苗？就是我自己死，也不愿苗苗去死。

我一直将之判断为因爱生恨，但现在看来，也过于牵强。而要解决问题，还是要回到问题原点来清理思路，也就是“苗苗为何而死”。

假定夏冰是凶手，这个问题的一个显性答案是“婚外情”。但这只是事物的表面逻辑，很难说服夏和韩的熟人，而假如夏冰不是凶手，这个问题就变成理解整个事件的关键点。从事后冯氏父女的表现来看，如果另有凶手，也难逃与冯家的关系。

苗苗为何而死？

春风也同意这一点。他说，他一直为这件事迷惑。因为夏冰杀死苗苗的动因不足。夏冰虽然有点愤世嫉俗，清高自傲，但他从来不是一个偏激的人。要说冲动，春风的性格是比较冲动的，但即使是春风，也不会因为苗苗和冯校长在一起，而选择杀死他们。他顶多会痛打一顿冯校长，而不会动苗苗分毫。

那么，“苗苗为何而死”的问题，两种选择项的延长分析，就会出现一个交集项：冯国良。无论凶手是否是夏冰，都与冯国良有关。由此就会迁延出了另一个相关问题，即苗苗为何与冯国良在一起？他们又是如何结合的？

我问了春风这个问题。春风挠挠头，对此也颇感疑惑。按照他的说法，苗苗第一次和他提起冯国良，是2001年年初。当时，他经历第一次考研失利和“减员增效”的双重痛苦，正在菜市场卖凉皮，一边复习再战。苗苗说，一次市里会演，见到了一个“大色狼校长”抓着她的手不放。后来，她又说，在天鹅夜总会领舞时，那人曾经骚扰她。她这么一说，春风才想起，他和薛畅去天鹅夜总会迪厅，去看苗苗跳舞，曾和一个胖胖的秃头中年男人发生冲突。不知为何，当苗苗知道那个色狼校长是振华中学校长，态度发生了微妙变化。她应冯国良的邀请，出席过两次饭局，每次回来，都喝得酩酊大醉。她还和夏冰大吵了一架。

夏冰找到春风，希望春风规劝苗苗。然而，苗苗希望在振华与启明合并时，能给自己和夏冰都找一个好岗位。而且，她还说服夏冰，为冯国良的女儿冯露免费辅导钢琴。这对不食人间烟火的“艺术夫妇”，自从苗苗的父亲患上尿毒症，就像掉进了“无底黑洞”。苗苗除了上课，还在舞蹈学校干兼职，在天鹅夜总会的迪厅领舞。夏冰也四处兼课挣钱。可钱还是不够用。夏冰的母亲段观音，也常年有病。夏雨年纪还小，也体弱多病，三天两头跑医院。那段时间，苗苗的母亲，经常在傍晚偷偷去菜市场捡拾菜贩子丢弃的烂菜叶。我曾发现过一次，当时无比震惊，又不好意思出来，让老人家难堪。

变化是在半年之后，苗苗经常深夜不归，或者回来很晚，手里却很阔绰，经常一千、两千地拿出钱来。她付清父亲看病的欠债、夏雨的治疗费，还给夏雨买了架舒密尔钢琴。半年后，她甚至计划，给父母在同一个小区买一个三居室，虽说是二手房，也值不少钱。

钱从哪里来？苗苗说是跟冯国良借的。两校合并，夏冰不但没有去成振华中学，反而转岗去了社区中心清洁队。夏冰对冯国良痛恨入骨，自然也不能要他的钱。他和苗苗三天两头吵架，苗苗就不大回家了，后来发展到要离婚的地步。

你劝过吗？我问春风。

春风无奈地说，怎么没有？有什么用？苗苗的性格，你还不了解？你越劝她不要这样做，她偏要去做。她就是这样叛逆的性格。她对性的态度，也比较开放。她有可能是为了钱才和冯国良在一起，但说苗苗要嫁给他，可能性也不大……

我呼了口气，走到窗前。雨小了，雨鞭子变成了雨线子，淋淋漓漓，拉拉扯扯。很多小小雨点，瓢虫似的聚集在窗玻璃上，又缓缓滑落，在远处五光十色霓虹灯的映衬下，幻化出一道道并排的长长的痕迹，像无数我观测过的流星，又像蜗牛爬过的涎迹。

妈的，我不想说这个问题，它刺得我的心裂了，生疼。

那个目光“像清水里的刀子”的女人，怎能变成这样？

但是，我必须对春风讲清楚。

我咬咬牙，说，根据这些年的调查，加上笔记本，我可以确定，苗苗不仅是冯国良的情妇，更是天鹅夜总会的高级妓女。她极有可能牵扯到很多事、很多人，薛畅也是知情者。

真相总是太过狰狞。我仿佛看到墨黑天空下，一只浑身是血的天鹅，正飞向天际……

第十章　碎浮萍

一

“明亮耀眼”的东西，都是害人的。比如，音乐、舞蹈、友谊、爱情、刀子。

连续几天雾霾、阴雨，麓城的春天难见晴空。母亲有时在床上辗转反侧，彻夜难眠，有时又十几个小时陷入昏迷。她似乎到了弥留之际。自古艰难唯一死。她常在昏迷中吐出一串串呓语，类似什么咒语。她伸着手臂，在黑暗中不断摇动，如森林里惊悚摇动的植物暗影。她沉沉地进入一生记忆之河。如果一个人能在最甜美的记忆中，平静地走向死亡，是不是幸福的？

我羡慕母亲，我羡慕暗夜，没有“明亮的东西”带来的伤害。

这些天，我整夜失眠，服用安眠药也没用。我头如乱草，形销骨立，像燃烧的灯丝似乎接近熔断的极点了。我整天看护母亲，不吃不喝，不眠不休。我晓得，那是抑郁症又发作了。我不去管。我的状态，把妹妹和妹夫吓坏了，他们求我去休息。我不能。如果可以，我多希望，跟随着母亲一起在暗夜沉入永恒记忆之河，我在那里能看到慈爱的父亲吗?

黑夜来临，窗外的雨点子弹般地锻打着小区街道、光溜溜的屋瓦。每一片披着霜的叶片，在雨的洗刷下，亮亮的，都闪烁着宝石般的光芒。那些银色的凶器，让暗夜世界变得丰富，也让记忆再次涌入，无可阻挡。我记起2003年，送别苗苗时的情景。从殡仪馆回来，我整整三天不吃不喝，只是听莫扎特的歌剧，做考研复习题，什么人也不见。我连凉皮摊都不出了。在响彻屋子的音乐声中，我无声地张着嘴哭号，让眼泪一点点地流下。

我几乎将我和苗苗交往的所有细节反复咀嚼，不遗漏任何一点。

苗苗出殡是在一个下午。我赶到殡仪馆，很多同学、同事和朋友已到了。苗苗的父亲，也病得非常厉害了，不能来现场。那架冰冷的铁床上，鲜花的环绕中，我看到了苗苗最后的样子。她的脸上涂了粉，有些肿胀，脖子上的刀口被缝上了。她穿着一件高领毛衣，这多少掩饰了伤口。她还是那么美，睡在那里，态度安详，仿佛一只静谧的天鹅。

苗苗的母亲，哭昏过去好几次，她拒绝见我。我只能在苗苗的遗体前鞠躬。遗体告别仪式后，亲友都散去了。我不肯离去。我站在远处，看着高高的火化炉升腾起缕缕青烟。吕鹏和薛畅，一直陪伴在我的身边。他们也呆呆地看着烟囱。那时我们还都年轻，无法看清那个人人都要最后归宿的地方。

吕鹏突然对我说，春风，你看！

我眯起眼，顺着他手指的方向，看到炉顶冒出的烟，竟然仿佛慢慢地凝聚成某种神秘的青鸟形状，舞蹈着，盘旋着，最终冲向天际，消失得无影无踪……

一个你爱的人，几天前，还和你说说笑笑，就这样无声无息地走了。

这世界上再无苗苗了。没有了苗苗的世界，是多么冰冷寂寞！

苗苗在去世前的一天，跑到四方街菜市场去看我。那也是我最后一次见到苗苗。我一般凌晨五点在家做凉皮和面筋，冬天就改成腌制烤串。弄好后，上午十点前，我要赶到摊位。一般经营到晚上七点半，我就收摊回家，继续复习功课。菜市场非常嘈杂，那几天临近冬至，气温下降得厉害。我早上很早收拾好牛羊肉串、鸡排、面筋和适合烤串的蔬菜。我艰难地清洗着东西，水太冷，手长了冻疮，伸不直，关节冻得发疼。

那天生意不好，我的情绪也不高。我戴着棉帽、白口罩，黑色的墨镜遮着脸，不知道的还以为我是瞎子。苗苗来时是下午三点多，市场没多少人，我摘下墨镜，捏住本考研英语单词书，叽里咕噜地背诵着。我的发音怪异，听着像带着哭腔的咒语。身边卖臭豆腐的老头，半闭着眼，一边炸臭豆腐，一边戴着耳机听戏。他摇晃一下头，捡出一块炸好的臭豆腐，我就吐出几个单词，好像互相有着默契的配合。

我正背诵得起劲，扭头看，苗苗正站在不远处，呆呆地看着我。

她那天穿了一件漂亮合体的羊绒大衣，鹿皮小靴子，脸上涂了点淡妆，愈发显得清丽脱俗。我注意到，她拿了一款漂亮的包。我认识的名牌包有限，也看得出那款Prada价格不菲。

我放下书，往手心里呵着气说，你咋来了？

苗苗淡淡地笑，说，就是想你了，想听你说话。

我说，怪冷的，这里也脏乱，你回家吧。

我帮你卖烤串，苗苗说着，脱下大衣，拿起烤串，开始吆喝。

她举着十几串烤肉，边叫卖，边有规律地摇摆着，仿佛是带着一群烤串跳舞。不一会儿，居然吸引了不少顾客，真卖出去不少。

我哈哈地笑，还是苗苗厉害！烤串都被你带成了小妖精！谁受得了？

苗苗蘸着调料盒里的孜然，抹在了我的嘴上，我也马上反击，在她的鼻子上点了些辣椒。她直打喷嚏。我们闹成一团。猝不及防，苗苗轻轻地投入我的怀里。她头发上的香水味杀入我的眼睛。我揉揉眼，说，这是咋了？和夏冰吵架了？

苗苗依然不放手，只是将头埋在我的肩窝，低声说，春风，我变坏了，我变成了坏女人。你还要我吗？

我说，只要你说话，我就在这里，在你身边。我现在是烤串小子，有你这个天鹅公主在身边，还不是赚翻了？

苗苗说，最近经常发噩梦，我梦到被困在一个大屋里，怎么也出不来……

我戏谑地说，梦都是反的，别傻了。

苗苗犹豫着说，我和姓冯的在一起，你不恨我？

我淡淡地说，老色鬼配不上你。夏冰和夏雨，没对不住你。你这样不好。

苗苗说，你也这样说我！我有多难？一家人都要钱……

我梗着脖子说，我和老夏卖血，也不能让你往别人怀里躺！

我推开她，冷冷地说，恐怕你自己愿意吧，为这款Prada上了几次床？

你混蛋！苗苗叫着，你什么都不知道，就会胡说！

我说，如果老色鬼欺负你，我就弄死他，给你报仇，你说——

苗苗只是哭，不再说话，手指甲深深地掐进我的肉。我一动不动，感受着她"咚咚"的心跳。我的心也"咚咚"地跳着。我的心仿佛长出一条长长的藤，一点点地扎到了苗苗的心上。我的脸上，有些清凉的味道，那是苗苗的泪。

我心软了，叹了口气，说，算屎，你愿意就行，我也管不了。

苗苗还是哭，我有点慌，拍拍她的肩，说，别哭，这么多泪，拿什么还？……

在卖臭豆腐老头惊呆的目光之中，我们就这样久久地拥抱在嘈杂的四方街市场。

苗苗说，为什么，人那么贪婪？要那么多钱？

苗苗说，她多想过一种简单平淡的生活。

苗苗说，她正在做一笔生意，如果成了，就能大挣一笔，再也不去天鹅夜总会了。

苗苗说，她只想快乐地跳舞……

那个下午，她呢喃地讲了很多，仿佛是人生最后的告别。这个目光像“清水里的刀子”的女人，把我一片片地割成了碎片。

我至今仍记得，苗苗此生对我讲的最后一句话：“后天冬至，晚上别卖东西了，回家和阿姨、小妹吃饺子吧。”

我当时没有在意她的这句话，而是安慰她，让她也早点回家，多陪陪夏雨。我就这样眼睁睁地，看着苗苗一点点地消失在我的视线里了。在街口的红绿灯下，她先是快步走，接着似乎是小跑起来，我仿佛看到了一只绝望飞舞的天鹅……

二

苗苗出事后，我曾去过一次天鹅夜总会。我在那里喝得酩酊大醉，想寻找到有关苗苗的气息，但差点被里面的保安给丢了出来。那时我还比较单纯，没有想到苗苗和这个夜总会牵扯得如此之深。我只想在这里缅怀一下苗苗。还是那个红姐出来解围。她看到是我，并没有撵我走，还陪着我喝了几杯。她叹息着说，苗苗是他们那里最红的舞者，也是她的好朋友，她年轻时，也羡慕专业舞蹈演员，可没想到，苗苗居然是这样的下场。

很多年了，我依稀记得，红姐还流泪了。我当时还信以为真，特别感动。红姐免了我的单，把我亲自送出门外。她拍了下我的头，说，你是一个好小伙，苗苗告诉过我，这里不好玩，今后还是少来吧。听说你在考研，好好复习吧，多读书才是正路。

我当时还以为，红姐是一个不错的风尘女。现在看来，完全不是这么回事。苗苗之死，她到底知情多少，也不得而知。但她也绝对干净不了。我只是记着，当年我醉眼蒙眬地看着天鹅夜总会。那是一栋六层白色建筑，灯火辉煌，无数男女在那里纵情欢乐，醉生梦死，每一扇明亮的窗内，都闪动着鬼火般的爱欲和邪恶。红姐身材曼妙，长发掩饰了她狰狞的伤疤。她抱着胳膊，穿着一身猩红色带白花的旗袍，就站在台阶上，面色哀戚地看着我，嘴里的香烟，还在一亮一灭地燃着。她的身后，仿佛是冲天而起的血气，还有惊悚的尖叫声……

那天在刑警队，吕鹏终于托出了他对“12·22”杀人案的调查，以及目前的猜测。吕鹏认为，现在追查的重点恰恰不是“抓捕夏冰”。那个“疑似夏冰”的人，显然非常熟悉麓城的大街小巷，调查有难度。只要我们破解“12·22”杀人案之谜，“疑似夏冰”的男人，一定会现身。从目前来看，该男子虽然引导了查案，有一定干扰性，但也正是因为他的介入，才搅动了僵死的局面，使整个案件“柳暗花明又一村”。

经过吕鹏调查，冯国良不仅聚众组织淫乱，而且是麓城地下娱乐业的一个“桥梁”。很多年来，冯国良经常以掮客身份，帮助一些达官贵人介绍高级妓女，同时帮着商人与高官“联姻”，进行见不得人的权钱交易。他利用教育界身份做掩护，在麓城经营起了一张庞大的利益与欲望的“魔鬼网络”。吕鹏收到的那个笔记本，记录了冯国良的犯罪记录，也许，还有其他令人震惊的内容，但吕鹏一直不让我看。

因此，只要牵扯冯国良，案件都无法追查下去，都有人“打招呼”或阻挠办案，高洪波大队长被撤职，很大程度上是因为他的调查涉及冯国良的隐私。而且，冯国良不仅与“12·22”案件有关系，还牵涉多宗恶性案件，比如湖西地下赌场案、打工姐妹花强迫卖淫案等，件件触目惊心。

吕鹏还隐隐地透露出其他意思。中央正在布置扫黑除恶专项任务，省纪委和省公安厅去年就“盯”上了冯国良，但是鉴于他的问题盘根错节，不宜打草惊蛇。他们想慢慢调查，顺藤摸瓜，抓出背后“大鱼”。前一阵子，吕鹏对冯国良实行监控，其实也是奉了领导指示，看看能不能“拔出萝卜带出泥”，找到其他线索。冯国良之死，有可能是他的同伙杀人灭口。吕鹏判断，“200286，苗苗，天鹅”这条记录——200286，应是记录的时间；“苗苗”是人名；“天鹅”可能指的是天鹅夜总会。因此，调查天鹅夜总会势在必行。

这些东西，都极为隐秘。吕鹏说，他告诉我是违反纪律，很多参与办案的民警都不知道。他之所以这样，是对“疑似夏冰”的人抱有希望。如果夏冰还活着，或者找到那个“假装成夏冰”的知情人，都将是本案的重要突破。他挺身而出，送来证据，想必也了解很多秘密之事，一定要劝他来公安局投案自首，这样才能保护他，也能将真正的犯罪分子，绳之于法。

夏冰在哪里，我没有头绪。对于政坛秘闻，我更没兴趣。关我屁事。我只是想知道，薛畅为何又牵扯进来了？吕鹏却吞吞吐吐，对此并不明言。我必须找到薛畅，问个清楚。

从刑警队回来，我情绪特别差，加上母亲病重，就没去找薛畅。几天后，母亲的病情又稳定些了，我也稍稍从极度抑郁中恢复了点元气，就去市政府找他。薛畅升任市委办公室主任，我还从未去过他的新办公室。如今，我要来这里，找昔日好友，验证一桩陈年旧案。

想想也荒诞。薛畅牵扯其中，这是我无论如何都没想到的。

我在市政府的门岗出示了身份证，填写了会客通知单。门卫问是否有预约，我说没有，他迟疑着打电话过去，验证后，我这才去了十二层，找到薛畅的办公室。门虚掩着，灯都没开，静得可怕，薛畅抱着杯茶，盯着桌子前的一盆绿萝。我有些奇怪，薛畅示意我坐下。

你是不是奇怪，市委办公室主任的办公室为何如此安静？薛畅说。

我在省报跑经济新闻口，也没少和政府部门打交道。一般而言，地级市的市委办公室相当于副省级城市的办公厅，都是政府核心部门。市委办公室主任，也相当于市委书记或市长的“大管家”，很多事情都需要他协调安排。他应该是机关最忙的中层干部。

一个市委办公室主任如此清闲，恐怕有些不妙了。

薛畅没有解释，他拍了拍面前那张宽大的大理石老板桌，自嘲地说，春风，当年我在财政局当秘书，因为搬了楚科长一张桌子，被他骂了半个小时。当时我就想，将来要有一张气派非凡的办公桌。这张桌子，还是我当副主任时特别定制的。你看如何？

我拍了拍桌子，说，老薛，没工夫和你扯淡，你该明白找你为啥。

薛畅没理我，继续自顾自地说，前几天，我想了想，认识你二十六年了。也算小半辈子，我还记得，90年代初，那会儿我家穷，老爹又是“库房狗”，人家瞧不起，我弟弟淹死了，你想办法给我凑了三百元钱。那时你还是高中生。

我看着他，说，陈年旧事，不提也罢，我只要你说，苗苗是怎么死的。

十五年都等了，不在这会儿了。薛畅很平静。

那你就说吧。我也平静了点心气。

薛畅端着杯子，一口口地喝茶，他的目光既不看我，也不回避我。我注意到他的眼珠不动，对着正前方看，十分地专注，却又十分地漠然。典型的官僚脸。

薛畅说，当年送你一幅字“离情苗恨夏，阅人生风雨”，你肯定不知丢哪里去了。春风，你这人就是粗疏，这幅字你要看仔细了。如果你当初听我的，别掺和夏冰夫妇的事，就不会有后来那些烦恼。依你的才华，可能早就是《麓城日报》的主编了。

我讽刺地说，薛主任，这么怀旧？也亏你记忆力好，别忘了，苗苗和夏冰也是你的朋友。苗苗死了，夏冰失踪。这么多年了，睡得安稳？不怕有人寻仇？

薛畅涨红了脸，放下杯子。我的话，刺激到了他。但他还想在我的面前维持面子，梗着脖子说，不是我干的，和我无关，我不明白啥意思。

我扳过他的头，诚恳地说，老薛，我不当你是官。我当你是几十年的兄弟。你讲清楚，你的错，你认，不是你的错，你说。我只要亲口听你说，就信你。

薛畅的脸色不断变幻，过了许久，他又露出了学生时代才有的“无奈的苦笑”。那时他是我的“小跟班”，每次被我虐都是这种表情。

他坐直，看了看四周，这才说，你也看见了，我的情况不好。陈副市长要退，纪委盯上了他，连带着我也不安全了。我刚当了几个月主任，就让我多休息。昨天，突然宣布我调任工会主席。办公室还没来得及搬。再过几天，你可能看不到我了。我现在也处于暗中监控之中。

我从窗户玻璃望去，对面一个办公室开着门，两个男干部，正冷冷地注视着我们这边。

薛畅说，屋里三个窃听器，都被我搞掉了。我干了这么多年领导秘书，这点小手段还能识破。

你想知道苗苗为何与冯国良在一起了？

薛畅的眼光望向窗外，似乎回到了十几年前。他说，2001年初，苗苗在天鹅夜总会迪厅领舞。我和你都去看过。那时冯国良就盯上了苗苗。我后来和天鹅夜总会的红姐也熟悉了。但我们都不在一楼玩。天鹅的四楼非常隐秘，里面装修豪华，是很多有身份的人去的地方。就在那里，苗苗被迷奸了，也走出了她堕落的第一步。

他们给她下药？我皱着眉问。

薛畅苦笑着说，这是“冯大肚子”的老套路了，苗苗为了工作，有求于他。那天明白了他的死法，我就晓得，那是夏冰为苗苗复仇。当年，迷药就下在红酒中。苗苗醒来，已经被他搞了，搞了三次，稀碎。

你就眼睁睁地看着？我愤怒地吼叫。

我没办法，薛畅捂着脑袋，继续说，我管不了，冯国良的根基太深厚，我不过是个秘书，苗苗也不让我告诉你。她怕你太冲动，去找老冯拼命。

我狠狠地摔碎了薛畅的杯子，恨不得现在就胖揍他一顿。他低着头，涨红着脸，说，这都是命，漂亮女人的命，苗苗需要钱，需要工作，她不能摆脱老冯的纠缠，那都是迟早的事。

苗苗就成了天鹅的高级妓女？

她后来就入了行，但很隐秘，只服务高层，老冯引诱她，给了很多好处，也威胁她。苗苗需要钱，也就认了。

这些我不管，我只问你，苗苗是夏冰杀的，还是被你们搞死的？她到底是怎么死的？

问到了关键。薛畅犹豫了。他烦躁地踱着步子，在办公室转了几圈。他刚想对我说些什么，对面办公室的干部就闯进来，看到满地碎玻璃，质问我为何在主任办公室闹事。我想辩解，几个保安也上来了，把我和薛畅隔离开。薛畅说没事，想上前，也被那干部挡了，于是他无奈地说，明天打电话给我，一定给我一个交代。

别忘了我送你的字！小心夏家的人，不只是夏冰，我怀疑……薛畅还要说些什么，就被青年干部扯回了屋。我听得有些莫名其妙，但也只能先走。

我被保安从市政府大楼撵了出去。吕鹏的电话此时也打了过来，不让我再去找薛畅。他说，他们现在正在布置一盘“大棋”，事情现在已逐步清晰了，韩苗苗的事，只是其中一个环节，目前不能打草惊蛇。吕鹏说，你是局外人，置身事外就好，静观其变。我说放屁，十五年了，我都蒙在鼓里，我不管薛畅牵扯到什么，苗苗的事最大，不管是谁，我都找他们拼命。

我扣了吕鹏的电话，不想听他啰唆。我给薛畅发了微信，约他找地方再谈。

第二天中午，我收到了他的回复，我们约在月亮湾咖啡馆。我早去了一会儿，心绪烦乱地看着窗外麓城的天空。我回来这些天，麓城不是下雨，就是雾霾，阴沉沉的，哪还有春天的样子？我点了红茶，透过暗色玻璃，继续张望着。麓城的世界再次变得陌生。在红茶的热气之中，我仿佛看到薛畅那张冷漠严肃的脸又慢慢地在玻璃上浮起。

我依稀记起，很多年前，上大学时，薛畅曾追求过中文系的一名女生。对方嫌弃他家庭条件差，都不屑于和他见面，找人捎话就回绝了他。我陪着他，在操场上喝了一夜酒。那是夏天，夜晚的月亮又大又圆，又亮又香，就像一条乳黄色的巨船，在墨蓝的星空中飞驰。薛畅将那封情书撕得粉碎，漫天扬起，仿佛芦花或者飞雪，轻轻地飘荡着。月光却如洒落的银币，叮叮当当作响——那是薛畅敲击着两只淡青色啤酒瓶发出的奇怪声响。我们一齐大喊着："天生我材必有用，小妞散尽还复来。"我们哈哈大笑，沮丧的情绪一扫而空……

这些画面好像刚刚发生过。但是，薛畅终究是变了，他不再是那个神色拘谨，有点自卑的历史系胖男生，而是一个久经宦海沉浮的中年官员。我也变了，不再是那个冲动敏感的中文系才子，而是一个油腻古怪的记者大叔。他这些年在官场打拼，也实在不容易。但谁又容易？我不适合官场。我没有忍耐力，也缺乏杀伐决断的冷酷。但是，我实在不敢相信，薛畅竟然牵扯进这么多阴暗复杂的案件。我也不能想象，他在苗苗之死中到底扮演了什么角色。“疑似夏冰”说不放过他，肯定有非常重要的理由。无论如何，他必须和我说清楚。

“还有十分钟，我到长兴街了。”薛畅的微信又发过来了。

薛畅目前还有自由，但形势已很不好了，陈副市长当年手下的“四大金刚”中三人——国香食用油总经理王大庆、麓城财政局的刘荣副局长、麓城公安的高远兴副局长都已经落马，只有曾经的市委办公室主任、现在的工会“薛主席”还能“自由活动”，但也算是困兽犹斗。薛畅的出国护照早就被上级收走，一举一动也有人监视。

过了大概半个小时，薛畅毫无动静。我再发微信过去，却没有了回复。我打电话过去，依然无人接听。没来由地，我的内心产生了一种前所未有的恐慌。

我给吕鹏打电话，问是不是他们把薛畅拘了。吕鹏说没有，又埋怨我不应该私下接触薛畅，打乱了他的安排。他们刑警队，对薛畅都有布控的。他急切地问，薛畅出了什么事？我讲了情况，吕鹏去查，果然薛畅失踪了。我试探着问，是不是纪委或公安厅把人带走了。吕鹏又查，不一会儿，消息反馈过来，省公安厅和省纪委都没有抓捕薛畅。是否他被上级直接带走到省城某个隐秘审讯点交代问题，这就不得而知了。如果真是这样，吕鹏这个级别，还无权限知晓。

我正焦急着，吕鹏安排的盯梢薛畅的行动组，也有更多信息反馈，说薛畅在长兴街的一个中石化的加油站突然停车。那天有抽奖送积分活动，加油站车辆格外多，警队的那辆丰田被阻挡在外面，警员跳下车，跟过去，就发现车上没人了。吕鹏让警员马上调监控。加油站的监控画面显示，薛畅的那辆黑色宝马，的确有司机趁乱溜走，但那根本不是薛畅，而是一个身穿套头衫、戴着口罩、身材瘦长的中年男人。

你们干什么吃的？大活人都盯不住？我非常愤怒。

这件事很蹊跷，吕鹏在电话里低沉着嗓音说，我对外只说，保护薛畅的安全，警队大部分警员不晓得薛畅涉案具体情况。加油站的监控是好的，但加油站后面两条街的监控却突然坏了，跟梢警员无法追查到男人出逃路径。警队里面也挺复杂，不排除我们这里也有问题。

我感到一阵毛骨悚然，也就是说，在来月亮湾咖啡馆的路上，那个男人就挟持了薛畅，并将他掉包。他拿了薛畅的手机，一路和我互动。他知道，薛畅的手机和行踪可能被监控了，就用这种方法麻痹警方，欺骗我。

那个男人，到底是谁？

薛畅还活着吗？

三

薛畅的失踪，让整个事件更加诡异。

我失魂落魄地回到家。母亲依然在沉睡，我非常沮丧。如果不是我的步步紧逼，薛畅就不会失踪？他是被“疑似夏冰”抓走了，还是被人灭口？想到这里，我的脊背升起丝丝寒意。我决定去薛畅的家看看。

薛畅住在城南的“南山庄园”。那片社区开发得比较晚，很多市领导都住在那里。薛畅的父母都去世了，他的夫人，是麓城人民医院后勤科的干事。他们这么多年，一直没有孩子。我从未去过薛畅的家，如今第一次登门，居然是在这般情况下，真是令人不胜唏嘘。

“采菊东篱下，悠然见南山。”小区环境幽静，种满了成排的法国梧桐、红叶李和各种不知名的花草。一条汉白玉的、高高的台阶，直通建在半山腰的小区大门。大门是金色仿古罗马式建筑，两侧有两条人工小溪，缓缓流下，发出“哗哗”响动。

我按下了电子门铃，没想到，接通电话的竟然是吕鹏。

我愣了，问他怎么在这里。他没好气地说，还问你呢，怎么哪儿都有你？我们有公务。我说，来看看薛畅的老婆。他迟疑了一下，说，上来吧，一会儿抓紧走。

我上到三楼，发现薛畅家里有不少人，几名警员正小心翼翼地在家里翻找东西。桌上放着几十条高档香烟，客厅一侧，清理出几百瓶茅台、五粮液等高档酒，码垛子似的堆放在那里，看着挺扎眼。有的警员在认真登记物品，一个警员正在对着日历，仔细翻阅。薛畅当秘书养成了记日历的习惯，每天晚上睡觉之前，记录第二天工作，第二天早上，按照日历提醒布置安排，晚上回家，再总结评估一天工作得失，预告下一天任务。薛畅是一个非常严谨认真的人。

在里面的卧室，吕鹏正在给一名中年妇女做笔录，看到我来了，就说，正要找你，你是薛畅最后一个联系的人，必须录口供。我正想这里忙完就去找你。

日历最后记着，野猫，月亮湾咖啡馆，中午12点。吕鹏说。

这是嫂子，麓城人民医院的陈洁，你们见过？吕鹏介绍说。

中年女人摇头，说，老是听薛畅念叨，还真没见过。

我考上研究生第二年，薛畅结婚了。当时他给我发了请柬，我不想和麓城再发生密切联系，就没有回应，连他的一杯喜酒都没喝上。我看看眼前这个女人，矮胖，皮肤黝黑，染着黄发，悍悍的，脸上疑似整过容，颧骨薄，眼线也开过。说实话，这女人真配不上薛畅。虽然薛畅不是什么帅哥，但当年小伙子还挺精神，可找了这位陈副市长的亲戚，有点委屈了。

我向她示意，她麻木地看着我，突然扭头，对吕鹏说，这算不算抄家？

吕鹏说，我们是合法调查，有搜查令，希望嫂子你配合。这样才能尽快找到老薛。

别和我扯官腔，陈洁冷笑着说，树倒猢狲散，你们早想过来搜了吧。我们老薛，没啥违法乱纪，这些烟酒是熟人朋友送的，都是正常来往，如今这年头，这点东西，也办不了什么事。你们尽管查，我和老薛的银行户头查起来更容易。

吕鹏有点尴尬，我赶紧说，我还是走吧，我主要是来看看，吕鹏，我在楼下等你，一会儿跟你们回警队录口供。

陈洁一把拉住我说，老薛这些年总念叨你，可惜你平时少回麓城，他总说，这辈子最对不起你和韩苗苗。

我无话可说，只能安慰，让她别着急，老薛肯定安然无恙。

陈洁自嘲地说，当个破官，走钢丝似的，早晚有这么一天。老薛曾说，有东西想送你，现在他不在，我拿给你。

陈洁走到书橱前，翻出一个大信封，吕鹏警惕地挡在前头，说要检查。陈洁没说什么，吕鹏打开，是一幅字。薛畅年轻那会儿，就喜欢书法，字是他写的：离情苗恨夏，阅人生风雨。

我哭笑不得。这个老薛，当年写了这幅字送给我，让我远离夏冰和韩苗苗。他还写了一份，给了苗苗和夏冰，警告他们，不要骚扰我。如今，他“泥菩萨过河，自身难保”，还操着这份闲心。就算苗苗和夏冰都不在人世了，我也不可能忘记这份缘。这都是命。我的命就是夏冰和苗苗。老薛的命，就是陈副市长。

虽然我恨薛畅为往上爬，不顾朋友情谊，但这些年，他对我不错。他每年过年，都到我家看望我的母亲。我妹妹和妹夫，让我求他帮化工厂财政核算过关，他很快给相关领导打了招呼。他还时常照顾苗苗的母亲和孩子。但我对他和麓城，都是若即若离。

我始终不相信，老薛参与迫害苗苗。要说他袖手旁观，这有可能，但我不愿相信，他也曾参与了苗苗死亡事件。我宁可相信，苗苗是夏冰在盛怒之下，意外刺死的。

吕鹏拿着那幅字，对着灯光仔细检查，还拿小粉刷涂了荧光显形粉，刷了半天，也没搞出啥。我有点恼，说，吕队长，要不你没收得了，别在这嘚瑟，我又不是国际间谍。

吕鹏讪讪地笑，说，职业习惯，查案嘛，多体谅，这不是赃物，不涉案，你尽管拿走。

自古公差都这样，破家的虎狼，豪门的狗，陈洁冷笑着说，陈副市长现在还没双规，纪委也没说抓人，你们就不想留条后路？

吕鹏见陈洁咄咄逼人，也不客气，说，陈洁同志，薛畅的事，非常复杂，我们到你家，肯定有证据，不管他是不是失踪，我们肯定会来。至于什么后路，我没想过，我只知道，违法乱纪，就要法办！

陈洁也不怵，哼了一声，说，查吧，真查出问题，我就认。

我赶紧告辞，陈洁把我送到门口，眼圈红了，哽咽着说，老薛总说，如果这些年他和你商量，很多事不至如此。你也晓得，老薛是闷葫芦，工作的事，他从不和我说，他在家不谈公事，只喜欢一个人在书房，看卡通片《大力水手》，哈哈地疯笑……

一个位高权重的中年男人，市委办公室主任，在家看动画片，白痴似的傻笑，这绝不符合他的形象。我和吕鹏下楼，天还是阴沉沉的，我们蹲在南山庄园门口，抽了根烟。香烟袅袅而升，很快就遮蔽了我们俩的影子。吕鹏担忧地说，春风，你现在卷入太深，我也有点担心你的安全，你看用不用给你上点安全措施？我赶紧摆手，说，别了，你们的安保，保护谁，谁倒霉，我可不想和冯大肚子和老薛一样……

正说着，横下里伸出一条细竹棍，“嘭”地敲在吕鹏头上，登时就红肿了。吕鹏大吼一声，拔地而起，左脚闪电般侧踢，趁势滚倒，右手拔出斜插在肋下的枪。我被突如其来的袭击吓呆了，扭头看，一个灰色身影“哎呦”叫了声，丢了棍，被踢出好远。吕鹏抢上前，用枪指着那人的头。我们再看去，竟是个干瘪瘪的老太太。

堂堂刑侦大队长，竟然被老太太“爆头”了。

吕鹏收枪，扶起老太太，悻悻地说，您打我干啥？您怎么跑到这里？我看着老太太眼熟，吕鹏揉着头，没好气地说，段观音，夏冰他妈。我这才看清，果然是夏冰的母亲。多年未见，她衰老得厉害，此刻扶着腰，不断呻吟，也不知被踢坏了没有。

老太太眼球浑浊，神志看着也不太清楚。她反复念叨着，找薛主任，给小冰报仇。她还从怀里扯出沓东西，漫天扬去，竟然是一张张鬼画符似的红色卡片，上面有着一尊面目狰狞的神。楼上的警员听到下面闹腾，也跑了下来。吕鹏让他们扶着老太太去医院，看是否有伤，伤得不重，就赶紧送回去。

夏冰的母亲，我当年也见过，但不很熟悉，只觉得当年是一个干净利落的少数民族教师。吕鹏说，不久前，刚去段观音家里打探夏冰的下落。他们也监听了段观音的电话，也一直没啥动静。谁承想，她竟然摸到了这里，搞了这么一出“乌龙”。

吕鹏告诉我，那一张张恐怖的唐卡，都是老太太画的白密复仇之神，忿怒莲师。警局也曾收到过包裹，上面也有这样的图案。因此，也不排除那个绑架薛畅的人真是夏冰的可能性。

这一团团的迷雾，一点点地清晰了，但还是看不清楚。

回到刑警队，我录了口供，吕鹏这边也来了消息，说在城南广利河边跟踪到了薛畅被踩碎的白色苹果手机。目前也不清楚薛畅是否已经遇害。吕鹏神色严峻，沉吟了半晌，说，野猫，快收网了。我们要去抓捕此案关键人物。要把你择出来，估计你不乐意，但你这样跟着我们不成，得有名义。要不你和报社领导说说，我们麓城警方，今春配合中央指示，有特别重大的扫黄打黑行动，希望你能以省报记者身份参与行动报道，这样既可以给我们领导一个交代，也能让你名正言顺地参与进来。你放心，苗苗的死，我一定给你个说法。

我想了想，也承认吕鹏考虑得周全，就打电话给报社的郭社长汇报了这里的情况，郭社长本来因为我请假的事儿挺不乐意，如今看我回家还不忘挖掘地方重大新闻素材，也就同意了，准许我以省报特派记者的身份参与活动报道。扫黑除恶，是这两年公安专项治理的重大任务，正好写一篇大的深度报道。我现在主要在经济口，但政法口新闻也跟过，也不算陌生。

我问吕鹏，什么扫黄打黑？

吕鹏说，天鹅夜总会。这颗毒瘤都二十年了，今天晚上，咱们就除了它。

我突然想起多年前见过的红姐，那个面颊上有一条蜈蚣般长疤的妖冶女人。

她和韩苗苗之死有什么关系？

吕鹏胸有成竹地说，事情大致清楚了，该是收网的时候了。对了，忘记告诉你，我们又收到了“疑似夏冰”的男人寄来的东西，是苗苗的日记。

我想看看，吕鹏不同意，只是说，会在合适的机会给我看。天鹅夜总会，如今已更名为天鹅集团，是涉及娱乐、餐饮、房地产等多项产业的集团公司了。当年的红姐，也成为令麓城黑白两道都非常尊重的“红姑”了。吕鹏行动的速度很快，晚上，在武警的帮助下，麓城公安局百名警员突击搜查了天鹅集团，带走了好几百人，场面非常震撼。我是省报的随行报道记者，也全程参与了抓捕过程。红姑没有逃走，而是在办公室里，放着音乐，喝着红酒，静静地等着我们的到来。当然，并不是所有的人都乖乖地听话。天鹅集团的马仔，有人开枪拒捕，有的还跳窗逃生，但都被缉拿归案。这场抓捕行动，迅速快捷，收效很大。吕鹏说，会突击提审红姑，也会给我一个采访的机会。

我也非常好奇，这个红姑，到底隐藏着多少秘密呢？

第十一章　红姑往事

凡固执于宿障重恶，不顺从诸佛真谛，反顺从“不义”之人，必执以忿怒和愤恨，必受火烧，水漂，诸毒，必碎骨拆皮，筋断骨烂，必永堕地狱、饿鬼、畜生界轮回。

——密宗“忿怒莲师”禁咒

一

时间：2018年5月3日15时30分

地点：麓城刑侦大队审讯室

讯问人：吕鹏　　工作单位：麓城刑侦大队

记录人：孟凡贵　工作单位：麓城市公安局预审科

被讯问人：邹玉红，性别：女，年龄45岁，出生日期：1973年12月8日，身份：天鹅集团董事长、法人代表、天鹅夜总会总经理，户籍所在地：麓城市西城区，电话：1395

＊＊＊＊＊47

问：我是麓城公安局刑侦大队副大队长吕鹏，根据《中华人民共和国刑事诉讼法》相关规定，依法对你进行讯问。说谎、隐瞒事实要负法律责任。与案件无关的问题，你可以拒绝回答。本次问讯，我们将全程录像，你听清楚了吗？

答：听清楚了，警官证也看过了。

问：根据《中华人民共和国刑事诉讼法》第十五条的规定，犯罪嫌疑人，自愿如实陈述罪行，对指控的犯罪事实没有异议，愿意接受处罚的，可以依法从宽处理，听清楚了吗？

答：听清楚了。

问：讲一下你的个人简历。

答：我叫邹玉红，45岁，麓城郊县人，初中毕业，先在麓城纺织厂当临时工，没学历，也没关系，转不了正式工。1995年，我辞职，在麓城楚天夜总会上班。1997年，我再辞职，开设天鹅夜总会。2005年，我出任天鹅娱乐餐饮集团董事长。嗯，就这些吧。

问：你是人大代表吗？

答：我是麓城市第十九届人大代表。

问：说说你的家庭情况。

答：父母都是农民，没文化，我还有两个姐、一个哥、一个弟弟，都是农民。

问：你生意成功，挣了那么多钱，为何没把他们接出农村？

答：他们在乡下住习惯了，不想打扰他们的生活，有困难，我帮忙就是了。

问：你的婚姻情况？

答：未婚。

问：邹玉红，知道为什么警方封了天鹅夜总会？为何刑拘并讯问你？

答：不明白，我是守法的纳税人。

问：怀疑你与多宗治安与刑事犯罪有关，强迫卖淫、开设地下赌场、组织淫乱俱乐部、非法拘禁、故意伤人、故意杀人，你是否承认？

答：不明白你们讲些什么。

问：现在怀疑你涉及多宗经济犯罪，行贿受贿、侵吞强占国有资产、非法交易，你是否承认？

答：我再强调一下，我是守法的纳税人，我没有也不会干伤天害理的事。

问：邹玉红，你的外号叫“红姑”吧。

答：我就是邹玉红，不认识什么红姑。

问：你刚出道时，绰号“红妹”，是楚天夜总会最红的坐台小姐。后来，你挑头单干，经营天鹅夜总会，还通过黑社会挤垮楚天，成了麓城最大的地下娱乐女王，大家都叫你“红姐”。2005年后，你成立天鹅集团，黑白两道都尊称你为“红姑”。

答：这有啥关系？别人愿意咋叫我也管不着。

问：还需要我提醒一下你？1996年，你因卖淫被麓城西城区公安分局抓获，拘役劳教半年；1999年，天鹅夜总会涉嫌强制卖淫与开设赌场，被公安局勒令停业整顿半年；2001年，天鹅夜总会的打手，故意伤人，被判处有期徒刑3年；2005年，天鹅集团成立，低价购买纺织厂、机械厂等国有企业工业用地，强制拆分活塞厂，导致数百工人火烧天鹅集团总部；2009年，你通过运作，非法占有麓城大学东校区土地数百亩，以产学研结合基地的名义，低价收购，违规开发商业小区紫金庄园。为了多盖楼，紫金庄园违反消防规定，擅自调整楼距，多项指标不合格，导致楼盘无法验收，又拒退购房款，数百业主闹事，有欠高额期房房贷的业主，不堪忍受压力，自杀身亡。这些事，有没有？

答：那是意外和纠纷，谁都不想，改革转型期，总有阵痛，我们走了弯路，交学费罢了。

问：不要猖狂！我们拘你，就是掌握了充分证据，就看你是否幡然醒悟。

答：我拒绝回答，你这是威胁。

问：我们没有掌握你和冯国良、陈中华、高远兴、季琦、王大庆等腐败分子之间的罪恶勾当，会把你拘来？你以为，那些保护伞还能提供庇护？你还是放聪明点，老实交代！

答：我承认，我是卖过，那是几十年前，我那时小，不懂事，也没钱。那是治安案件，我在党和政府教育下悔过了。自从担任人大代表，我在郊县捐助两所希望小学，帮助很多失学儿童。我做了很多有益于人民的事。人非圣贤，孰能无过，我咋就不能重新做人，回报社会?

问：回报社会？你还真无耻。你做过慈善，不过是掩饰罪恶罢了。昨天晚上，我们查封天鹅夜总会，加上外围酒店，抓获卖淫失足女一百二十名，嫖客八十余人。大堂经理、业务经理和财务主管已经招供了，我们已经了解你的作案方式与涉案金额。需要我介绍吗?

答:（沉默无语。）

问：2005年之前，你主要经营夜总会，包括迪厅、赌场、酒吧、浴场、酒店和四楼的高级会所。这些场所均涉及黄、赌、毒。你的天鹅高级会所，实行会员制，主要服务麓城达官贵人，同时为他们提供勾搭交易场所，你和冯国良均从此获利。2005年，你的经营范围扩张到房地产业，犯罪活动更隐蔽。2015年，随着国家打击腐败与非法地产交易，你在紫金庄园等项目惹了麻烦，欠了很多债，又开始大规模介入黄色产业。近几年，麓城市屡次大规模扫黄，你的天鹅集团，因为保护伞的存在，屡次逃脱。你们不仅有传统会所和浴场等“莞式”服务场所，而且适应互联网时代，还发展了“流动经营”的“O2O”模式。

答：造谣污蔑！我要求见我的律师。

问：你们利用微信发布招嫖信息，包下酒店客房“流动经营”，为“附近的人”提供有偿色情服务，降低了天鹅的风险。

虽然你的马仔警惕性很高，卖淫方式也隐蔽，但我们盯你也不是一天了，你的财务主管，给我看了2017年卖淫收入，一年下来，你们就提供卖淫服务五万次，涉案金额两千五百余万元。天鹅夜总会，就是一个危害社会的毒瘤！

答：我们卖我们的肉，有人愿买，警察起什么哄？你们麓城公检法系统，每年从我们这里拿走多少好处？不要逼我！掀翻了桌子，大家都是光屁股的。

问：你不要以为，这么大动静，警局内部保护伞还能撑下去。警察内部败类，我们照样依法处理。实话对你说，高远兴，还有五名涉案民警，已经被审查了。你不要有什么幻想。麓城天鹅夜总会，已上了昨晚八点省内新闻。“天鹅帝国”，已经灰飞烟灭了。

答：随便说，我不承认，一切等律师来了再说。

问：律师也要遵守法律，谁也救不了你，我劝你还是老老实实地交代与陈中华的关系。

答：我认识陈副市长，但只是一般朋友，别他娘的乱咬人！

问：注意你的言辞。一般朋友？不对吧，据我们调查，你在2003年与2010年两次为他流产，我们都有记录，你们这种一般关系是否太亲密了？

答：你们这是侵犯人权和隐私。我做过流产，但这和陈副市长没有关系。

问：上不上床，你们说了算，有没有关系，警察调查的证据说了算。狡辩有意思吗？

答：随便查吧，只要你们有证据。

问：你还是想好，不要着急否定，慢慢来。

答：老娘吓大的？逼我发狠。我在麓城几十年，啥风浪没见过？你给我当心点。

问：威胁警员是重罪。麓城市委办公室主任薛畅，是不是你们密谋绑架的？

答：我不认识姓薛的。

问：薛畅在你的天鹅集团有不少干股吧。你的董事会成员，有人已经交代了这些情况，我们就不必再兜圈子了，他已经被你们灭口了？尸体在哪里？

答：我不清楚。还是那句话，随便查，只要你们有证据，我就认。

问：如果你不想说，可以再往前追溯一下，十五年前，你们是如何谋害天鹅夜总会高级妓女、原麓城振华中学舞蹈教师韩苗苗的？

答：韩苗苗？好像有这么个技师，时间太久，记不清楚了。

问：记不清？你手下的马仔、退伍军官郝大志，不会不认识吧。还要我继续讲下去？

答：(沉默不语。)

问：你不要以为，郝大志死了，死无对证。郝大志的老婆，保留了当年你给他发的短信，支付十万元的银行转账记录。还有，郝大志偷偷用微型录音机录的，你下达灭口令的录音。他早就防着你再灭口。这人精细得很，叮嘱他老婆，一定要有合适时机、可靠的人，才把证据拿出来。最好是陈中华倒台的时候。

答:(沉默不语。)

问：到了这种地步，有什么可瞒的？我们有证据，没有口供，也可以提起公诉。

答：你让我想想，我再想想。

问：一条命，这样没了，你罪孽深重，如不坦白，就是被枪毙，灵魂也得不到安息。

答：我干的这些，说不说都一样，都要死，姓吕的，别拿我开心了！

问：不一样，有立功表现，我们从宽处理，这是政策。我拿人格保证，即使你被判死刑，也能坦然面对，总比带着愧疚上刑场要好。

答：我脑袋很乱，你让我再想想。

问：坦白从宽，抗拒从严。你主动交代，不一样的，麓城警方，还会安排省报的葛记者给你做个专访，你可以讲讲，如何从一个乡下女孩堕落成“罪恶女王”的过程，希望你的丑恶的人生能给社会以足够警示。

答：我不想上电视。你让我再想想。

问：我们这里有一本记录，是冯国良自己记录的犯罪实录，时间、地点、事件都有，你们弄死他，是不是想找这个东西？我这里还有一本日记，韩苗苗的，上面记载了天鹅夜总会内部的丑恶勾当。当年，你伙同冯国良和薛畅，用致幻药下在红酒中，把昏迷的苗苗献给了陈中华。此后你威逼利诱，将苗苗拉下水，使她成为天鹅高级会所技师，也是冯国良、陈中华等人共同的情妇。你没想到，苗苗接触到陈中华在化工厂卖地、机械厂改制等方面受贿的证据。你更没想到，苗苗拿了证据，要挟陈中华，要四十万。陈指使你和冯国良灭口。你们给了苗苗钱，要回证据，又派郝大志在冬至夜杀了苗苗，并栽赃夏冰。是这样吗？

答：苗苗这个女孩，人不错，就是胆子太大，可惜了。你从哪里拿来的日记？

问：这是知情人士寄过来的。夏冰回来了，想必你也听说了，前一阵子，你们这个小团伙很恐慌吧。寄日记的人是不是夏冰，我们不知道，只晓得包裹印有“忿怒莲师”复仇之神的图案。冯国良死了，你们谁也逃不掉。即使你们逃脱法律，夏冰也不会放过你们。

答：日记是真的吗？我怀疑。

问：给你念上几段日记吧，你听听，判断一下。

（2002年4月8日）

我脏了，被冯国良这个畜生搞了，还有陈中华。我太不小心，相信了薛畅的话，去了他们的包房，喝了他们的红酒。薛畅还是老朋友，为何这么卑鄙？怎么办？一天都没吃东西，洗澡，感觉自己脏。我对不起麋鹿和野猫。我想自杀，可舍不得小雨。我也不能告诉他们。野猫会找那些人拼命。他不是他们的对手。我不想再连累他。

（2003年7月5日）

今天客人真可恶。我忍了。呕吐了很久。但是，我真开心，足足挣了四千元，是工资十倍啦。再过一段，我多攒些钱，给爸爸看病。等孩子长大，我给他买Grotrian Steinwey钢琴，正宗德国货，贵得要死。实在不行，就买舒密尔，调琴的事儿交给麋鹿。困死了，睡了。

（2003年11月13日）

陈中华，真是一个老流氓。我知道了他和原化工厂厂长王大庆的那些勾当。原来化工厂的地，就这样卖给了浙江开发商。那个商人，还给了陈中华干股。趁他喝醉，那个股权书我偷偷复印了几份。这个混蛋，早晚要他好看。

（2003年12月1日）

红姐也是一个可怜的女人，她被陈中华和冯国良控制，干了很多伤天害理的事。她为姓陈的流产，还被他毁了容。可是，女人有什么办法？更何况，她这样一个来自乡下的女孩。

…………

答：你不要念了！不要念了！（嫌疑人号啕大哭。）

问：苗苗很天真，竟然把你当作姐妹！还同情你，可怜你，她到死也不知道，是你派出郝大志，要了她的命！九泉之下，你敢去见苗苗？

答：你们杀了我吧！我有罪！……（嫌疑人情绪失控，以头撞击钢椅，血流满面，审讯中断。）

二

你是葛春风记者？我是邹玉红，也就是“红姑”。可以采访了。

什么？你是苗苗的好朋友？想起来了，2001年，我见过你一面。当时你还是愣头青，为了苗苗，和客人打架，我放了你们走。苗苗去世后，你也去过夜总会，我陪你喝过酒。

时间过得太快，一晃十几年，你成了记者，我却成了囚犯。这也算造化弄人。

为啥记得这么清楚？苗苗的事，忘不了。你是她的男人，生死之交，她和我说过很多次。

十几年了，夜深人静，苗苗的身影，总在我眼前晃悠。她的灵魂得不到安息。我害怕极了，常失眠，神经衰弱得厉害，要吃药。说出来，也解脱了。

现在很平静。该交代的，如实交代。希望政府判我死刑。不上诉。下辈子，不要做人。做人辛苦，我要做猪，做狗，做石头，千人打，万人骂，赎我的罪。

这世界不是你看到的样子，它有很多秘密。我是一个承受太多秘密的女人。有时我一个人到郊区不语山，对着一棵树说上三个小时。我不想说，憋得难受，我担心，这样下去我会疯掉。我想忘记，可越这样，反而越记得清楚。

说说经历？聊聊也行，我不久就会死，你听听吧，也没啥特别的。

郊县是穷地方，山多，地少，人苦。我们家孩子多，父母很少管我。他们不喜欢我。女孩，就是累赘，只有给父母多挣点嫁妆才有价值。爹将好吃的糕点吊在房梁上，只给弟弟吃。我馋得眼冒金星，爹也不给我。我趁着没人注意，爬上去，在糕点芯咬一口，吐上口水，再若无其事地放好。不公平，我就和他们对着干。

我上初中学习不错，常受到老师表扬，舞蹈跳得不错，作文也特别好。老师说，将来我肯定能考上大学。爹不让考，说下学帮家里干活儿，省下钱，让弟弟上——反正女孩都是赔钱货。弟弟学习差，整天逃学，他不喜欢学校。

我告别了学校和书包。我把心爱的红色塑料书包，送给了弟弟。他上学，我就在自行车后面追。我拼命地跑，不是送他，是送我的书包。那是我卖鸡蛋，偷偷攒钱买的书包。红色的塑料皮，我擦得干干净净，上面印着一只白色天鹅，举翅欲飞。爹让我把包给弟弟，说，不上学用不着这么好的包。爹打我。他用火钳子戳我的屁股，我不给。娘用改锥，扎我的胳膊，我也不给。弟弟在旁边，冷冷地看着，说，一个破书包，我不稀罕。

我哭着把书包给了弟弟。我没告诉他，书包的底被我拆得只剩下一条线了。弟弟骑自行车一个小时，才能赶到乡里的中学。路上，书包漏了，弟弟的课本、橡皮、铅笔洒了一地，像夏天的露水，咕咕噜噜欢快地叫着，钻到草棵里，不见了踪迹。他惊慌失措，跌下来，在路边尖石头上摔碎了大胯，治好后，成了一个跛子。

抢走我的，我得不到，别人也休想得到。

我刚出来干这一行，也就二十岁左右。我原来在纺织厂，拼死拼活地干，就是不能转正式工。我心气高，本以为工作搞好，自然有机会，可干了两年才发现，不要说全民工，就是大集体工，也要过车间主任和厂长的关口。这需要关系和钱，甚至直接和领导睡觉。车间主任暗示，只要让他睡，就能转正式工。车间主任是大胖子，我记得好像姓牛。那话儿又软，又小，像拍扁的蚯蚓，还没几下子，我还不知咋回事，他就完事了。他不满意，气咻咻地，又上手抠，才破了我的身。我的第一次，就给了这么猥琐的混蛋。

我看到躺在身边呼呼大睡的那头蠢猪，一夜没睡。我想，我这辈子，就在这纺织厂当个女工，累死累活，再找个男人，就满足了？

我不信。我在牛主任的那话儿上割了一刀，他嗷嗷地叫着，从床上飞起，又弹又跳，好似一只充气的猪。我飞快地逃离了他家，也逃离了纺织厂。

我也想干点正经营生。可干啥呢？啥都难做，我在麓城当过清洁工、酒店洗碗工，还当过保姆，工作累，收入也低。我一咬牙，就进了夜总会。没人逼我，我自愿的，尽管这也不是啥光彩事。我从郊县到麓城，无声无息地活，卑贱地死，我不甘心。我要钱，我要活得精彩。

楚天夜总会，服务这行，KTV，洗脚，洗头，打飞机，口爆，炮活，从“小钟”到“大钟”，我都做。我都忘记见过多少男人了。我成立天鹅夜总会，一般也不陪客，成了“妈妈桑”。但会所的贵客让我陪，我也只能立马脱衣服。我在楚天，经常一天出十个钟，全是“炮活”。有时躺在男人身子底下，就睡着了。我的下面是麻嗒的，空空荡荡，尿频，走起来兜风，好似四处漏风的柳条筐。陈中华嫌弃我“太松”，我还专门去美容医院，动过手术。嘴也是麻嗒的，发苦，全是那东西的气味。刚开始，恶心得我吃不下饭。每接一次客，我就使劲洗，洗得都脱皮。姐妹们就笑我，洗干净有啥用？这辈子洗不净了，女人，一旦劈开了大腿，一次和一百次、一千次，没啥区别，都是卖的。

时间长了，也就麻嗒了。

在KTV当“公主”，倒不那么恶心，但要不停喝酒，喝吐了，再喝。我就抢着唱歌，唱歌也能散酒。唱嗨了，出出汗，酒就醒了。不喝，客人撑开你的嘴，掰开你的腿，生生地往里灌。喝酒有提成，老板也看重你。我当公主时碰上了对手，叫“小牡丹”。她和我差不多大，身材好，酒量比我大，笑起来甜，贴面舞跳得更好，客人都喜欢她。

我啥事都喜欢争，这辈子就毁在这臭毛病上了。

一次，客人点了她，没点我，我气得扭头就走。客人说，咋的，生气了？我说，老娘自从入行，从没被人“退货”，太没面子。客人说，红妹你和小牡丹拼拼，谁喝得最多，谁就留下，喝趴下的滚蛋。我说，那有啥意思？小牡丹，咱们玩个大的，谁先喝趴下，就把对方的尿喝了，从此滚出楚天，敢不敢？

小牡丹长得狐媚，但不够狠，成不了什么事。当时她就有点屃。我揪着她的头发，薅到酒桌上。白酒、啤酒、洋酒，轮着搞。客人和其他姐妹都看疯了，高声叫好。我也不知喝了多少，酒猛地从胃蹿到鼻子，又从鼻子喷射到外面，像喷出一把锋利的水刀。我想继续和小牡丹喝，这才感觉脸上发腥。原来酒伤胃，胃出血，被酒激了出来。

小牡丹吓坏了，边哭边磕头，哇哇地尖叫着，像一头受惊吓过度的小兽，嘴里含含糊糊地说，饶了我吧，不要吃我！她的头磕在大理石桌面，“砰砰”作响，吓得一屋子看热闹的狗男女都不敢说话。她搞错了，我不吃人肉。我只是把胃里飚出的血涂满了嘴巴，就把小牡丹吓屃了。我毫不客气地跨在她身上，撒了一泡热辣辣的尿。她尖叫着跑出去，再没有回到楚天。你不狠，别人认为你是绵羊，必须硬到底，才能杀出血路。即使错了，败了，大家也敬着你。

从此我就是楚天的“头牌”，出场费每次一千元起，没人敢欺负我。

后来，小牡丹得了艾滋病，没人收留她。我给了她两万元，打发她回老家等死。她人不够硬，不能扛事，又太相信男人，就这样毁了。半年后，她死在老家，浑身长满烂疮，流出的臭水和屎尿淌满了被窝。出来混的女人，别管你再漂亮，再有钱，运势倒了，就完蛋了。如今我的运势也倒了，但愿我被枪毙的样子，比小牡丹好些。

你问陈中华？陈中华是我的“贵人”，也是我的“魔鬼”。我们会在地狱相逢。

我是冯国良介绍给陈中华的。浴场的灯永远是昏暗的，红红的，看不清。我第一次看到他，只感觉他是一个斯斯文文的中年人。他喜欢和我聊天，听我讲自己的故事，也给我讲有趣的事。他关心我，知道我生病了，还给我送药。我没谈过什么男朋友，有这么一个男人，恨不得把心掏出来，只要他对我好。可接触多了，我明白了，这男人是官，靠不住，我就想离开他。也有其他客人对我好。有个温州小商人，做厨卫生意，在麓城有两家店。他的老婆还在温州，带着一个女儿。他孤身在麓城，生意不忙，就来找我。他人还本分，胆子小，特别迷恋我。我和他好了半年多，也不戴套，就有了孩子。我们偷偷做了检查，是个男孩。温州商人高兴，他就想要个男孩。他要回老家离婚，风风光光地娶我。

陈中华强迫我到麓城人民医院，刮了孩子。这是我的第一个孩子！

我抱着那团带血的肉块，我的孩子，我无辜的孩子，号啕大哭。我哭得眼里都流出了血。后来我又为陈中华流过两个孩子，就再也不能生了。一个女人，一辈子没有自己的孩子。这都是我的报应。陈中华还找人打断了温州商人的腿，把他赶出了麓城。

我揣着刀子，趁陈中华不注意，扎伤了他。我要他给我的孩子偿命。我再给他偿命。反正我也活够了。他也是狠人，肚皮上缝了十几针，眉眼也不眨。他握着我的手，说，小红，我真喜欢你，可我不能娶你。你是我的红颜知己。你不能离开我。你扎我一刀，我不计较。我搞了你的孩子，害得你不能嫁人，我会补偿你。我要让你成为麓城地下娱乐界的女王。

我说，你说女王就女王？凭什么？

他笑笑说，就凭我是陈中华，你是邹玉红。我们是同样的人。我的老家在江西山区，比你们麓城的农村还穷。我也吃过很多苦。我拼了命，才考上大学，一步步走到今天。我们都是豁出去和这老天搏命的人。我喜欢你杀伐决断的劲头。你有野心，够狠，我要让你成为真正的女王……

陈中华讲话算话，但他还是摸出一把刀，从我的右眉到下颌，开了条长口子。他说这不是为了报复，而是让我记住，不能背叛他。否则，就不只是这条疤，而是一条命了。他要我生，我就生。他要我死，我就会死。

陈中华找人给我出钱，建起天鹅夜总会。他给各个方面都打了招呼。麓城黑白两道，也都对天鹅夜总会很客气。没多久，我挤垮了楚天，成了麓城地下娱乐界的女老大。陈中华让我学外语，学会计，学国学，学礼仪，说要提升我，让我这个“野鸡董事长”成为名副其实的上流人士。这些年，我对奢侈品了如指掌，什么香水，在我面前一飘，我就晓得牌子；什么口红，只要我闻闻，就明白厂家；LV，巴宝莉，Prada，我家的名牌包，整整一个橱柜。麓城和法国阿尔萨斯的下莱茵省有官方交流，陈中华还带我去法国酒庄过了一个月，他让我熟悉各种品牌的红酒。我这个初中毕业的“鸡头”，还去麓城大学上了一个MBA高级总裁研修班，想想都滑稽。

我在陈中华的帮助下，也是控制下，还涉足了房地产业。我这个女王，不过是皇帝的“提线傀儡”。他让我帮他挣钱，把我绑上了他的船，直至最后沉没。天鹅集团成立那天，是我人生辉煌的顶点。很多麓城市大领导，头面人物，都过来给我捧场。我那天穿了精心设计的一套白色职业套装，显得优雅自信。掌声响起，我站在剪彩台中央，接受着众人祝贺，我热泪盈眶。我想到了那块诱人的点心，那个红色塑料书包，我还想到了纺织厂牛主任，小牡丹，更想到了那个在主席台上温和地笑着的陈中华。

那些年，经过的事儿，走马灯似的在我的脑子里转悠。我明白，我不过是“风尘的传奇”。一个农村小女孩，没学历，没家庭背景，靠着心计、色相，靠着敢想敢拼，成了一家资产过亿的集团公司的董事长。这也是从来没听说的故事。集团成立那天，我手下接近二百个姐妹，都相互拥抱着，哭得一塌糊涂。她们说，我给她们争气了，她们说，啥时候才能熬成“红姑”，那得要伺候多少男人，喝多少酒，受多少罪，挨多少打……

但是，不管我再怎么努力，也成不了韩苗苗。我气急了，会飚方言粗话骂娘，我撇着腿走路，习惯媚笑着对男人。身子爬过那么多男人，就像堆满了厚厚尘土，太厚了，看不到顶，也翻不了身。美丽盛装下面，不过是涂满了魔鬼的唾液的躯体。

我第一次见到韩苗苗，就喜欢上了她。我喜欢看她跳天鹅舞。那天，她去应聘，到天鹅的迪厅领舞，当场跳了段芭蕾，太美了。我说，小妹，你不该来这里。这地方乱，我怕害了你。再说，我们需要更加性感的迪斯科、慢摇、霹雳舞，你会吗？苗苗二话不说，又跳了段机械舞，笑着说，红姐，我就是喜欢跳舞，啥舞都是舞，都有灵魂，没有高低贵贱。这里是乱，但我能挣钱，也能跳舞，我愿意，也不害怕，害怕就不来了。

我没想到她是大学生，是中学舞蹈老师。我佩服她的真诚坦率。她从没有看不起我，相反，却说我是女强人，也不容易。我们关系不错。但是，有一条，苗苗说了，她绝不去二楼浴场、三楼的推拿和四楼会所。如果我强迫她，就一拍两散。她说，这是她的底线，她“死”也不去。她有老公、孩子，还有能为她死的男闺蜜，她挺知足。

她笑起来灿烂，一口亮晶晶的白牙，直晃眼。苗苗是干净的，心和身子都干净。我也喜欢跳舞，但我这辈子成不了苗苗了。我曾想，如果有下辈子，我一定要托生在舞蹈老师家里，当一个和韩苗苗一样可爱的“芭蕾女生”。

是我把她骗入会所，拖入陈中华的胯下。我害死了她。

陈中华一眼就看中了她，非让我把她搞到手。苗苗只在迪厅领舞，从不上楼。她的警惕性很高。我没办法，就和冯国良合计，找陈中华的秘书薛畅帮忙。薛畅也是苗苗非常好的朋友。薛畅开始不答应，说对不起朋友。冯国良就威胁，说要到陈中华那里告状。他也就从了。那天苗苗在迪厅领舞，薛畅说给她引荐几个朋友，就带着她去了包房，见了陈中华。苗苗喝了杯红酒，就睡过去了。冯国良会配药，很多催情致幻的迷药都是他捣鼓的。苗苗就被陈中华搞了。陈完事了，冯国良又搞了两次。

苗苗醒了，又哭又闹，把我的脸都挠花了。我给她三万元补偿金。我了解她家里的困难，父亲有尿毒症，急需钱，就耐心引诱她当高级技师。苗苗开始不同意，后来也就应了。陈中华那段时间特别喜欢她，总来找她。我甚至看出陈中华有点想娶她的意思。我很嫉妒，气得发疯，冯国良说，别傻了，陈副市长也就是玩玩，骗骗她。否则，他就不会让我上手，在前面给他当挡箭牌了。陈副市长这人，只爱他的权力。他的目标是五十五岁进省里当常委。

苗苗的胆子太大，她竟想拿东西要挟陈中华。陈表面答应了，暗地里让我和冯国良商量，除掉苗苗。我虽然和黑社会也打交道，但杀人这种事，从没有干过。我替苗苗求情，陈中华坚决不同意。我看得出，如果我不做，被杀的也可能是我。郝大志是天鹅的马仔，也是退伍军官。他的腿在出任务时受伤，有点跛，就从部队退下来了。他也是郊县农村的。父母和村长争地，被村长夺了地，老爹还被打成重度伤残。他背着自制炸药，想和村长同归于尽。我帮他摆平了村长，还夺回了地。他欠着我条命。我找他来做，并答应给他十万元补偿费，让他事后躲到西北去。

你说那个冬至夜？我就是那天派郝大志去的。他身手不错，人也精细。我先让冯国良约苗苗出来，在半路动手，把她淹死在广利河，就说是失足落水。冯则谎称加班，找了一些同事，制造不在场假象。我还记得，冬至那天下着冷雨，麓城千家万户都在家里吃饺子。我在办公室，紧张，惭愧，害怕。我突然意识到，我和陈中华不是一路人，他是冷血动物，根本不能叫人，我做不到他这样冷酷。可怎么办呢？郝大志已在路上了。大概晚上七点多，郝大志打电话过来，说，事情凑巧，苗苗没从学校到冯家，而是从另一处直接到了冯家，冯国良的女儿冯露也在家。他藏在冯家阳台的花坛下，准备等苗苗出来，回家途中再干掉她。谁承想，一个男的来了，和苗苗争吵，捅了苗苗几刀，就跑了。

郝大志问我，怎么办？我说，你听清楚那男人是谁了？郝大志说，好像是她老公，叫夏冰。我也有些不知所措，就询问陈中华。他沉吟了下，让郝大志先进去，看看苗苗死了没有。如果死了，就马上追夏冰。如果没死，就先弄死，再去追夏冰。我问，追夏冰干什么？陈中华说，夏冰死了，死无对证。案子就成了铁案，夏冰就是杀人犯。郝大志翻窗户进去，看到冯露昏过去了，苗苗也流血不少，但还有气息，就对着苗苗的脖子和心脏，连捅两刀……

没错，我们都是魔鬼。陈中华这个魔鬼，什么都不怕，而且能根据情况变化，迅速做出有利于自己的判断和行动。郝大志杀了苗苗，就去追夏冰。他跟着夏冰去了他家，看着他给段观音留下了钱和一封信。夏冰离开母亲家，沿着闫千户街向北新大厦方向走，恰好经过广利河。郝大志想在这里打昏他，把他丢入广利河。

郝大志杀了夏冰？不是的。事情太诡异。世界上的事，谁也别想全盘控制，陈中华不行，贼老天也不行。我们等了半夜，郝大志联系不上了。后半夜，交警大队传过来消息，郝大志被一辆晚上拉货的拖斗大卡轧了个稀碎。夏冰却不见踪影。

我没说谎。杀苗苗我都认了，我没必要撒谎。我也没想杀大志，只想让他躲起来。我们推测，一种可能，是夏冰和郝大志搏斗，把他推到车轱辘下。这种可能性不大。以郝大志的功夫，又趁着夏冰不防备，不太可能发生这事。还有一种可能，就是郝大志倒霉。他正好碰上一个疲劳驾驶的卡车司机，夏冰则趁机出逃，离开麓城。有一阵子，我们也派人去云南找夏冰，想绝后患，也没找到。这事太他妈古怪了，好像冥冥中有人帮夏冰，难道这世上真有鬼神……

冯国良不是我们杀的，薛畅也不是我们绑架的。信不信由你，反正我不知道。如果是陈中华找人做的，他也没有告诉我。如果真是陈中华做的，估计我也活不过几天了。庆幸的是，你们在他弄死我之前，抓到了我。他几天前就叮嘱我，不要给他打电话，说纪委盯上了他，太危险。他正在想办法脱身。

葛记者，你想知道的，我都说了。谢谢你，听我叨叨半天。我死之后，如果你到苗苗那里上坟，记着给我带束花，替我说声对不起。

我是烂女人，无耻下贱，无恶不作，但我捐助的希望小学真是不错。孩子们学习都认真。我的名字肯定要从石碑捐助栏抹去，我不在乎。我只希望，不要因为我，两所小学，没人管了。你多为孩子们喊喊，让小学办下去。孩子要多读书，明事理，不要像我，为了钱，糊糊涂涂一辈子，没亲情，没友谊，也没爱，孤苦伶仃，守着一堆作孽钱，最后还是倒了运势。

葛记者，给你磕头了。你听，磕得响不响？见血，比小牡丹磕得响。

这是我最后的心愿。

再见！不对，来生也不要见了……

附录：

2018年4月13日，省内重大新闻：《麓城扫黄又建新战功 营造健康晴朗新时代》

近日，为进一步严控娱乐服务场所治安管理，严防涉黄涉赌违法犯罪活动反弹，确保治安稳定，麓城公安局严打涉黄涉赌违法犯罪，一举端掉了盘踞麓城长达数十年的地下黄色产业——天鹅夜总会。麓城公安局、武警、检察院和法院，通力合作，雷霆万钧，一夜之间，将这个社会毒瘤清扫干净，解救100余名失足妇女，抓获嫖客80余人，封存资产5处，涉案金额2000余万元，广大人民群众拍手叫好。据悉，天鹅夜总会为天鹅集团下属最大娱乐产业，数十年来，天鹅集团董事长邹玉红，涉足黄赌毒与房地产等产业，与麓城多名公务人员勾结，妄图打造一个麓城的地下王国。目前，邹玉红已经被依法拘押，案件正在进一步审理过程中。麓城警方表示，无论此案牵涉到谁，绝不姑息，对黄赌毒要坚持高压态势，誓还麓城一片健康晴朗的天空。

（本报记者：葛春风）

第十二章　在这神圣殿堂

你为什么不快乐？每一口干枯的井里，都有一个伤心至死的灵魂。

——《唐璜》

一

命运就是一条在冷雨街头逃避闪电的疯狗。无论快慢，姿势是否优雅，它都摆脱不了死亡的威胁。这也是一种无可奈何的致命诱惑。

再找不到夏冰，我也快疯了。

我又写了一个大型报道《“天鹅”覆灭记》，介绍了天鹅集团的罪恶发家史。郭社长回电表示，写得非常好，揭示了罪恶的社会根源。我却一点高兴劲也提不起。陈中华担任麓城市主要领导十几年，他的政策走向，很大程度影响了麓城的民生。如果没有他大力推动改革，也许没有麓城经济的发展，但这背后，又隐藏着怎样的罪恶？谁又能为十几年前，我们遭受的苦难，给一个说法？邹玉红不行，陈中华也不行。那些被放出笼子的欲望和野心，是否能乖乖回去？我迷惘。

我更关心夏冰的消息。

红姑被抓获，陈中华被拘押审查，天鹅夜总会也灰飞烟灭。可是，夏冰还没有出现。邹玉红和陈中华，都否认杀死冯国良，绑架薛畅。陈中华也布置人手，寻找夏冰，其中就有他安插在刑警队的内线。陈中华交代，不到万不得已，他不会动冯国良和薛畅。毕竟，他们都是心腹，了解很多情况，如果处理不好，事情可能会更糟。

他没想到，专案组盯上他一年多了，起因却是紫金庄园非法征地。省公安局和省纪委，收到很多举报，要求彻查陈中华。现在是“高压反腐”，没人敢压着不查。那桩十五年前旧案，纯属“拔出萝卜带出了泥”。这个失踪十几年的夏冰，撬动内幕，寄出关键证物——冯国良的记录本和韩苗苗的日记，让陈中华这伙人乱了阵脚，被各个击破。陈中华甚至一度以为，归来的夏冰，不过是专案组的“幌子”，用来扰乱视线，但冯国良的死、薛畅的失踪，让他真慌了手脚。

薛畅到底在哪里？冯国良怎么死的？

没人说得清楚。刚破获大案，扫除天鹅集团，又抓了一批腐败分子，省里给麓城刑侦大队和麓城纪委分别请立一等功。吕鹏正式升任麓城公安局副局长，兼任刑侦大队大队长。大家都喜气洋洋，寻找夏冰的事，就耽搁下来，只有薛畅的老婆经常去公安局，找吕鹏闹上一场。

吕鹏倒是忠于职守，庆功宴也不参加，继续在酒店和火车站搞摸排，说“夏不归案，何以家为”，搞得挺牛逼，挺悲壮的。手底下的警员，没少发牢骚，说“差不多得了，不能啥功劳都占了”“薛畅也是贪污犯，这么急救他干啥”，也有的说“姓夏的会自己跳出来”。

不过，我们基本断定，十五年前，夏冰没有死于郝大志之手。这对我们来说，是一个好消息。不管他将来是否进大牢，夏雨还有老爸，我们还有一个兄弟。

活着，不比什么都重要吗？

我想象着冬至夜奇诡的一幕，也猜测着故事结局。夏冰捅伤了苗苗和冯露。他以为苗苗死了，浑浑噩噩地走向母亲段观音的小区。那天夏雨也在奶奶家熟睡，他不了解，冰冷的雨夜，他失去母亲，成为杀人犯的儿子。晚上九点多，夏冰拿出准备好的钱和书信，抛到阳台上。段观音听到动静，看到了夏冰。冷雨依旧，路灯昏黄，雨丝衬着暗光漏下，细细密密，仿佛一万根微亮钢针。夏冰的灰色羽绒服湿透了，那些喷溅的血，从卷起的袖口，滴滴答答地摔落在泥土上。

路灯下有一个戴口罩、身穿黑色雨衣的陌生人。他走路稍微有点跛，沉默无语，手插在口袋，正盘算如何将夏冰打昏后丢入广利河。夏冰神情恍惚，肝肠寸断，他甚至模模糊糊地认为，那就是来自地狱的使者，召唤他去往死亡之地。恰巧，段观音目睹了诡异的一幕。她有些迷信，对神神鬼鬼的事都很敬畏。她眼睁睁地，看着儿子和诡异的陌生人消失在冬至雨夜。

夏冰一路行进，无数念头在头脑中飞快旋转。他离广利河越来越近，甚至闻到河水的腥湿气，听到浪花在雨中的呻吟。那时该快十点了，他找到附近的电话亭，拨通了吕鹏的手机，告诉他自己杀人了。扣了电话，夏冰隐隐听到，身后沉重的步伐有点零乱、犹豫，又有些迫不及待，仿佛战败后又再次响起的战鼓，杀伐之气虽然狰狞，却透出力不从心的疲乏。慢慢地，脚步越来越近，响彻天地之间，好似大地长出一条长长的透明丝线，一点点地将他捆得结结实实，无处可逃。夏冰猛地回头，耳边却传来一声急促喑哑又惊心动魄的刹车声，接着就是“嘭”的肉身飞起的声音、“哗啦啦”货物落地的声响，他不知道，那是不是地狱将近……

配合宣传，我还写了一篇《十五年沉冤待雪　雇凶杀人终有报》的新闻报道，主要是说的苗苗，也算捎带着给夏冰正名。当然，报道对案件很多具体细节进行了模糊处理，特别是苗苗做天鹅“高级技师”的事。这既不能抵消夏冰十五年前对苗苗和冯露的伤害罪，也不能解决夏冰绑架薛畅的案子。吕鹏本来不同意发报道，但考虑“敲山震虎”，也能间接给夏冰释放善意，让他放松警惕，促使他自首，才勉强答应了。

我又去苗苗家和夏冰家，希望找到线索。我对夏雨这孩子有很大愧疚。虽说是干爹，但这些年，我自我放逐，也是逃避。我想忘记麓城发生的一切，却无论如何忘不了。我的根在麓城，我的口音，无论怎么用普通话掩饰，总能泄露麓城的味道；我的血液，流淌着麓城的气息。无论我如何痛恨这个充满雾霾、柳絮、冷雨和狂风的北方城市，这就是我的青春和爱情所在地。

苗苗的母亲还不待见我，但也听说，我和吕鹏抓了“大腐败分子”，给苗苗“洗冤”，总算没有把我撵出门，也允许我和夏雨见面。老太太说，当年苗苗留给小雨一套二手三居室，韩苗苗死了，不久韩叔叔也病逝，肉联厂效益不好，老太太办理内退，一个月九百元，还要养小雨，度日艰难。这些年，挨到正式退休，老太太退休金才涨到两千元，也有了一个小超市，算是勉强维持。可惜的是，当年为给小雨治疗自闭症，韩家忍痛卖掉了三居室。当时房价还没有大起，也没卖多少钱。如今，小雨二十多岁了，想要给他再买婚房，却再也买不起了……

老太太唠叨半天，我大致也听明白了，就说，阿姨，我和苗苗是生死之交，我们虽然没在一起，但她的孩子，就是我的孩子。我现在省城单身，也不打算结婚，如果夏雨愿意跟我，就在省城安家。如果他不愿走，我帮他在麓城买房结婚，如何？

老太太面露喜色，嘴里却说，不好意思，怎么好拖累你。

我说，没啥拖累，我愿意。这些年，我的心早随着苗苗走了。

老太太哽咽着说，我身体不好，说不上啥时候就变成烟囱的烟，去寻苗苗和那死鬼老头子了，我就是放心不下小雨。

我想了想，又说，夏冰怎么办？如果他真回来了，他是孩子的爸，还要瞒着小雨吗？

老太太意味深长地看着我，一字一句地说，就算苗苗不是他杀的，总是他伤的，更何况，他现在还不知在哪儿。我不能让他再毁了小雨。你这个“干爹”，今后就做“亲爹”吧。

我说，那好吧，如果您见到夏冰，一定要劝他自首。

我又说，您放心，苗苗走了，有我在这里。

我的眼圈红了，老太太也直抹眼泪，叹息着说，造孽……

我也有个请求，就是让老太太原谅夏家，与段观音和解。毕竟，段观音这些年也吃了很多苦，她和段都是年逾古稀之人，何必老死不相往来。老太太想了半天，说，当年的事，谁能说清楚？苗苗这妮子，都是老头子的病拖累，她才跟那些人混在一起。你写那东西，阿姨也看了，啥女技师，苗苗就是“野鸡”，出去卖的。这也是我们对不起夏家。也难怪夏冰，他爱极了苗苗，啥事都纵容她，顺着她的意思，否则也不会走到那一步。

我看有戏，就主动请缨，要去夏家，给他们搭桥。老太太又说，其实这些年，夏雨这孩子和他奶奶有联系，我装着没看见。这些天，麓城天气不好，孩子身体不舒服，也没去店里，都是找人帮着打理，你和段观音那老东西说，就让她抽空来吧，一是看看孩子，二是大家一起吃顿饭，我给她包饺子。

夏雨身体不好，在麓城人民医院养病，说是发烧，还有点哮喘。这孩子身体素质从小就不好，有点随夏冰。我打通了段观音的电话，讲明来意。段观音有点神神叨叨，也很可怜，她听说夏雨病了，也就放下矜持，直接赶到了医院。

二

麓城不下雨，天却还阴着，风起得无缘无故，没头没脑，东到东环路，西至逍遥镇，南到夏津，北到六里坊，到处都燃着风，却带着冷，硬硬六角棱形，似看不见的干雪。都说是“风起云飞”，麓城的风，却是“风飞云起”，四处乱飞的风，托起无数阴沉的云山，破碎，等云山凝聚，再托起，再破碎。风不知从哪个角落，钻着飞，跳着飞，游着飞，摇摇晃晃地飞，鼓鼓荡荡地张着隐形而巨大的翅膀，好像一只只神秘的灰鸟，遮蔽了无人知晓的秘密……

麓城人民医院的病房，人不少，我赶到时，恰好看到两位老人，在给夏雨喂东西吃。尽管是白天，病房依然点着灯，病房嘈杂，是一种带着世俗烟火气的嘈杂，乱，但不讨厌，透着点暖暖的昏黄，掩盖了带血的纱布、屎尿的异味、福尔马林的狰狞气息和那些痛苦的呻吟。

那天太匆忙，我都没来得及仔细打量夏雨。他长得俊美，头发乌黑，修长的身材，线条分明的脸庞，一圈绒绒的胡子，挤在嘴边，显得有几分稚气。他脸色苍白，眼也是冰冷的，好像两块冻在很深的潭水底的黑石头，没有悲哀，也没有喜悦和热情，更没有迷惘。这不该是一个青年应有的眼神。他躺在医院的白色病床，好像又沉入自己的世界。

夏雨的身上，我甚至看到了母亲垂死的神态。

这是一个被情感的镰刀砍得体无完肤的孩子。他只有八九岁，人家就告诉他，你的母亲是骚货，你的父亲是杀人犯，你的父亲杀了你的母亲……我实在不能想象，夏雨是如何长大的。

韩家老太太，站在床的右边，轻轻地把枕头垫到夏雨身下，端出一个保温桶。段观音颤巍巍地，坐在左边床沿上，帮夏雨围上条毛巾。韩家老太太，从保温桶里举出一颗饺子，递到夏雨嘴边。饺子很白，胖胖的，润莹莹的，冒着点温温的热气，坐在一根白亮不锈钢勺子里，青绿色韭菜肉馅隐隐地裹在饺子皮里，凝聚了久违了的阳光。段观音也小心地伸出手，接在勺子下面，好似托着什么福气似的，喜滋滋的。灯光有点摇晃，安详，将两位老人的白发与夏雨的黑发，连带着段观音头上少数民族银饰，都映衬着发出柔和闪光。

夏雨伸出手，一左一右，抚摸着两位老人的脸颊，似乎笑了笑。

我看到韩家老太太和段观音，都震了一下，泪水夺眶而出……

我悄无声息地站在门口，没有打扰他们。如果苗苗活着，夏冰没有逃亡，此刻应该是他们陪在夏雨身边。夏雨已经是大小伙子了，可在亲人眼中，他还是一个孩子。我能替代他们，帮助夏雨重新建立生活信心吗？

我不知道。我这个老光棍，真没有信心……

是你呀？我的耳边忽然传来女人的声音，有点沙哑。

我回头看去，一个身材颀长的女人，穿着白大褂，戴着淡蓝色口罩，站在医院的走廊。

你是冯露？我失声说，你在麓城人民医院？是医生？

贵人多忘事，冯露笑着说，我不是医生，是麓城人民医院计算机控制中心的。

我还真忘了。一次偶然邂逅，这位“爱唱歌的小兔子”竟也与我的生活有着诸多牵扯。我想到她的父亲冯国良，不禁有些黯然。冯露看到我的神态，大致明白我的意思，平静地说，父亲害人终害己，他迟早有那一天。我们都无法改变别人，只能改变自己。

我点头应着，却听到有人又说，你俩咋凑在一起？我和冯露看去，竟然是吕鹏。

吕鹏丝毫没有刚升官的喜悦，相反却有点沮丧，头发乱蓬蓬，胡子也冒出来很多，眼神里都是空洞和不甘。我说，吕大队长，这么狼狈？

吕鹏苦恼地对我说，哪个地方不对，整件事都不对，都能说得通，但还是不对。

我说，自寻烦恼，夏冰不久就会出现，一切谜底都会揭开。

冯露向我们告辞。我看着她的背影，不知怎么，感觉很像苗苗。这女人也可惜了，不但毁容，而且毁了音乐事业，只能在医院打发无聊的日子。

吕鹏皱着眉，看样子，还在苦思冥想。突然，他揪住我，压低声音说，野猫，你到底和苗苗睡过没有？我老脸一红，支支吾吾，说，你问这干啥？ 吕鹏板起脸说，别装纯情，实话实说，这对破案有帮助。

我必须承认，每个人都有秘密。我的确和苗苗“好”过几次。1995年，临近大学毕业，我背上处分，毕业分配得很差，情绪沮丧到极点，经常独自喝醉。苗苗跑来看我，我躲着她。她竟然在我的宿舍楼下，冒着大雨站了一个多小时。

我不知如何面对她。一个黄昏，我还是在图书馆被她堵住了。苗苗的眼神幽怨，又有一种坚定决绝的东西，让我无法抗拒，也无法回绝。苗苗拖着我去了演奏厅，那里刚新装修过，等待我们的毕业晚会，再重新开张。这么多年了，我还记得，我们在舞台上，背后是一片热带雨林风景幕。风从台下偏门钻进，一排排座椅黑洞洞地张着嘴，似乎变成阴森森的枪口。我们强烈地亲吻，大汗淋漓，呻吟声像河水泛滥。我们飞快旋转，把红漆木地板踩得“咚咚”作响。天地好像只有我们两个人，也好像有数不清的人。我们听到嘲笑和掌声，听到宏大的音乐和嘈杂纷乱的脚步。我们仿佛置身于千万人目光下，置身于一个偌大黄金祭台。

苗苗说，当她呆立在宿舍楼下，绝望地等着我。她看到许多灯亮着，许多云山惨叫着倒下去，惊世骇俗地崩损成漫天黑色羊群，一排雷跑过天空，腥湿的雨从天边飘来，似扯落了一天白亮亮的星。一切在雨水里那么模糊和暧昧。她第一次感到世界如此遥远陌生。她没有哭泣，因为冷雨从她的每一个毛孔打进来，这样的雨，让人滋生一种绝不回头的勇气……

苗苗说，她要把自己给我，如果我不要她，她会疯掉的。

黄昏很快过去，我们穿上衣服，去操场上看星空。想着苗苗惹人怜爱的身体。我知道，也许从此以后，我将永远失去她。仰望星空，我感到生命在飞腾，月亮是一艘乳黄色巨船，在墨蓝墨蓝的天空中行驶。那一刻，苗苗虔诚地许诺，要用青春和生命押一份不同寻常的爱情，不同寻常到让所有平庸、世俗的目光像狂风一样尖叫。

可是她错了，没有不同寻常，一切都将衰老，一切都将过去，像滚滚东去的流水……

想起那些往事，我的心中充满了奇怪的情感。二十多年了，那一幕幕却好似刚刚发生在昨天，历历在目。我承认和苗苗发生过关系，但也告诉吕鹏，那都是苗苗和夏冰结婚之前的事。他们结婚后，我发誓，绝不介入他们的生活。

吕鹏若有所思，继续说，那奇怪了，哪里也找不到夏冰。他能藏哪里？这不，我又转悠到人民医院，听说夏雨生病了，到这里看着点，看夏冰会不会来。

我说，你该吃吃，该睡睡，夏冰还没抓到，你先垮掉了，可不成。

吕鹏点头称是。我们就在门口看着夏雨和两个老人。整整一个下午，就这样消磨掉了。我要请吕鹏喝一杯，顺便给他庆祝一下。吕鹏推不过，就打电话，让手下民警，继续盯着夏雨，然后订了一家酒店，非要请我。

我坐着吕鹏的车，来到酒店门口。突然，我也觉得哪里不对劲，摸了摸口袋，多出一样东西，硬硬的，像一个信封。我掏出信，没封口，信皮有一个血红的“忿怒莲师”唐卡图样。

我沉声对吕鹏说，老吕，你看，这是什么？

吕鹏把火熄了，刚想下车，警惕地“咣”地又关了车门，把我的头按下去，拔出乌黑的手枪。他逡巡四周，见没有什么可疑的人，才和我一起打开信封。

一张A4纸，上面打印着三个大数字：314。数字上面，有一个大大的，血红的叉。

纸张底部，还打着一行小字:“麋鹿”回来了。

三

我昏沉沉的，好似困在一个梦，醒不过来。

我躺在一条湿软的河流里，耳畔是熟悉的，悦耳动听的音乐，但怎么也想不起名字。我漂浮着，懒洋洋的。河水有点冷，哗哗的水声，束缚着我的身体，又给我一种安详的稳定感。我仿佛记起，二十几年前，一个夏天，我和苗苗、夏冰、吕鹏还有薛畅，去广利河游泳。我们年轻的身体，没有皱纹，没有大腹便便，也没有臃肿的大腿和下垂的眼袋。我们自由自在地畅游着，苗苗和夏冰接吻，吕鹏和薛畅连声怪叫着。我仰面躺在河水中，看着蓝蓝的天空，耳边是朋友们的欢声笑语……

河水突然变黑，无数人脸从幽深河底浮出，我挣扎着想逃走，可怎么也不能移动分毫。我看到那些沉在水里的脸，似哭，似笑，似喜，似悲，仿佛一个个圆圆的茶杯盖，闪烁着一层釉质光芒。那些脸有薛畅、苗苗，也有夏冰。它们在河水中翻滚，慢慢地聚拢在我的周围。它们露出白森森的牙，噬咬我的身体。我拼命扑打，没人理我……

我清醒过来，手脚都被捆着，头上火辣辣的痛，应该是晚上，四处一片黑暗。

嗓子干干的，咳嗽，也吐不出些什么。我慢慢适应了眼前的黑暗，感觉是被关在一间不大的屋子，被捆在一张木头椅子上。屋子很破败，没什么家具，只是墙角有一张简易行军床，好像还有几个简单橱柜。四面墙黑黢黢的，散发着浓重霉味，好似很久没人住了。很多窗户都破碎了，没有月光。我侧耳听去，有淅淅沥沥的雨声。应是在郊区，一切都静得可怕。没有车轮跑过的声音，更没有人声。阵阵寒气，从破窗户滑进，瞬间变成一片片碎碎的凉意。

我怎么在这里？我努力回忆，慢慢想起，吕鹏看到我收到的信，非常紧张，这意味着我也有可能遭遇不幸。我对此倒没有太大惊奇。夏冰早晚会出现，只不过，我想不通他为何对我有这么大怨气。他是埋怨我没有为他申冤？还是气愤我没有照顾夏雨？那个奇怪数字，也有意思，这是一个日期？我把这十几年的3月14日都捋了几遍，没有发现什么奇特之处。或者说，这是一个神秘密码？我百思不得其解。

吕鹏劝我在家里，不要出来，他会在我家楼下，设置监控组，肯定能把夏冰逮住。我在家里待了两天，主要照顾母亲。母亲的病日渐沉重，我每天帮她翻身，擦脸，洗衣服，醒来时就喂点东西。剩下时间，我就呆坐在阳台，想象夏冰出现的场景。郭社长一直催促我回去，说你都走了一个多月了，再不回来，就开除啦。我还是拿母亲说事儿，其实想等夏冰的消息。一连几天，夏冰没有出现。我倒突然收到吕鹏的电话，说邹玉红和陈中华都判了，俩人都是死刑。我有点吃惊，按理说，这么大的案，跨越几十年时间，怎么也要审上半年，没想到速判速决。陈中华还有个缓期一年执行，邹玉红已经执行死刑了。

我想起对邹玉红的承诺，就去给苗苗上坟。吕鹏反对，不想让我出意外。他说，薛畅还没找到，再把你搭上，我可后悔一辈子。我心里感激，但这么拖，也不是事，就说，我正好给你引蛇出洞，有何不可？吕鹏嘴上反对，其实心里对夏冰的事也很着急。于是，那天下午，我就去苗苗在不语山的墓地。吕鹏也和我一起送花，去看苗苗。

不语山还是青山绿水，墓碑还是庄严肃穆，苗苗在照片上，对着我们甜蜜地笑。我说，苗苗，安息吧，红姑让我给你道歉。她也去天上了，原不原谅她，你看着办。还有就是夏冰，我肯定给你全须全尾地带来，我要让他活着。夏雨也有我照顾，你安心在那边享福吧……

吕鹏也有些伤感，拍着墓碑，说，老吕也来看你了，你还是那么年轻漂亮，我们可都老了，我也告诉你一个秘密，年轻那会儿，我暗恋你呢，可你看我现在，还是刑警，跑多了路，腿又酸又痛，床上也不行喽，你嫂子说我是麓城警界第一快枪手……

我哭笑不得，捶了下吕鹏的肩膀，说，没正形，苗苗在天上看着呢。

我们仰头，一朵白云，缓缓飞过。瞬间，蓝天变成一大片美丽的幕布。

我和吕鹏正聊着，一个警员急匆匆赶来，低声说，吕队，发现一个疑似夏冰的人。

吕鹏警惕地说，哪里？跟上了吗？

警员说，段观音监控组的消息，我们通过她家附近的摄像头，发现了一个可疑男人向左右邻居打听段观音的消息，问段观音家里有人没有。我们立刻跟上，人还没走，是一个头发花白，戴着口罩的男人。我们怕打草惊蛇，小孟正远远地坠着。

吕鹏显得精神抖擞，说，这小子耐不住了，我就说，夏冰如果回来，肯定联系段观音，他可是孝子，告诉小孟，别跟丢了，我马上就来。吕鹏又对我说，你自己小心点，我有消息，就电话你。我让警队的小高跟着你，你抓紧回吧。

我看着吕鹏急匆匆地走了，心中挺复杂，既希望他找到夏冰，又不希望他真抓住夏冰。我在苗苗墓前，又待了半小时。小高催我回去，说警队还有事。我让他先回，他不肯。我只能跟着小高，一步步地远离了新二区。我们越过一片果树林，才能到达不语山墓园停车场。

就在这时，出事了。一个身影从果树林冲出来，先用电击枪放倒了小高，接着，我又被重重地打了一棍，登时感觉像后脑被人扎上了十几根刺，疼得晕了过去……

回想整件事，我立刻叫起来，夏冰，你混蛋，要杀我，也要当面说清楚！

我的声音，在空旷的房间回荡。突然，灯光亮了，雪白的光柱，照得我的眼睛，都有点睁不开。接着，就是墙上和桌子上各种灯都亮了，有节能灯，也有装饰灯，还有一个台灯。我这才发现，四面墙贴了很多画，还有字。地上放着几十根小蜡烛，也次第亮起。烛光摇曳，灯光明亮，这间屋子，看着非常眼熟。这间衰败的房子，此刻成为一间光和记忆的世界，神圣安详的殿堂。

我看到一幅字，赫然就是当年薛畅送我的："离情苗恨夏，阅人生风雨。"

它怎会贴在这里？我满腹狐疑，又看了看，墙上贴着不少夏冰和苗苗的合影，也有我的照片，日期从1992年上大学，一直到2003年苗苗去世。每张照片下面，都用钢笔标注着时间地点。

墙体上挂了不少音乐家照片、演唱会现场图片。墙上还画了很多树木、小草、野花和各种小动物，有麋鹿、猴子、天鹅，也有成群的鸽子。时间久了，这些画都有些模糊。墙上还挂有一幅素描画，竟是穆陶当年画的“相爱的酒徒”！画纸有些发黄。画面中，我和苗苗、夏冰三个人，三个相爱相杀的年轻人，手拉着手，正在饮着酒，表情既疯狂又迷醉。

我毛骨悚然，这到底是哪里？这些东西，为何会出现？

我环视四周，突然想起“314”这个神秘数字。这原来就是苗苗和夏冰在启蒙中学的老房子。我所在的，应该就是这栋职工公寓的三楼，314房间。正是十多年前的“苗苗的客厅”！

怎么可能？这栋楼怎么可能保持那么久？难道说，我时空穿越了？还是我依然在梦里？我流着泪，几乎疯狂地喊，夏冰，出来见我！我仿佛回到十几年前，回到了温馨热闹的“苗苗的客厅”。我好像看到小孟、小敏、姜氏兄弟、穆陶，我们大声说笑，酒杯相碰，发出“叮叮”的清脆声音。我们热烈地讨论艺术问题，探讨人生出路。我们也激烈争论。我们如痴如醉地看着夏冰伴奏下苗苗的天鹅舞……一切都那么清晰。好似就发生在身边。

隔壁房间传来脚步声，门推开，一个穿风衣、头发花白、戴着口罩的男人，推着一辆带滑轮的绿色破旧婴儿床，慢慢走过来。我一眼认出，那张床是我当年送给夏雨的，是一张“爱斯博儿”。当年它花掉了我两个月工资。床上绿漆已脱落得不成样子，保险木也掉了，床上赫然绑着一个人。那人身上也盖着条毛毯，手脚太长，伸展出婴儿床，显得非常诡异。口罩男“唰”地摘掉毛毯，绑着的人，竟是失踪已久的薛畅。他脸上都是血，神志也不太清楚，嘴里还堵着东西。

你早就收到“死亡请柬”了吧，这应该是第二封，为什么不把它交给吕鹏？恐怕还是希望夏冰可以逃走，你不希望警察抓住他。“口罩男”开口说话，声音清澈平静。

我浑身一震，的确是这样。其实我回麓城的重要原因，就是因为收到了那封“死亡请柬”。我隐瞒这个情况，就是为了见夏冰。

看着这里眼熟吧，“口罩男”继续说，启明中学撤销后，这里的职工宿舍被整体卖给麓城人民医院当后勤仓库。这里是郊区，离市中心挺远。我把这里租了下来。明年，麓城的第一条高铁就要穿过这里。这里也会被彻底拆掉。

你是？我浑身发颤，一个怀疑的念头，在心里升起。但我说什么也不敢信，这是真的。

我是夏雨。“口罩男”摘掉假发套，也抹下了口罩。

我是从眼睛认出的他。那是一双冰冷的眼，黑眼仁好像两只冻在很深潭底的黑石头，没有悲哀，也没有喜悦和热情，更没有迷惘。这不该是一个青年应有的眼神。

再也不用演这出蹩脚的戏了，夏雨伸了伸懒腰，有点满意地说，说出一个秘密，真是畅快。虽然秘密能害死人。

我的头脑中盘旋着无数疑问。我想起薛畅反复提及给我的那幅字“离情苗恨夏，阅人生风雨”，最后两个字，不就是“夏雨”吗？难道他在提醒我都是夏雨搞的鬼？他为什么不直接举报给吕鹏，或者，报告他的主子陈副市长呢？

我的头都要炸裂了。我摇着头，说，我要见夏冰。我要听他的解释。

没有夏冰。夏雨淡淡地说，一开始就没有夏冰，爸爸十五年前就死了。

你解开我！放了你薛叔叔！我嘶吼着，真老了，我悲哀地想，绑着一会儿，肌肉都麻木了。

还不行。夏雨沉声说。他摸出盒烟，抽出一支，静静地点燃，充满灯光的废旧房间，飘荡着烟草气息。他踱着步子，来到墙角，拉开雨布，底下赫然是一套破旧音箱。我认出来，那是夏冰的索尼低音炮。夏雨插上电，摁下播放键，音箱传出低沉的男低音演唱，庄严肃穆，深情无比，回荡在这个诡异房间内。仔细听那歌词是：在这神圣的殿堂，人们不知道仇恨/假如有人堕落，慈爱会拯救他/他会得到朋友们的帮助，走向更美好的地方/在这神圣的城堡，人们都彼此相爱/没有那阴谋诡计，仇人也彼此宽恕/谁若不能从这里得到欢乐，他将被人们抛弃……

夏雨望着我，眯起眼，说，《魔笛》选段——《在这神圣的殿堂》，萨拉斯托男低音咏叹调，勒内帕普真声原唱，葛叔叔，你最喜欢。当年聚会你喜欢播这曲子，我小时都当催眠曲听呢。

夏雨，先放了我，有什么事，慢慢说。我也冷静下来，思考如何摆脱目前困境。

你不想听听我的故事？夏雨说，你不想了解，这一切怎么发生的？

我挣扎了几下，没啥鸟用，索性闭着眼，听夏雨诉说：

“我喜欢在这间废弃房间抽烟，发呆，回忆生活的每一个细节，回想那些人和事。我在这里，度过了一个个孤独夜晚。你看过东野圭吾的《白夜行》吗？雪穗和亮司，杀死了无耻的大人，就终生注定要行进在那茫茫白夜之中了，‘我的天空没有太阳，总是黑夜，但并不暗，因为有东西代替了太阳，虽然没有太阳那么明亮，但已经足够了’。写得真好。”

四

我出生在这座时间凝滞的废墟。

我的生命的第一个感受，就是音乐。柔和的，粗糙的，长的，短的，窄窄的，圆圆的，那些音符，就从那台老索尼低音炮中飘出来，在美妙旋律之中，逃跑，飞翔。我就沐浴着音乐的幸福音符，雪花似的音符，我感到特别安详，好像在妈妈黑暗而温暖的子宫里。我听到母亲在呼呼大睡，看到父亲奋笔疾书的身影，他写着点什么。我清澈的眼神，越过高高的婴儿车木栏。那些木栏，散发着好闻的木头香气。我的目光，碰撞在婴儿车上方三角铁星星上，发出清脆声响。

我叫夏雨，我问过爸爸，为什么叫这名字。爸爸说，他叫夏冰，夏天的冰，又冷又热，只有你这场热情的雨，能融化这块冰。

我爱这简陋却祥和的家，我爱爸爸这块“冰”。

我也喜欢你。葛叔叔，你说是我的“干爹”。你给我买最贵的果冻，举着我，在空中旋转。我咯咯地笑着。但是，我看得出，你的目光，更多在妈妈身上。你们偶尔目光相遇，会心一笑。我长大后，才明白，那是情人之间的眼神。我甚至喜欢你们的聚会。尽管，你们如此吵闹，全然不顾我尿了裤子，哇哇大哭，也全然不管邻居的投诉。你们唱歌、跳舞、画画、打牌，谈天说地，无比快乐。从我记事起，这里就是我心目中的乐园，没有烦恼和忧愁。

我渐渐长大了。这世界怎么有这么多不快乐的人和事？

妈妈和爸爸也总是吵架，开始为了你，后来就是些琐事。爸爸爱上了喝劣质高粱酒。启明中学在城郊，附近农村经常做便宜的高度白酒。爸爸一声不响，听着音乐，一杯一杯地喝，脸色通红，直到“扑通”倒在地上。妈妈不理他，独自生闷气，只有我吃力地把爸爸拖到床上。他个子高，很重。我给他擦脸，给他倒水喝，帮他脱下臭烘烘的鞋。他曾经英俊帅气的脸，已经有了皱纹。那些皱纹，像细细红线，弯弯曲曲地咬在爸爸的额头。他的背也弯了，头上有了白发。我使劲地抹着那些皱纹。我多想，如果我的手是一把温暖的“小熨斗”，该多好哇。我要熨平爸爸额头的皱纹。我要让爸爸永远年轻。我可怜的爸爸！没人理解他，也不再有人欣赏他的才华。他只能寂寞地教着几个学生，拿着微薄收入，还要忍受奶奶和妈妈之间无休止的争吵。

爸爸渴望演出，每当有演出机会，他才能短暂地结束和妈妈的争吵，也能拿到报酬。他和妈妈一样，狂热地热爱着演出。我喜欢爸爸和妈妈盛装出场的场景。我在麓城市演播大厅、麓城大学演奏厅，都曾看过他们的演出。爸爸一身笔挺黑色燕尾服，穿着洁白的衬衫、锃亮的皮鞋。他的头发梳得干干净净，矜持地坐在钢琴前，手指在黑白琴键上起舞，仿佛月光流泻在平静湖面。妈妈一定穿着白色紧身芭蕾舞服。他们在舞台上永远是焦点。他们是王子和公主。他们是善良的“麋鹿”和高贵的“天鹅”。他们唤起观众如痴如醉的眼光，在风暴般掌声中徐徐谢幕。

我恨妈妈，她总是很晚回家，身上是恶心的气味。她对爸爸越来越冷漠。她很少照顾我，也从不做饭。我每顿饭，都是爸爸在做。妈妈和爸爸吵得更厉害了，我常听到他们谈到“钱”。妈妈说，姥爷得了严重的病，需要钱。姥姥家的房子漏雨，想更换下，也需要钱。妈妈说，这间314“苗苗的客厅”，太寒碜啦！她想换一套大房子，带两个卫生间，有琴房和书房，有一间大会客厅。这也需要钱。妈妈甚至说到我。她说，夏雨有音乐天赋，我们要好好培养，我们最差也要给他买一架舒密尔钢琴。这也需要钱。你看咱们这个家，哪里还摆得下一架钢琴？妈妈很早就让我记诵五线谱，练习一些简单钢琴曲。妈妈说，我的儿子小雨，要成为莫扎特、肖邦！最起码也要成为殷承宗和傅聪！

妈妈，这不是我想要的。我努力练钢琴，不过是为让你高兴，让你满意，让你和爸爸不要吵架，让你早点回家。妈妈变了。她经常穿一些华丽衣服，用昂贵化妆品、名牌包，去高档饭店。妈妈更多提到的，是一个叫“老冯”的人。后来，我才知道，那就是冯国良。他是振华中学校长，又生财有道，经常给妈妈钱。妈妈用那些钱给我买钢琴，给姥爷治病，还给姥姥和姥爷家买了一套二手的三居室。

爸爸喝酒更凶了，经常乱发脾气，得罪了很多人。渐渐地，很少有人请他演出。我去上学，一个同学，是振华中学教务主任的儿子，他鄙夷地说，夏雨，你爸爸不是音乐老师，他现在是“垃圾佬”，你就是一个“垃圾娃”。我哭着跑回家，问爸爸，为什么他变成“垃圾佬”。爸爸暴怒了，我从未见他这么生气。他脖子的青筋，都要迸裂而出了。他高高地举起手，却迟迟没有落到我的身上。他“啪”地打了自己一个耳光，接着，他开始快速打自己耳光，一下又一下，越来越快。他的鼻子出血，脸肿了，眼都眯成了一条缝。我拉住他的手，说，爸爸，我错了，你不要打自己！你打小雨好啦。爸爸抱着我，泪如雨下。我小心地给爸爸擦眼泪。我的确闻到，爸爸的眼泪有一股垃圾的味道。这是从来没有过的事儿。我又难过，又害怕。

爸爸说，小雨，爸爸要你保守一个秘密，可以吗？我努力地点头。爸爸说，他的手发颤，甚至不能弹琴了。这个秘密，爸爸谁都没说，但他给我看了。爸爸说，就是因为这个原因，爸爸不能当音乐老师。爸爸让我保守秘密。爸爸说，如果你妈妈知道，我连琴都弹不好，就会离开咱们。我为爸爸的信任感激。不管如何，他都是伟大的爸爸。我给爸爸买酒喝，买香烟，我甚至偷偷从妈妈的包里给爸爸拿钱买酒。我每次买酒，都和卖酒的王老头讨价还价。王老头说，夏老师有这么可爱的儿子，冲着小雨的伶俐劲儿，也要多给些酒。

我忠于爸爸，给爸爸保守秘密。爸爸激动地拥抱了我，用满是酒味和硬硬胡茬的下巴，扎我的脸。他幸福地说，小雨永远是爸爸最好的朋友。我说，比葛春风叔叔都好吗？爸爸沉思了半晌，说，小雨，无论何时，要相信“葛爸爸”。他有原则，讲义气，是一个可以托付的人。

你说冬至夜？我晓得你要问。那天晚上，我在奶奶家，刚睡下，就听到奶奶在阳台上叫。我爬起，问奶奶什么事。奶奶担心地说，你爸，也不知发什么神经，丢进来一包东西，就走了。我马上穿好衣服，跑下楼。我看到，细如牛毛的雨丝，爸爸失魂落魄地向前走。他没带伞，雨把他的头发和衣服都打湿了。我下楼时，给爸爸带了一把伞。爸爸下午带我来奶奶家吃饺子。奶奶又说妈妈的坏话，说她是婊子。爸爸发脾气走了，为什么又折返回来？怪异的是，爸爸身后，还跟着一个跛子。他穿着厚厚的雨衣，戴着口罩，手插在雨衣口袋，默默地跟着爸爸。

跛子是不是坏人？我担心爸爸，悄悄跟着他们。我看到跛子和爸爸向广利河边走。爸爸要干什么？我很想赶快跑过去，但我很害怕跛子。他肯定是坏人。我就喊，爸爸，快跑哇！后面有坏蛋！我的嗓音清脆，穿透层层雨幕。

我拼命地喊，喊得气管都要飞出来了。爸爸终于听见了，茫然转过头。跛子被发现了，赶紧向前冲。他掏出一根黑黝黝的铁棍。我捡起块石头，朝他头顶砸过去。他要打爸爸，我和他拼命。跛子没防备，看到我，愣了下，石头敲在他的头上。他刚想抓我，没料到，街上闯过一辆大卡车，把跛子撞得飞起，翻滚出很远，再也不动了。

我哆嗦着，跑过去，抱住爸爸，哇哇大哭。我说，爸爸你怎么流血了？我发现，爸爸身上，都是血。爸爸茫然地说，有人出车祸？我说，爸爸，那人要打你，被撞飞了。爸爸想了想，搓着手，说，回家，咱们回家。他背起我，我们飞快跑着。我说，爸爸，回奶奶家吗？爸爸摇头，说，咱们回314。那是我们自己的家。

我们回到家里，爸爸开始疯狂翻柜子。他把平时的衣服带了很多，还让我多带衣服。他拿了演出用的燕尾服。前些天，奶奶刚给他熨平了。他还带了夏天的汗衫和短裤。我说，爸爸，咱们搬家吗？爸爸说，咱们到云南，奶奶的老家去玩，好不好？我很高兴，我还没有去过云南。可是，我对爸爸说，我还要上学呢，怎么跟老师请假？爸爸不说话，只是发疯地翻找。他把妈妈的衣服，都踢出来，却找到了一个硬纸盒，里面放着日记本。他皱着眉头，翻了翻日记，突然哈哈大笑。爸爸笑得眼泪都出来了，像哭，他说，苗苗，你干了什么？我都干了什么？

我担心地说，我们去云南玩，不带着妈妈？爸爸猛地清醒过来似的，说，爸爸做了不好的事，妈妈被我打伤了。爸爸带你走，好吗？咱们再不走，就会被人抓住。爸爸会被抓到监狱去！

你把妈妈杀了？我哭起来，你为什么要杀妈妈？

爸爸脸色苍白，他对着妈妈的衣服，深深地鞠躬，嘴里念念有词。他颤颤巍巍地，指着妈妈那件银色狐皮大衣，说，不是我的错！对不起！不能怪我！记住，小雨，这不是我的错！

爸爸，我抓着他说，咱们赶快逃跑吧。

是的，现在该走了，爸爸紧紧抓着我的手，喃喃地说，谢天谢地，这一切都结束了，我们该走了。我们再也不回来了。

我们冲下楼。楼道黑乎乎的，没人看到我们。我们沿着广利河跑，爸爸说，他要找一辆出租车。雨更冷，更密了。我的伞，早不知丢哪里了。我浑身哆嗦，牙齿打战，好像要发烧了。我死命地抓住爸爸的衣襟。爸爸带着我，拖着一个大行李箱，在河边来回找。那天是冬至，大家在家里喝酒、吃饺子，出来跑出租的司机很少。

我们找了半个小时。没办法，就在广利河边的一个石墩上坐下。我靠着爸爸，他身上的血腥味熏得我想吐。爸爸默默地把羽绒服脱下，裹在我的身上。我们就在冷雨中瑟瑟发抖。我想到，妈妈现在怎么样了？她死了吗？如果妈妈没死，我们怎能丢下她呢？

爸爸！我实在忍不住，哭着喊他。

什么事？他生硬地回答。

我很害怕，他的样子吓人。我怯生生地说，我们回去吧，去看看妈妈，我们不能丢下她哇，我们要去救她……

对！爸爸浑身发颤，猛地从石墩上坐起，好像有了新决定，他嚷着说，我们要救她！爸爸给警察叔叔打电话。

说着，爸爸领着我，到了附近一个电话亭，打了电话。他打完电话，又搓着手说，小雨，你是大孩子了，这里的路，你也熟悉，你先回奶奶家。爸爸去找妈妈，好吗？

我点头，刚转过身走，想想又不对，我回头，见到爸爸从另一边跑了。他丢下我，自己逃跑了！我没命地叫，一声接着一声，刺破了雨幕，我的心里，简直害怕极了。我赶紧去追爸爸，他跑得飞快，上气不接下气，眼看就追不上了。我在路上，找到了爸爸落在地上的口罩。我赶紧捡起，再看时，爸爸消失在视线里了！我两腿颤抖，嘴里腥甜，要昏过去了。

我可怜的爸爸！他杀了妈妈，丢下自己的儿子，一个人逃跑。他是一个天才音乐家，怎能干这种事？他也不能没有口罩！他会被警察抓到。可是，我怎能找到爸爸呢？

爸爸！我用尽最大力气，大吼了一声，滑倒在泥浆里。我几乎昏了过去。迷迷糊糊地，我发现一个高大的人影。是爸爸呀！他肯定不会丢下我！我一阵高兴，却看到爸爸将箱子丢在一边，抹了把脸上的雨水，猛地把我举在半空。许久，他一动不动地盯着我看，雕像般，眼珠都不转，恶狠狠地，只有鼻翼发出呼呼气息。他抓着我的脖子，越来越紧，我简直无法呼吸了。我害怕极了。我说，爸爸，放我下来哇，不要杀我。我是你的儿子，你的好朋友夏雨！

我大哭，爸爸仿佛如梦初醒，赶紧把我放下。他紧紧搂着我，抚摸着我的脖子，他的热泪，流到了我的脸上。他说着，对不起，对不起。我哽咽着，不太害怕了。我想，爸爸肯定是恢复了。他打开箱子，把一件雨披翻出来，说，我忘了，咱们带了雨衣。你看，很快就不冷了。

爸爸背着我，我顶着雨披。我趴在爸爸温暖的背上，放松下来。我感到困极了，但我不敢睡，我害怕爸爸再把我丢下，一个人跑掉。我牢牢抓住他。我问爸爸，咱们回314吗？还是回奶奶家？爸爸平静地说，先送你回奶奶家，我躲在学校旁的废井里，你晓得，等没人跟着你，你悄悄来看爸爸，好吗？

那口废井，在启明学校旁的春晖服装厂院子里。服装厂倒闭了，院子闲着，长满了荒草。我小时特别喜欢和爸爸在那里捉迷藏。特别是夏天，那里开满野花，有小刺猬、蚱蜢，还有很多麻雀。我和爸爸就在废井四周的蒿草中藏身。那口井很深，但是干的，有股神秘气息。一次，我和爸爸捉迷藏，他藏在那里，怎么也不出声，直到我吓得哭，他才大笑着钻出来。

爸爸藏在那里，的确是一个好地方。我又担心，爸爸要是再丢下我怎么办？我大声说，爸爸，你说话算数！爸爸摸着我的头说，你给爸爸保守秘密，谁都不能讲，奶奶不能说，姥姥不能说，警察也不能说。我保证不离开你。

我当时太小，没有想过，爸爸藏在井里，不能陪着我一辈子。他如果不逃走，迟早会被警察捉到。但那时，我害怕极了，就像快要淹死的小蚂蚁，拼命抓住一切东西。

我说，你放心，爸爸。我又想起妈妈，担忧地说，妈妈真死了吗？我急得又想哭。我现在是没有妈妈的孩子了。爸爸说，你记住，这不是爸爸的错，也不是妈妈的错。这是一场悲剧。我那时还小，实在不能理解“悲剧”是什么意思。

爸爸终于打到了出租车，把我送回奶奶家。我抓着他的手，说，你不要骗我，爸爸。爸爸什么也没说，挥挥手，又上车走了。我敲门，奶奶看到我，一把将我搂着怀里，脸都吓白了，说，小雨，你跑到哪里去了？我累极了，倒在床上，呼呼大睡。我做了很多混乱的梦，梦到满脸是血的妈妈，发疯似的爸爸。我“呜呜”地乱抓，惊醒了，满头都是冷汗。

模模糊糊地，我看到家里来了很多人。他们是警察，穿着吓人的警服。他们在奶奶家，仔细寻找着，低声地询问奶奶。奶奶只是哭，一概摇头。等他们走了，奶奶偷偷地问我，小雨，见到爸爸了？我不回答。奶奶追问了我很多次。我都不答，问急了，我就哭。奶奶又说，你爸是不是跑了？去云南了？我还是不回答。奶奶不再逼我，她抱着我的头，呜呜地流泪，说，苦命的孩子，你可咋活，可咋活呀！……

我想去找爸爸，可浑身发软，头发热，一点力气都没有。我走在地上，像踩在棉花上，左摇右晃。奶奶给学校打电话，给我请假，把我抱上床，量体温，喂我吃药。我吃了药，特别想睡觉，我睡起来，想跑，还是不行，头疼得厉害，又睡觉。这样反反复复，这一天都在断断续续地睡觉，我实在又累又难受。我就想，那就做梦吧，梦中也能见到爸爸和妈妈。妈妈还是浑身是血。她在跳舞，流着血跳舞。她跳了一圈又一圈。我跑过去，抱住她，说，妈妈，你怎么在这里？妈妈身上，没有好闻的香水味，全是血的味。我恶心得想吐，可还是抱着她。妈妈面无表情，她像提线木偶，身上又硬又重，她甩开我，继续旋转、舞蹈。滴滴鲜血，从她的眼里钻出，瞬间就爬到下巴上……

过了一天，我好多了，就和奶奶说，要去上学。我假装去学校，就溜到服装厂。我想，爸爸躲在废井，没有东西吃，肯定饿坏了。但我又想起，爸爸曾带着家里的饼干，心里稍微安定了点。我从奶奶的厨房，拿了很多馒头，还有咸鸭蛋。爸爸可以顶上一段时间了。

那口废井，井沿上长满青苔，井口黑黑的，全然看不到光亮。我小声喊着，爸爸，在吗？我的回声，弹在井壁，又撞到我的耳朵，发出“嗡嗡”声响。我慌了，带着哭腔说，爸爸，你这个大骗子！我给你拿好吃的，你不要小雨了吗？我使劲把头向井口伸，继续喊爸爸。没人回答。我的眼泪，从眼窝掉到井里。我该怎么办？

什么好吃的？爸爸饿死啦。

我听到有气无力的声音，从井底冒出来。我破涕为笑，爸爸果然在井里。他没有骗我。我赶紧把馒头和咸鸭蛋，丢了进去。我说，爸爸，吃饭啦，我还给你拿了矿泉水。说着，我又把水也丢进去。我听到那些东西，“嘭”地撞到井底，爸爸却没有着急去捡。他问了我家里的情况。我说，爸爸，赶快吃吧。我这才听到爸爸“吧嗒吧嗒”吃东西的声音。我又让他赶紧爬上来。他说，还是继续躲着吧。

我听到他说，接好喽！有一样东西“嗖”地从井底丢上来。我看到，是一本日记。爸爸说，儿子，把东西藏好，等你长大，就明白啦。我说，爸爸，你要走吗？爸爸说，先在这里休息几天，我去云南你舅爷爷那里。我答应你，一定回来接你。你把妈妈的日记藏好，保守爸爸和妈妈的秘密。你记住，爸爸和妈妈都是被别人害的。你长大了，不要报仇，要好好生活。如果一定要报仇，就二十岁以后吧。那时候，你再决定要怎么做。

我慌了，哭着说，爸爸，你说什么？我听不懂。你不要抛下我。妈妈死了，你也不要我了。这是为什么哇……爸爸叹息着，声音又从井底冒出来，却越来越微弱。爸爸说，你要相信爸爸，我一定来接你，你要坚强，答应爸爸，要守好这个秘密。

我又和爸爸说了一会儿话，听到他的声音越来越小，到后来，就是“呼呼”地打呼噜的声音。我想，他太累啦，吃饱东西，就困了吧。我就是这样，吃饱了就想睡。我就说，爸爸，我明天再来看你。爸爸没有回答。我又说，我一定保守秘密。

第二天下午放学，我才找到时间，又跑去那口废井。我喊爸爸，没人回答了。我喊了许久，哭了许久，才看到井沿的青苔被人用石头划开，写着歪歪斜斜的几个字，小雨，坚强，好好活着，我会回来接你。爸爸。

这就是我和爸爸在这世界上最后的讯息联系了。

我那时还小，不明白爸爸的苦心。他骗了我，是为了让我好好活下去。他本想逃亡，但带着一个孩子，显然不可能。我又坚决不和他分开，让他错过了最佳逃走时机。他甚至动了杀机，要带我一起离开人世。爸爸躲在废井，不过是延迟与世界告别的仪式。他已决心去死。

我十七岁那年，服装厂废弃厂房要拆除，土地折价卖给温州商人。商人要在这里建一批高档住宅区。我悄悄潜到废井下，找到了爸爸的骸骨。他头枕着旅行箱，搂着妈妈那件破烂不堪的芭蕾舞蹈服，已化身为一具白骨。

我还在井底，找到了破碎的鸡蛋，霉烂成粉的馒头残渣。

我丢给他的东西，他根本没吃。他假装逃走了，并留下口讯，就是让我有个念想，能够坚强地活下去。

我的爸爸，一个善良的音乐家，一个过失伤妻的罪犯，一个心碎的丈夫，在井底，他活活把自己饿死了，但看姿势，他死时很安详……

五

葛叔叔，故事还没有讲完，可不能睡觉啊。

一个人心里，有了一个致命秘密，就如同养大了一条蛇。它每天都在长大，它在你的血管里冷笑，钻进你的心脏，卡在你的气管，让你无比痛苦。它变得又粗又滑，它把你的呼吸都挤占了。它早晚会和你同归于尽。

我从不到九岁，就开始养大这条“蛇”。

我在奶奶家住了几个月，就被接到姥姥家。奶奶和姥姥，大吵了一架。我倒不太在乎这些。我天真地想，爸爸肯定是去云南了，他安定下来，一定会来接我走。冬至夜，我似乎哭喊出了一辈子的声音。我失声很久，不能唱歌，甚至不能讲话。这种情况，一直持续到十二岁左右，才好转了。但我要给爸爸保守秘密，我也不再相信这个世界。我决心在世界面前保持沉默——直到我认为，应该与人说话的那天。这些年，为了不丧失语言能力，我悄悄地对着大地讲话，对着植物说话，对着小动物说话。它们都比人更诚实善良。

人都是这样，不管再悲恸，时间总会抹去记忆，冲刷掉所有东西。这些年，我也不是完全没说过话。我记得，上中学时，我们班上最漂亮的女生，愚弄一个胖同学。胖同学特别喜欢她，给她买零食、电影票、衣服。但是，每当胖同学要和她亲近，她就用最恶毒的语言，咒骂他，说他是蠢猪，不可救药，是浑身臭味的肥肥。胖同学躲在角落痛哭。我告诉他，你要坚强，要好好活下去。他很惊讶，我这个自闭症哑巴，为何开口说话。

但是，他还是太悲伤了，就像父亲，他们都是被“悲伤”打垮的人。一天做早操，胖同学就在我们全校师生面前，从最高教学楼跳了下来。他临跳楼前，一刀刀割掉了自己很多肉。因此，他摔下来，不是一个流淌着脂肪和血液的肉饼，而是一张干干的肉饼。他的血和肉，都留在了对女生自卑的渴望之中。

为什么？人们要互相欺骗？互相嘲弄对方？所谓“爱情”，就是肉身的贪婪和谋求利益？所谓友谊，就是互相利用？所谓亲情，就是相爱相杀的发泄？

人是多么残忍、无情、愚蠢和自私的动物啊。

葛叔叔，爸爸告诉我，要相信你，有事要找你。可是，自从妈妈死了，你从未认真和我说说话。我找不到你。你急着逃离麓城，是不是也是为逃避我？

你不用解释。你还不如薛畅这个人渣，好歹他还有点“形象面子工程”。

我十九岁开了这家超市。你不要以为薛畅好心。他总在有意无意地向我打听日记的下落。他肯定知道不少东西。妈妈的日记，我读过很多遍，熟悉了每一个黑暗的字符。我明白，爸爸和妈妈争吵的原因，妈妈如何掉入别人的陷阱。我发誓，报复这些无耻的家伙。一个都不能放过。

我只是一个无权无势的小哑巴，如何斗得过这些人？

我想办法，慢慢来。我首先盯上了冯国良。没想到的是，老天都这么帮我。我经常化装，在他家附近偷窥。一天晚上，他们家彻夜狂欢，开淫乱派对，所有人都喝得酩酊大醉，烂醉如泥。我摸进他家，居然找到了他记事的本子。他每次搞淫乱，或者帮贪官和商人们勾结，总会记录下来。我在那个本子上，看到了妈妈的名字。我偷走了本子。

前不久，陈中华手下的“四大金刚”之一，原化工厂厂长王大庆落马，麓城的官场和商界都在猜测纪委是否也在查陈中华。我听到有人在我的超市闲聊，就马上意识到，我的机会来了。我想，不管是陈中华、邹玉红，还是薛畅、冯国良，最怕的，肯定是爸爸的消息。他们最害怕爸爸还活着，而且回到麓城。那么，他们的麻烦就大了。

我从机械厂的孟冬叔叔那里搞到了几颗子弹。他有个在武装部工作的叔叔。孟叔叔喜欢钻研枪械，就弄了些子弹，正好被我拿走了。我又用了奶奶的“忿怒莲师 ”的唐卡，吓唬这些胆小鬼。哈哈，真是过瘾。

我给冯国良寄了“死亡请柬”。他怕得要死。他不知道，我上次潜进他家，就在他家的几瓶酒中，都悄悄放了伟哥。我从医院了解到，虽然“冯大肚子”身体不错，但他的心脏很有问题，就怕剧烈药物刺激。冯国良老实了几天，又忍不住要找人开淫乱派对。感谢上苍，他居然喝掉了那瓶泡有伟哥的红酒。我看到那瓶酒，喝掉了三分之一，但被小心地收藏在酒柜，就晓得那肯定是拉斐一类的好酒。老天帮我，解决了第一个恶人。

什么？我跟踪你？我的确跟踪过你，我更想通过你获得薛畅的信息。但是，没想到这混蛋贼得很，他经常去超市看我，早对我起了疑心。但是，他不知道爸爸死了，他只是怀疑，爸爸回来后，利用我报复他们。也许他良知未泯，或者他没有十足把握，总之他并未将消息告诉吕鹏和陈中华，而是隐晦地透露给了你。我也很顺利地给他寄去了第二封“死亡请柬”。我趁着他停车买东西，偷偷爬上车，用网上买的防狼喷雾喷晕了薛畅，把他带到了这里。

薛畅有什么罪？你可能都不太晓得，我这几天，每天逼问他，很多事，我都大吃一惊。是他，把妈妈出卖给了陈中华；是他，帮着陈中华，监视妈妈；也是他，在冯国良面前搬弄是非，让爸爸丢了工作，从音乐教师成了清洁工；还是他，把你出卖给陈中华，致使你被关进了看守所。

你不相信，亲自问问这个畜生。

我不会杀他，但会割掉他的舌头，这是多么恶毒无耻的舌头！

我爸就在你身后的床上。那个白色骨灰盒里就是夏冰。他的骨灰，他的灵魂，正在注视着你们，正在看着他的儿子完成最后的复仇。

葛叔叔，没想到，你胆子这么小，一副“口条”让你吓成这样。你也不要吼叫，我会放了你，不是因为你是好人。相反，你也是“罪人”。你引诱了妈妈，无耻地介入我们的家庭，让爸爸和妈妈总存在隔阂。你还在爸爸妈妈死后，为了前途，远去省城，和很多不三不四的女人睡觉。你辜负了爸爸的期待和信任。

这第三封死亡请柬，其实才是第一封。如果你还记得314，记得苗苗的客厅，你会找到这里。我会原谅你。但是，你让我失望了。你早遗忘了这里，遗忘了最美好的记忆。吕鹏也真笨，我不过雇了一个人，调虎离山，装成爸爸的样子，去奶奶的小区晃了晃，就引得他们上钩了。

我会放了你。但我要对你施加的，将是比对他们更大的惩罚。

你不知道吧，妈妈的日记很多处都写到你，还有抄写的你写给她的情书。这本日记，隐藏了另外一个秘密。这很狗血，但我不得不实话实说，妈妈在日记里说，你是我的“亲生父亲”。爸爸就是看到了这篇日记，才万念俱灰，选择饿死自己吧。

“春风之后，才是夏雨”，我真想不到，妈妈给我取这个名字，还蕴含着这层隐晦意思。这本日记，现在吕鹏那里。我寄给他了。他研究了很久，假装不知，直到抓捕邹玉红，才亮出来当撒手锏。我没有撕去那一段，那会让吕鹏产生怀疑。他读了这些日记，对你的身份也产生了怀疑，甚至怀疑，你当年参与帮助爸爸逃走。

你不用痛苦，也不用自责。一切都晚了，我不会叫你“爸爸”。我的爸爸只有一个，那就是夏冰。而对一个父亲最大的惩罚，莫过于当着他的面，杀死他的亲生儿子。人这辈子，怎么都是死，艰难的，幸福的，最终都会走向神秘虚无之地。我不过是先行一步。我要你一辈子生活在痛苦和自责之中。你不负责任的轻率之举，是造成苦难的源头。

我就要死了。没什么可留恋的。

我早就厌烦这个无情无义的虚伪世界。我活到今天，就是为了等机会报仇。复仇的最高境界，就是让“所有痛苦”在“死亡”之后，继续延续下去。我的一生，注定要永远行进在茫茫冬至之夜了。这是我无法摆脱的梦魇。你的余生，也不会走出那个冬至夜吧。我现在割腕，血会慢慢流干，大概不到半个小时吧。我已经给吕鹏打电话了，他多半已经在赶来的路上了。

来吧，让我们再听听这首《在这神圣的殿堂》，多美的音乐，可惜没法再听到了……

第十三章　地狱来信

梨花淡白柳深青，柳絮飞时花满城。惆怅东栏一株雪，人生看得几清明？

——苏轼《东栏梨花》

一

乍暖还寒的春天，即将过去。雾霾，也终将散去。气温升高，各种生物都躁动起来。狗们在花丛下谈着恋爱，太阳在榆叶梅的枝条间，闪耀着灿灿的头颅。梨花盛开，绽放着淡白花蕊，柳树湿漉漉的，青黑得日益茁壮。麓城的柳絮，也越来越多了。这些飘飘荡荡的白毛毛，仿佛温暖的雪，剪碎的鹅毛。这些轻薄无根的无情物，只有风是它们的朋友。它们南飞，又北飞，将一切笼罩在白茫茫的世界。黝黑的广利河，青翠的不语山，麓城的大街小巷，高楼大厦天台上的信号发射塔，都被裹在这些白绒绒的小爱物之中了。

我爱上了麓城的黄绿色共享单车。我骑着它，在麓城的大街小巷穿行。我发现，我曾经熟悉的麓城，有了那么多改变。很多街道拆除了，很多新建筑拔地而起。有的地方，改了名字，原址还在。近日，为了迎接最新“创城”指令，政府发动卫生大检查运动。家家户户，都打扫垃圾，清除楼道占用物，铲除街道和电线杆上的不良小广告。红星机械厂还是破产了。它的原址，也将在一个月内定向爆破。不久的将来，这里将建立一座高档住宅小区。街上整洁多了，黑车司机经过整顿打击，也几乎销声匿迹。很多街道，都挂着一个长长红色条幅：“扫黄除黑，净化环境，专项整治，城市清洁，举报有奖，人人有责！”……

我即将离开麓城。临走前的晚上，吕鹏兴致勃勃地拉着我去看流星雨。

我说，两个油腻中年男，看啥流星雨？搞得太烂漫，这“基友情”，会让嫂子怀疑的。

吕鹏捣了我一拳，说，想得美，老子是正牌直男，人总要有点爱好嘛。

双子座流星雨，是2018年最大规模的流星雨。它在5月6日夜间11时，达到高潮。这一个小时，有一百二十颗流星划过天空，令人眼花缭乱。双子座流星雨似乎是从蓖麻星附近辐射出的，但它们实际是3200号小行星法厄同留下的碎片流。法厄同直径约三英里，每一点四年绕太阳一周，其轨道比任何已知小行星都靠近太阳。法厄同接近太阳，温度会上升到七百摄氏度，这导致了它脱落碎片。碎片颗粒大约有一粒沙子那么大，当它们离开小行星，会以每秒二十二英里速度坠入地球大气层，然后燃烧殆尽。

白、黄、蓝、红和绿色组成的长长光弧，不断划过天际，天空成了一片辉煌的盛宴。我和吕鹏大声呼喊，声音不断扩散，最终在极远的天空成为一缕旅行的音波。我们又跳又叫，好像回到了大学时代。那时我们还年轻，我们还有很多朋友。

那些短暂而灿烂闪烁的流星，美得惊人。我揉揉眼，泪水止不住流下来。我在那些流星的光芒之中，看到了好些熟悉的脸庞，是那些死去的人，有朋友，也有仇敌。那三颗并排在一起，快速飞跃的星，是苗苗、夏冰、夏雨；那颗胖胖的流星，是苗苗的厨师爸爸；而那些挤在一起乱飞的，有我的工友大老李、技术员小周，那些在化工厂大爆炸中死亡的朋友；还有丑陋邪恶的，不断闪烁的，那肯定是邹玉红和冯国良啦；我甚至看到了父亲和母亲。他们都是年轻时的容貌，他们彼此挨得紧紧的，如此幸福……

我被救出后，昏沉沉地睡了几天。恢复了一些，我还是要求回家照顾母亲。吕鹏说，夏雨已火化了，问我是否亲自送他最后一程。我们将夏冰和夏雨，安葬在不语山苗苗墓地的两旁。下葬全过程，段观音和韩家老太太，始终两手紧握，互相搀扶，她们互相叫着姐姐、妹妹。段观音说，佛会为好人祈福。她们来世，必将幸福圆满。韩家老太太也平静地说，姐姐，咱们不久也要来这里了。老太太平静地对我说，实话对你说，我自己的女儿，我最了解。她和夏冰没结婚，肚子里就有了孩子，我就有些怀疑。我当时也问过苗苗，她支支吾吾。我心里就有数了。当初，我不想让你接近夏雨，就是不想让这个秘密曝光。后来，我把夏雨托付给你，也有让你们团聚的意思。谁承想，这里面还有这么多事？我该早一点告诉你，也该早点和夏雨说。这都怨我。我这把老骨头，早该死了。我怎么也想不到，小雨走在了我的前面……

韩家老太太泪流满面，我也无法自持，只能握着她的手，让她不要再难过了。段观音闭着眼，嘴里念叨着，阿弥陀佛，冤孽。这一切都是冤孽。

我和吕鹏，小心翼翼地把杂草拣拾出来，还有小石子。我要帮他们一家人，清理出一个干净住宅。石子会硌到苗苗的手。苗苗是舞蹈家，非常在乎自己的手型。我把小雨、苗苗、夏冰，并排放在墓穴之中。我说，苗苗、夏冰、小雨，好好地睡吧，不语山是好地方，山清水秀。等着我，我就在你们旁边，也起一个豪华一居室，永远陪着你们。我还要听你们一家人合唱《费加罗的婚礼》呢。

一个静谧的春夜，母亲也离开了我。

我整夜守着母亲，困了就睡一会儿。我的梦中，总是出现那个凄风冷雨的冬至夜。风声呼啸，冷雨凄苦，我看到夏冰、儿时的小雨，还有苗苗，他们一家三口，就手牵手，行进在这茫茫黑夜，茫茫冷雨之中。他们都是浑身血迹，面无表情，一步步地走向远方。我在梦中痛哭，在雨中拍打着地面，直到双手都是血，哭到极心痛，就哭醒了自己。擦干眼泪，我听到了母亲“哎哟”的呼唤声，忙拉开灯，却见到母亲坐了起来。

我问她，感觉怎么样？是不是要喝水？她摇摇头，坐直了，把我拉过来，仔细地打量着我，喃喃地说，春风，不要太苦着自己。我说，没啥，我挺好。母亲的头脑非常清晰，说话也正常，她问了我的情况，还说感觉身子清爽，想吃我做的汤面。我又惊又喜，难道说，母亲有恢复的迹象？我高兴地哽咽着说，妈，天越来越暖和，春天都要过来了，你也会越来越好，等你再好些，我就推着你去不语山游玩。母亲说，你高兴就好，我这里有你妹妹和妹夫，你还要找个女人，照顾你，你也是四十多岁的人了。

我应着，忙不迭地去到厨房，给母亲做面条。可是，当我端着热气腾腾的面条出来，母亲斜靠在床上，微笑着，永远地离开了我。我这才明白，她醒过来，就是要在茫茫黑夜，最后看一眼儿子，最后叮嘱她的儿子。

她不放心这个心里满是伤疤的儿子。

处理完了母亲的丧事，我见了很多老朋友。机械厂彻底破产，孟冬这两天在家里没事，来找过我好几次。他头发花白了，但还是那么帅，从前像吴彦祖，如今更像吴秀波了。他和小敏还是那么恩爱，走到哪里，都牵着手，令人羡慕。他报名参加非洲援建项目。他自信地说，我是高级工程师，搞了二十年机械，肯定能找到用武之地。我还年轻，还能搏一把！我们还在监狱里看望了薛畅。薛畅痛哭流涕。我安慰他说，一切都过去了，让他安心服刑。穆陶也回来了，他跑到五台山，成了一名少言寡语的僧人。他也不再画裸体，专门画各种佛教题材壁画和油画。他说，他要回到麓城西郊成济寺，赎自己从前的罪孽。我还专门到酒吧街，给姜氏兄弟捧场。他们也不再搞重金属了，改行弄阿卡贝拉（Acappella）了。兄弟俩人，又找来两个高音和一个低音，凑成一个无乐器伴奏的“人声组合”，大获成功，受到了麓城市政府的资助。

我们还集体结伴，去石小军的绿色生态小养猪场参观。养猪场规模不大，收拾得倒干净。石小军卖猪肉很用心，微信公众号也挺火。大家商量着，今后组团从他那里买猪肉，也算帮衬他一把。十多年过去了，石小军还是那么“不着调”，充满各种稀奇古怪的想法。他在每一个猪栏前，都配上了一首小诗。每天下午，他都给乌克兰大白猪、大约克夏种猪、中华长白猪，播放莫扎特和贝多芬的音乐。大家看着沐浴着美好音乐的小猪，都哈哈大笑，打趣小军说，听着音乐的猪，就是“音乐猪”，长得更快，肉更好吃，吃了“音乐猪”，没准也能学会唱歌吧。他笑着说，这是让小猪们活得舒服点，它们生于卑污，死于人的口腹，实在可怜。另外，这也让他想起那些美好的日子，想起“苗苗的客厅”。

春天来了，麓城的城市建设也如火如荼。吕鹏问我，可否愿意再看看314，最后看一眼“苗苗的客厅”。当年启明中学移交给麓城人民医院的固定资产，包括那栋三层简陋职工宿舍，都已经上了爆破名单，正准备定向爆破。我想了想，还是答应了。我们驱车来到了城郊，没有下车，就远远地看着。那栋孤零零的宿舍楼，此时披上了红绸，等待着最后的时刻。只听得一声尖锐的哨音，我们先看到大楼摇晃了下，仿佛是喝醉的巨人，大地都在颤抖。然后，它才缓缓地瘫倒。那爆炸声，是隔着一两秒，才传了过来。先是“嘭”的一声，接着是连续不断的“咔咔”“嘣嘣”的声响，仿佛一连串天边传来的极嘹亮又极深远的雷声，再后面，才是钢筋水泥、碎石玻璃破碎倒下的声音。我们坐在车里，还是感到了地上的颤动，那冲天而起的粉尘。

我们沉默着。我的眼湿润了。一切都消逝了，没有痕迹，那些沸腾的、残酷的记忆，那些美丽的、浪漫的回忆，谁还会想起那些流星般逝去的人和事？

大时代来临了吗？还是一个大时代已经悄然走远？

这是我们一代人即将退场的仪式吗？

吕鹏骄傲地告诉我，麓城就要通高铁了，到时麓城的房价还要涨。他说，野猫，你们这些跑出去的，想回来买房子，可不容易了！麓城的大目标，是再过二十年也进入GDP万亿城市序列，那可是大都市俱乐部的标准，吕鹏眼中闪烁着麓城人的自豪。

可人生还有几个二十年？我还能在二十年后，看到麓城的辉煌吗？

不久的将来，一条银龙般的高铁，将横穿过“苗苗的客厅”。舒适的客人呵，你们在宽大的动车椅子上昏昏欲睡，是否能听到优美庄严的歌剧，有人轻轻地唱着歌谣？

夏冰、苗苗和夏雨，他们在天上，他们将永远活在飞速疾驰的火车上空，照亮无数寒夜，无数没有星星的夜空。

二

是该告别麓城了。

郭社长催促，让我回去，国际博览会报道组组长的位置给我留着，马上就要到位。晚上，我和妹妹与妹夫聊天到很晚。他们都劝我回麓城定居。人走得再远，也走不出家乡。我可以申请到报社在麓城的记者站工作。我说，再考虑考虑吧。妹妹说，哥，你也老大不小了，安下心结婚吧。这也是妈妈的心愿。我许久没有出声。这一切之后，我还能过上正常人的生活吗？

小外甥在旁边嘟哝着说，麓城有啥好？省城有啥意思？我才不要一辈子在这里。

小外甥上高中，学习不错，他的目标是清华大学。清华大学毕业，你想留在北京？我打趣他说。小外甥自信地说，看情况啦，如果我的托福成绩高，我就申请去美国。我要去曼哈顿，去纽约，我要站在人类文明的顶端！小外甥挥挥手，很恢宏的样子。他的眼中，闪烁着光芒。我们都笑了。在他的身上，我看到了青春。我只是想告诉外甥，当年，我也曾这样想过。

收拾行装，和亲友告别，又耽误了两天。我终于踏上了归途。吕鹏在追一个跨省的儿童拐卖的案件，没时间来送我。他给我打了电话，缓缓地说，野猫，我不劝你一定回来，你看着办吧，但如果你愿回来，我非常欢迎。当年咱们一起玩的朋友，不少都走了。走一个，少一个。你回来了，就多了一个。你要多保重。我有点感动，吕鹏这家伙，平时大大咧咧，有点老警察的痞气，实际是个热心肠。

清晨，我离开小区。雾霾散去的天空，格外清爽动人。太阳浮在小区的楼角，好似躲藏的孩子的笑脸。我和买菜的邻居打个招呼，拖着行李箱，在小区门口等出租车。我猛地听到耳边“吱”的刹车声，抬头看去，是一辆满是灰尘的红色破普桑。一个黑粗胖大的男人，摇下车玻璃，小声对我说，哥们，去汽车站？坐我的车吧，出租车打表二十元，我这里十五就行，你照顾下生意。我循着声音望去，竟是那个“黑车80后”！

还真是“人生何处不相逢”。

我哑然失笑，说，老兄，黑车查得这么厉害，还敢出来跑？他也认出了我，笑着说，真巧了，那天不好意思，把你丢在机械厂。我连声说，没事，他也眨眨眼，说，我不也没收你车钱？你再坐我的车，咱们就算扯平了。我笑了笑，也没说啥，径直坐了他的车。我从省城来麓城，是他接来的，我离开麓城，还是要他送。

去汽车站途中，我们聊了一路。我说，现在黑车打得紧，风险太大，不如干点别的。“黑车80后”叹息着说，都不好干，干啥小生意都赔，他又没有文化，只能在这行苦受。我说，现在治安挺好，税降低了不少，天鹅集团完了，也揪出这么多腐败分子，你去申请一个正规出租车牌照，踏踏实实地跑运营，要不然，当个滴滴网约车司机也行哇。“黑车80后”说，我们麓城，比不了大城市，更比不了省城，没那么多流动人口。出租车手续贵，我没那么多钱买车，更没钱每个月给出租车公司交份子钱。网约车最近总出事，管理也严格了。麓城人口少，使用滴滴打车软件的人不多，没那么大客流量。为了照顾出租车生意，麓城一直限制网约车的发展。

没法子哇！“黑车80后”感慨着，搞垮了天鹅集团，麓城娱乐业也完了，晚上都没人出去玩，也没钱玩了，几个大工厂，效益都不好。没人出去玩，都憋在家里和网红聊天、掼蛋、斗地主，我们的生意也就完蛋了，别说我们，就是正规出租车，夜班的客人也最少减了三成……

听着“黑车80后”发牢骚，那辆破普桑，终于开到了汽车站。他不敢停留，在稍远的地方停下，让我自己走过去。我冲他挥挥手，祝他多挣点钱。他挺开心。我拖着行李箱，刚想进车站，就听到一个女人喑哑的嗓音，葛大记者，这就走啦。我看去，一个戴着口罩、长发披肩的女人，孤单地站在车站门口，定定地望着我。

竟然是冯露。

我笑了，说，今天这是咋了，总碰到意外，上次我回来，碰到你，这次要走，又遇到了你。冯露说，这可不是意外。我早上给你们家打电话，你妹说你刚走。我本想给你发微信，可又想让你惊喜一下。我们家离车站近，就赶紧过来，看能不能碰上你，我刚下车，就赶上你到了。

我开玩笑说，大侄女，见我干啥？

冯露说，这称呼听着那么别扭，能叫你春风大哥吗？

被一个三十岁的有些姿色的女人，喊着叔叔，总是一件不太愉快的事。我这个厚脸皮的油腻中年大叔，也就答应了。我问冯露，是不是要来给我送行？

冯露说，春风大哥，能请你吃顿饭吗？想听你聊聊案件，你是知情人，又参与了整个过程。很多事，警察也不告诉我。我想听你说说。

我想想，她毕竟也是受害者，也是当年惨案的见证者。她有权利了解真实情况，也就答应了。我坐上冯露开着的一辆比亚迪，离开了汽车站。今天又走不成了。我们找了一家安静的咖啡馆，我从头到尾，原原本本地将案件介绍给她。冯露摘下口罩，只是低着头，小口地啜着一瓶维他饮料。她时而激动，时而伤心，眼泪从那长长的睫毛滑落，打湿了桌上那块深褐色的桌布。她中间没有插话，直到我讲完，这才说，真是惨，也挺匪夷所思。

这么说，夏雨……他真是你的儿子？

我痛苦地闭上眼，我不知道，也没有做过DNA测试，苗苗在日记里这样写，想必不会错。我很难想象，夏冰读到这段时，内心的震撼和痛苦。总之，是我对不起他们。如果当年，我在麓城大学，不是因为好奇，结识了夏冰，就不会有后面许多悲剧。人生就是这么多偶然！它在不经意间，改写了我们的命运，还在嘲弄着我们自以为是的选择。

他们都死了，而我的一生，也这样了……冯露越哭越伤心，趴在桌上，不能自持。

我赶紧给她递上纸巾。冯露抓住了我的手，我感觉这双手，修长、晶莹，看得出，她从小受过良好的钢琴训练，这手形也非常适合练琴。如今，这一切也都成了泡影。她反手将我的手放在了她的脸上。我感受到了她滚烫的脸，滚烫的泪。这有点出乎我的意料，可她执拗地将我的手紧紧攥住。

她转到我的身边，轻轻地将我抱住，把头埋在我的胸前，默默地哭泣着。我不知如何是好。她哭着，吻我的脸，柔顺的头发轻轻掠过我的脖子，散发着阵阵幽香。她的身材保持得非常好，身高和苗苗差不多，有那么一刻，我竟然神情恍惚了，以为那就是苗苗。我仿佛又回到了麓城大学的舞台。就在那个装修尚未完工的舞台，我和苗苗有了第一次肌肤之亲。我轻轻地搂着冯露，似乎是搂着苗苗，或者说，我试图挽回那些失去的、最美好的记忆。

她扭过我的脸，静静地盯着我的眼。我明白了她的意思。我们都没有再说别的，就一起去了附近的一家快捷酒店。到了房间，她脱下了衣服。她的身材修长，腿形好，这也很像苗苗。只是她的脖子上，有一条触目惊心的伤疤。冯露低声说，你不会嫌弃我吧。我没有说话，而是紧紧拥抱着她。她喃喃地说，我好久没有和男人在一起了，你要轻一点。我答应着，她轻轻地吻着我的嘴唇，我也热烈地予以回应。冯露的嘴唇温热，有股淡淡的，青草般的清香。她的手指划过我的脸颊，轻轻地叩击，好似弹奏着黑白两色的琴键。这让我想起夏冰弹奏钢琴的样子。我默默地拥抱着她的身体，慢慢地进入。一切来得似乎突然，又是那么顺理成章。我和冯露，都是纠缠于逝去时间的人。我们彼此纠缠，迷醉，不愿离开记忆……

我醒来时是中午，冯露已经离开。我起床，点上烟，看窗外的阳光亮亮地爬进，在桌前幻化成一片舞蹈的光线。床头橱上，放着一封信。洁白的信封上面也赫然有着一个狰狞的“忿怒莲师”图案。信封里，还有一小瓶子，里面有几块白色圆球形的结晶体，看着像糖。我哑然失笑，这个冯露，真是调皮。她又想怎样？这是口香糖，还是补充体能的维C？

我缓缓地展开信，呈现在我眼前的，是一笔娟秀的行书。这年头，发个微信就行了，大不了的事就发邮件。冯露的做法，挺“复古的”。这又让我想起了90年代，我们到处交笔友的情形。信的内容是这样的：

你看到这封信，不要惊讶，也不要伤悲，因为有因就有果。一切都是天注定。

我必须承认，我这一生挚爱过的人，就是我的夏冰老师。

我父亲是一个特别能折腾的人。虽然，他当中学校长，但他长袖善舞，结交了官场和商界的很多朋友。我们家，从来都是形形色色的人会集的地方。我恨他。他逼死了我的母亲。他也从不爱我、关心我。他只是爱权力和金钱，喜欢和各种女人乱搞。

母亲是一个温婉的女人，娴静沉默，她总是流着泪规劝父亲。可是，他不听，还不停地对她冷嘲热讽。我无法忘记，那些孤独寒夜，我陪伴在母亲身边，听她的咳声，断断续续，时长时短，在那寒夜中令人心悸。从母亲的身上，我坚定地认识到，没有爱的家庭，是多么冷漠！我至今还能想起，父亲得知母亲不久于人世，脸色那掩饰不住的喜色。他站在医院病房门口，看了一眼母亲，说，休息吧，我要加班。他就这样离开了垂危的母亲。他甚至没有去送母亲最后一程。

我恨他，我恨这野心和欲望的世界。

母亲死后，我处于抑郁状态，直到我遇到夏冰老师。我从前也跟过钢琴老师，可是我都不喜欢。他们没有抓到音乐的灵魂。夏老师不是这样的，一首简单的钢琴曲，到了他的手里，就有了灵魂。那是交流，诉说，那是崇高的精神和意志。他不仅是在弹钢琴，而且是将艺术上升到了理解人性和提升精神的境界。他就是我的莫扎特，就是我的贝多芬。

我至今还记得，第一次听夏老师弹曲，就是《第二十一号钢琴协奏曲》，华丽炫目，无比娴熟，充满了生命的热情。我看着他大理石雕像一般轮廓清晰的脸庞，心动神驰，我只能用尽全身力量，屏住呼吸，才能不摔倒。夏老师就是音乐灵魂的化身。虽然，当时我只是一名高中生，我在心里暗暗发誓，我这辈子，非夏老师不嫁，我要做他的女人！

可是，夏老师结婚了，他有了韩苗苗。那是一个不知廉耻的女人。她不过是生了一副好皮囊罢了。她竟然和我父亲混在了一起。我父亲给她钱，还把她拉入了天鹅夜总会。

我可怜的夏老师！他的目光越来越忧郁，他的脸越来越苍白。我甚至闻到了老师身上有酒味。我很着急，不想看到他这样消沉下去。弹琴时，我悄悄地将手放在了他的手上。他很惊愕，也温和地劝我，不要这样。我固执地将手放在了他的脸上。我倾诉了对他的思念。他拒绝了，我就再倾诉。直到最后，他接受了我。我把第一次给了他。我们结合在一起了……

我没什么丢人的，我也不想理会世俗的眼光。我只想和爱的人在一起。我很多次地捧起他的脸，认真地说，夏，你确定，不是因为报复我的父亲，才和我在一起？老师没有回答，他只是热烈地拥吻着我。这也让我的心里蒙上了一层阴影。

那个薛畅，真是多管闲事。一次，他看到我和夏老师在一起，竟然告诉了父亲。父亲将我暴打了一顿，不让我再和夏冰来往。我反抗过，我自杀过，我哭泣过，但都无济于事。父亲是一个非常强势的人。他利用启明与振华合并的机会，将夏冰撵到了社区中心，成了一名清洁工。我对他说，你要和我父亲摊牌，、和韩苗苗摊牌。你可以去一个培训学校，我愿意跟着你，哪怕考不上大学，我都愿意。可是，夏老师太爱韩苗苗和夏雨了，他舍不得。

那我算什么？我的付出又怎么算？

我故意把他叫到家里。我让他掏厕所，我羞辱他，逼迫他，让他勇敢些。可是，我的夏老师，他还是畏首畏尾，退缩不前。

下面，我要和你说说那个冬至夜。你以为，你看到的、听到的，就是全部真相吗？

你不要问夏冰是不是凶犯，那个郝大志是不是凶犯，邹玉红和陈中华是不是幕后凶手，你更不要问，夏雨是不是实施复仇的凶犯，你要问的是，韩苗苗为什么死？

这其实又回到了冬至夜谋杀案的原点，只有搞清楚这里的问题，才能明白所有的事。

为什么？因为，一开始，夏冰要去找的、要阻止的，就不是韩苗苗，而是我。

韩苗苗这个女人，和我父亲混在一起，还想敲诈他和陈中华。太可笑了。她怎么斗得过那几个老男人？冬至夜，韩苗苗被我父亲的电话叫到了家里。我家她经常去，她甚至俨然把自己当成了这里的主人。我刚回家，发现她在我们家洗澡，就给夏冰打了电话。我告诉他，如果他不赶到我家，我就和韩苗苗摊牌。夏老师急匆匆地赶来了。

一开始还好，韩苗苗不知道我们的关系。夏老师甚至给我们做了一桌丰盛的冬至家宴。可是，我还是说了出来，让韩苗苗离开夏老师。她愿意嫁给谁，我不管。反正，我要和夏老师在一起。我们三人爆发了激烈争吵。韩苗苗蒙了，她指责夏冰。我又指责她。夏冰却指责我。他让韩苗苗和我父亲断掉，他就和我断掉。我很伤心，难道他真的不爱我？只是拿我报复父亲？还是一时填补精神空虚？

我以死相逼，脖子上的伤，是我自己割的。混乱中，韩苗苗也被夏老师刺伤了，躺在里屋呻吟。等我醒过来，警察已经站满了我的家。我没看到那个郝大志。但是，他做了我想做，可是没做成的事。我要感谢他。

下面，和你说说“忿怒莲师”的事。

这十多年，我无时无刻，不活在孤独和痛苦之中，直到我认识了夏雨。

夏雨的身体不太好，有点哮喘，韩家老太太说他有自闭症，经常带他来检查。我出于好奇和怜悯，也常帮助夏雨买药。但是，我发现，夏雨并不是真的自闭症，他只是不爱讲话。而且，我凭着直觉意识到，这孩子的心里，肯定藏了很多秘密。

我向他坦白了与夏冰的关系。他犹豫再三，终于也选择向我坦白，让我成为他的“复仇盟友”。

我听夏雨给我讲述了夏老师的死讯，亲眼看到了他的骨灰。我之所以还活过了这么些年，就是内心还怀着一点痴念。我认为，夏老师逃离麓城，逃到了云南。我相信，他终有一天会来接我。我们一起去云南生活。然而，我等来的，是他的骨灰。我伤心欲绝，发誓给他报仇。我要复活“忿怒莲师”，我要让所有“不义”的人都下地狱——包括我那无耻的父亲。

你不会真以为，夏雨，一个二十出头的小伙子，凭着一己之力，就能安排如此精密的大布局？夏雨怎能租到麓城医院的库房？他如何完美掩饰自己？那些化装术，易容用的皮头套，那些躲避摄像头的技巧，他从哪里找到学到的？他又是如何躲避薛畅的怀疑的？

我父亲冯国良，就是再疯狂，也不会将记事本如此重要的证物堂而皇之地摆在家里显眼处。他也不会“凑巧”喝掉有药物的红酒。夏雨又如何得知我父亲心脏有问题？我父亲是一个极无耻但又非常狡猾的人。再说，你也太低估香榭丽舍的保安和摄像头。夏雨怎能这么容易潜入我们家并巧妙布置这一切？夏雨又如何摆脱吕鹏安排的盯梢？

你走到哪里，都感觉有人跟踪你。你们收到“死亡请柬”，不断被误导断案方向，一个人能完成这所有精巧的设计吗？夏雨，他一个连大学都没上过的年轻人，怎能如此准确把握省纪委审查陈中华的时机？夏雨如何能了解天鹅集团那些隐秘的内部关系？

你不觉得，这里有太多“巧合”和“说不通”的地方？

这一切的答案是，那都是我的安排。这桩“完美的罪行”，是我和夏雨合作的产物。可以说，夏雨是在我的指导下，完成了这桩任务。夏雨和我是同病相怜吧。当我得知夏冰死去的消息，我就决心复仇，我要和夏雨，一起完成这震骇世俗的复仇。

自从你第一天来到麓城，就在我的视线之内。给你的第一封“忿怒莲师”，就是我寄出的。我们的“偶遇”，不过是我的精心安排。我就是要近距离地观察你，看看你这个人的特点，是不是像夏冰说的“可以托付的人”。你不要忘记，我现在不是音乐老师，而是一名计算机程序控制员。我加了你的微信，可以轻松利用特殊程序的植入，跟踪到你的手机。

这也是你的行踪被我们掌握的原因。我帮助夏雨设计了每一步复仇环节。给我父亲的信，是我放在家里的，你们找不到投寄之人。你们也不知道，父亲的记录本，也是我从家中偷出来的。他早防备着陈中华过河拆桥，就留了一手。他喝的红酒里，也是我亲手下的药。

他不配活在这个世界上。十五年前，他就该死了。他害死了妈妈，害死了夏冰，也间接害死了韩苗苗。他必须赎罪。

你也必须赎罪。正是你导致了夏冰一家人的悲剧。你如果早点和他们弄清楚，带走韩苗苗和夏雨，我就会和夏冰在一起。我没想到的是，夏雨无法下手，杀掉你这个不负责任的父亲。他也是一个软弱的人，他只能以自戕的惨烈方式施加复仇。他只是夏雨，一个内心感伤、善良的男孩。

这最后一步，就让我来完成吧。

我和你睡觉，不是爱你，也不是要终结我的复仇，而是要最后感受一下夏老师的气息。

夏冰死了，夏雨死了，韩苗苗死了，而只有和他们有着深深纠葛的你，还活着。在你进入我的身体的一瞬间，我流泪了。我甚至想不再报复你。我在你的身上，再次感受到了夏老师的热情、真诚，感到了夏老师对美的执着。你睡着时，我看着你，仿佛夏冰、夏雨和韩苗苗的鬼魂，都围绕在你的床边，直勾勾地盯着我，劝我放手。

可是，我放不了手。

事情到了这一步，我必须给自己一个交代，给夏雨一个交代。我们说好了，当复仇结束，我们一起服毒自尽。说两句对不起，说什么告别过去、展望未来、再创辉煌，我们就能走出过去的梦魇？你以为，这就会让我们内心平静，忘掉那些心灵伤疤？一个轰轰烈烈的残酷时代过去了，另一个轰轰烈烈的时代又飞速来临，这世界变化太快。谁能给我们一个说法？谁还记得我们？谁还能记起我们承受的痛苦？一切都回不去了，也无法走出。

葛春风，我要看一看，你到底是不是一个夏冰说的，“可以托付”的人。小瓶里有几粒氰化钾，是我在医院搞出来的。速度非常快，也没有什么痛苦。

如果你认罪，就请吞下药粒吧。我将活下去，作为你忏悔的良心证明。我将永远记得你，帮你照顾段观音和韩家老太太。

如果你认为，你已经赎了你的罪，也可以不吃。我这里，也有一个相同的瓶子和相同的药，我将吞下这毒药，永远摆脱无尽的精神折磨，在另一个世界，与夏冰老师相会。

你活下来，就要永远地记着我，记着所有死去的人、发生过的事。你曾经不还是一个“作家”吗？就请你写下这所有吧。

让我们成为彼此永远的记忆吧！

我在地狱的入口，等着你的选择。

…………

悲伤的曲调，在酒店的房间内轰然响起。它们似乎来自我的内心，那些琴弦上，仿佛有着一团团跳跃舞蹈的火影，青柠色的、猩红色的，还有数不清的色彩。

我打开淡蓝色小瓶，几粒白色的圆形晶体状的药片滚出来，跌落在我的手掌。

阳光下，我举起手掌，托着那药片，好似托着一个即将诞生的奇迹。

注：莫扎特之死，是音乐史上的谜团。许靖华在《莫扎特的爱与死》中认为，莫扎特死于谋杀。他爱上有夫之妇，他的学生玛达伦娜。根据推测，玛达伦娜的丈夫霍夫德迈尔与她达成协议，如果莫扎特敢于喝下毒药，玛达伦娜可免于一死。于是莫扎特喝下毒药身亡。莫扎特的第一位传记作家弗朗茨·克萨韦尔·尼梅切克也指出，1791年秋，莫扎特在维也纳普拉特公园对妻子康斯坦泽说："我活不长了，有人给我下了毒！"

图书在版编目(CIP)数据

血色莫扎特 / 房伟著. -- 北京 ： 北京十月文艺出版社，2020. 10
ISBN 978-7-5302-2063-4

Ⅰ. ①血… Ⅱ. ①房… Ⅲ. ①长篇小说—中国—当代
Ⅳ. ① I247.5

中国版本图书馆 CIP 数据核字(2020)第 128143 号

血色莫扎特
XUESE MOZHATE
房伟 著

出　　版　北京出版集团
　　　　　北京十月文艺出版社
地　　址　北京北三环中路 6 号
邮　　编　100120
网　　址　www.bph.com.cn
发　　行　新经典发行有限公司
　　　　　电话（010）68423599
经　　销　新华书店
印　　刷　北京盛通印刷股份有限公司
版　　次　2020 年 10 月第 1 版
　　　　　2020 年 10 月第 1 次印刷
开　　本　850 毫米 ×1168 毫米　1/32
印　　张　9.75
字　　数　180 千字
书　　号　ISBN 978-7-5302-2063-4
定　　价　49.80 元
质量监督电话　010-58572393
如有印装质量问题，由本社负责调换。